稀見本宋人詩話四種

張伯偉 編校

南京大學域外漢籍研究所專刊

江蘇古籍出版社

西清詩話卷上

無為子撰

今上皇帝天縱神聖文武雖藝文餘事天下
瞻仰如日月星斗一篇朝出四海夕傳自
始即位製太陵挽詩五章武帳初籌夜雲
軒忽帝鄉百神朝禹穴 三載服尭喪北極
聮龍袞西風折鴈行空餘千古事纘述愧
重光姑射仙期早華胥夢已陳朝廷繫聖
毋基業付冲人日轉銅壷晝天移玉座春

西清詩話
陳直齋書目解題曰西清詩話題無為
子撰或曰蔡絛使其客為之也遂假借
且且齋本寫于華亭集賢泗北村居且
喫茶處旹洪武五年歳在壬子四月七
日甲申映雪老人謹誌年七十有六

《西清詩話》書影

唐宋分門名賢詩話卷第三

嘲誚

王丞相好嘲誚初執政對客悵然因曰老欲依僧再三言之客應之曰急則抱佛頭丞相善之復曰投老欲依僧是古人一句詩客曰款則抱佛脚亦是俗諺全句上云頭下云脚豈非的對丞相大笑

秘書省之東即右威衛荒蕪催毀其大廳逼校正院南對御史臺有人嘲之曰門緣御史塞廳被校書侵

○宋中道少孝問有俊才而身短小人多戲調之蘇子美与中道年輩相懸然甚愛其才中道亦傾心作詩論交子美長大魁偉与中道並立下視之笑曰丈不着京師市井語也号中道為錐宋為其顙利而么

《唐宋分門名賢詩話》書影

北山詩話

舜之歌曰南風之薰兮解吾民之慍兮漢高帝之歌曰大風起兮雲飛揚威加海内兮歸故鄉我太祖皇帝之歌曰未離海底千山黑纔到中天萬國明與夕陽如有意偏傍小窓明異矣昭宗云安得有英雄迎歸大内中煬帝云此處不留儂別有留儂處後主云春江花月夜玉樹後庭花亡國之音百代之龜鑑也

唐子西云藉令世乏才何至用仙客深得子美不聞夏殷衰中自誅褒妲之旨予以謂得如仙

《北山詩話》書影

總目

前言

张伯偉

近十年來，爲了收集中國古代文學和域外漢文學的研究資料，我曾多次親赴日本、韓國、越南、沖繩（古代的琉球）、臺灣等國家和地區，所獲頗豐。學術界的朋友知道齋中藏有一些罕見的典籍，常常向我索取，並在同行間輾轉流傳。這成爲促使我有計劃地將這些文獻整理出版的動機之一，以便與更多有興趣卻無從經眼的讀者共享這些收穫。這裏呈獻給大家的宋人詩話四種，附詩格一種及詩話考釋一種，便都是從我在海外蒐覓所得的資料中選出，有些也許尚未爲學術界所知見，故名爲《稀見本宋人詩話四種》；又其中多爲域外刻本，佔全書篇幅的三分之二，故列爲「南京大學域外漢籍研究所專刊」之一。

茲將本書所收詩學文獻依次略作説明如下：

一、日本五山版《冷齋夜話》十卷

《冷齋夜話》，釋惠洪撰。惠洪（一〇七一—？），一名德洪，又有稱洪覺範者。其人工詩能文，著述頗富。除此書外，尚有《林間錄》、《僧寶傳》、《筠溪集》（已佚）、《石門文字禪》、《天廚禁臠》等。

後人多謂惠洪俗姓彭，但據《石門文字禪》卷二十四《寂音自序》，卻自謂「喻氏之子」。日本釋廓門貫徹注云：「按諸傳，寂音族姓當彭，雖然，《自序》曰『喻氏』，疑是幼年而爲喻家養子歟？未可知。又《普燈錄》曰：『新昌人，族彭氏。』細注：『《續僧寶傳》誤作喻。』由是觀之，誤歟？」[二]但宋代晁公武《郡齋讀書志》卷十九謂「僧惠洪覺範姓喻氏」（王先謙校本），陳振孫《直齋書錄解題》卷十七亦稱「僧高安喻德洪覺範」，恐不能斷言作「喻」爲誤。《寂音自序》又記宣和五年（一一二三）年五十三，以此推之，其生年當爲熙寧四年（一〇七一）。《郡齋讀書志》稱其「建炎（一一二七—一一三〇）中卒」，則其卒年當在南宋之初。《冷齋夜話》卷十記蔡卞死事，蔡卒於政和末年（一一一八），此書當完成於其後。

《郡齋讀書志》謂此書「記一時雜事」，故諸志著錄多入「小説類」，《四庫全書》也列於「雜家類」，但提要又指出：「是書雜記見聞，而論詩者居十之八。」又云：「惠洪本工詩，其詩論實多中理解。」筆記小説與詩話在體制上本來就關係密切，故此書實可以詩話視之。日本近藤元粹《螢雪軒叢書》曾收入，郭紹虞《宋詩話考》亦加論述。

《冷齋夜話》有《稗海》、《津逮秘書》、《學津討原》、《殷禮在斯堂叢書》諸本，中華書局一九八八年出版點校本，即據汲古閣本排印。但此書最佳版本，當推日本五山版。《增訂四庫簡明目錄標註》指出：「董授經藏日本五山本，至佳。」董授經即指董康，以藏書、刻書著稱於世，曾多次赴日本尋訪舊槧孤本，其《書舶庸譚》專記在日訪書諸事，但未見提及五山版《冷齋夜話》。

關於五山版《冷齋夜話》的源流，日本川瀨一馬先生的《五山版の研究》認爲，此書是鎌倉末期的覆宋版。卷末刊語有「癸未」之年，也因此而被認爲即南宋嘉定十六年（一二二三）。對此，椎名宏雄先生在爲該書影印本撰寫的《解題》中提出了新的看法。他根據《靜嘉堂文庫宋元版圖錄》所收元版《冷齋夜話》圖版和解題，在目錄之後有一段刊語，略作比較，可以確定五山版的刊語即出於此，但文字稍異。最重要的差別在於，元版刊語的最末兩行是：「至正癸未春孟新刊／三衢石林葉敦印」，而五山版僅有「癸未春孟新刊」一行。由此可知，所謂「癸未」，應指元至正三年（一三四三），而不是南宋嘉定十六年。此説甚是。但椎名宏雄先生進而作出這樣的結論：「此五山版不是鎌倉時期的覆宋版，而應視爲南北朝時期（引者案：屬於日本室町時代，一三三六—一三九二）的覆元版。」[二]我對這個結論仍有懷疑。

正如椎名宏雄先生已經指出的，五山版的刊語是一段補寫文字，因此，它與五山版本身未必同時。衆所周知，五山版多爲中國宋元版的覆刻本，所謂「覆刻本」，指的是「採用影摹寫樣上版的方法，刻印得同原刻本一模一樣」[三]。如果將五山版《冷齋夜話》與靜嘉堂所藏元版《冷齋夜話》作一對照，即可發現有很多差別[四]。首先是版式的不同。元版的匡郭爲四周雙邊，縱二十二點八公分，横十五公分，而五山版爲左右雙邊，縱十八點八公分，横十二點七公分；元版的行格爲一行十七字，而五山版爲十八字；元版的版心爲雙黑魚尾，而五山版爲單黑魚尾。其次，刊語的位置不同。元版的刊語在卷首目録之後，而五山版在全書之末。第三，刊語的文字有異，上面已經舉例。這樣看來，五山版《冷齋夜話》爲覆元版的結論就未必能夠成立。因此，我個人傾向於維持覆宋版的舊説。

《冷齋夜話》的卷數，諸史志著録不一。《郡齋讀書志》作六卷，《直齋書録解題》作十卷，《宋史·藝文志》作十三卷，而流傳至今的版本皆作十卷。如果對照宋人的引録，可以發現此書已有不少散佚[五]。與現存的諸版本相比，五山版《冷齋夜話》確爲「至佳」。第一，文字較全。如卷三多「詩一字未易工」條，卷九多「開井法禁蛇方」條。在已有的條目中，五山版的文字亦較爲完整。如卷一「采石渡鬼」條多三十餘字，卷六「東坡和僧惠詮詩」條多十六字，同卷「東坡稱道潛之詩」條多二十字。第二，文字較準。如卷三「池塘生春草」條諸本皆作「舒公云」，五山版作「晝公云」，案：其引文正見皎然《詩式》卷二「『池塘生春草』、『明月照積雪』」條，故以作「晝公云」爲是；同條有「謝東山喜見華曇」句，五山版作「謝東山喜見羊曇」，亦以作「羊曇」爲是；卷九「三十六計走爲上計」條諸本皆有「紹興初」三字，但惠洪卒於建炎中，不及紹興之世，顯然有誤，而五山版作「紹聖初」；同條有「鞭虎頭，撩虎鬚」語，五山版「鞭」作「編」，此語出《莊子·盜跖篇》，故作「編」爲是；卷七「洪覺範朱世英二偈」條云「朱世英以德行薦於朝」，卷十「問歐陽修爲人及文章」條云「朱世英爲撫州，舉入行」，「德行」、「入行」五山版均作「八行」。宋代有「八行取士科」，亦應以五山版爲是。

五山版《冷齋夜話》，原本現藏日本東洋文庫的岩崎文庫，柳田聖山先生和椎名宏雄先生所編《禪學典籍叢刊》第五卷影印收入，本書據以點校，並以《津逮秘書》本及日本靜嘉堂文庫所藏元版書影參校。

二、《冷齋夜話考》一卷

《冷齋夜話考》，日僧無著道忠撰，見收於其《對校錄》貞之四。《對校錄》是一部對一百四十多種内外典籍作校考的力作，《冷齋夜話考》爲其中之一。日本近藤元粹《螢雪軒叢書》第九卷收有《冷齋夜話》，間有評論，但頗爲隨意，可取者不多。道忠《冷齋夜話考》堪稱現存惟一考釋之著，值得重視。

道忠（一六五三—一七四四），號無著，又號照冰堂、葆雨堂，日本江户時代禪林中的傑出學者。他博及群書，内外兼綜，一生筆耕不輟，著述宏富，總計達三百七十四種，九百十一卷。其著作的最大特徵，是對各種典籍作徵文考獻，從語言角度予以訓釋。《葛藤語箋》十卷和《禪林象器箋》二十卷便是其代表作。

《冷齋夜話考》的寫作，從學術精神上看，與道忠的其它著作是一貫的，即注重語句和出典的探源，兼及對原書的注解或辯證。如以「靈犀一點」出李商隱詩；「編虎頭，撩虎鬚」出《莊子》（《莊子·盜跖》作「料虎頭，編虎鬚」）；「重遲」出《淮南子·修務訓》（「訓」當作「篇」）等，此爲探源。注解者如「乞與佯狂老萬迴」條云：「萬迴法雲公，唐武后賜以錦袍玉帶。」又「三喪在淺土」條云：「言已親族亡者三，而未得葬斂權葬之，故言在淺土也。」辨證者如「宣包虎帳」條以《詩林廣記》引文「宣包」作「宣色」爲據，進而引《小補韵會》「白黑雜曰宣」，得出「故知作『色』爲是」的結論；又如「倒掛日」條云：「『日』恐『子』字。」並引《霏雪錄》和《五車韵瑞》爲據。道忠是崇尚博學者，他的辨證工作也往往廣泛引用前人意見，自己卻「不著一字」。如「夜闌更秉燭」條引陸游《老學庵筆記》；「烏鬼」條引王楙《野客叢書》；「笋根稚子無人見」條引蔡正孫《詩林廣記》；「雷轟薦福碑」條引王明清《玉照新志》；「天棘是柳」條引許顗《許彦周詩話》等。在《金鞭指街》卷十八中，他曾引虚堂《普説》云：「慎勿多出新語，新語乃是自得之妙，而不能會通先聖所得所傳之妙。深恐古道淪没，山僧凡與江湖抱道之士往來議論，多引前輩遺言往行，遞相激勵，庶昭昭然得見古人情狀。」〔六〕並進而發揮云：「自悟雖未圓，苟説古聖語而不謬人，刻鵠不成尚類鶩者也。自悟不圓而談胸臆而誤人，畫虎不成反類狗者也。余觀今時猶不類狗也，何追望於虎矣。」此書雖僅四十二則，且多爲短制，但直接引用的文獻就達四十三種，同樣顯示了其崇尚博學、述而不作的學術傾向。

然而道忠時代的禪林風氣，却是禁止學問，以學問爲修道之障礙。在《金鞭指街》卷十八中，道忠曾指出：「日本三光國師告衆放下言句，但許看《臨濟錄》，『驅牛奪食』沾益最夥。」「驅牛奪食」語出《臨濟錄·示衆》：「照用同時，驅耕夫之牛，奪饑人之食，敲骨取髓，痛下針錐。」〔七〕根據學人素質的差異，師家採用不同的接引方法，「臨濟四照用」乃最爲著名者，即所謂「先照後用」、「先用後照」、「照用同時」及「照用不同時」。其中「照用同時」是接引上上根器之手段，直逞胸臆，便得至道。當時日本禪林所普遍推崇的就是這種作風，而在道忠看來，當時多瞎眼宗師，一味强調「胸襟之禪」，必然誤入歧途，故學問之道斷不可廢。他説：「夫佛菩薩説經論，非爲充棟堆車誇於後世，正是要末世遠境無真善知識時，爲洲爲依而已。」從這個意義上説，道忠的爲學方向，正是當時禪林風氣的反動。

但道忠的爲學取徑，也不是一種孤立的現象，這和當時的儒林及詩壇傾向有着内在的關聯。道忠的讀書範圍絶不限於内典，他在《禪林象器箋》的序文中自述：「大凡佛教儒典、諸子歷史、詩文小説，目之所及，意之所詣，遠蒐近羅。」〔八〕江户儒學從藤原惺窩開始，大力提倡朱子學，以與五山禪學相對抗。其弟子林羅山更是對陸、王之學加以排斥，在「尊德性」和「道問學」之間，顯然更爲重視的是後者。到伊藤仁齋和荻生徂徠，以對朱子學末流批判的態度出現，强調文獻實證，形成古文辭學派，崇尚博學的傾向在儒林日趨加强。如荻生徂徠説：「學問之道，苟立其大者，貴乎博。」（《學則》）「擴大見聞，無處不到，謂之學問。」（《徂徠先生答問書》）其本人亦以博學著名當世，原念齋《先哲叢談》卷六即多有此類記載。江户時代輸入了大量中國典籍，包括《古今圖書集成》這樣的大型類書。道忠與徂徠同時，這種崇尚博學的風氣對他必然是有影響的。從詩壇風氣來看，日本詩話也大盛於江户時代。當時論詩的特色之一，就是對詩歌中詞匯的訓釋和使用的講究，可以説是詩學的「小學化」。由於江户時期學習漢詩文寫作的普遍性，當時出現了不少有關文字訓釋、徵文考典方面的書，如源孝衡

《詩學還丹》卷下、盧玄淳《詩語考》、山本信有《孝經樓詩話》、津阪孝綽《夜航詩話》卷五、蓀坡林瑜《梧窗詩話》以及釋顯常的《詩語解》、《詩家推敲》等著。而最具典型者是六如慈周的《葛原詩話》，其後，津阪孝綽、猪飼彦博爲之作《糾繆》、《標記》，也還是從語詞的角度進行的。詩歌以外，如荻生徂徠《訓譯示蒙》、伊藤東涯《秉燭譚》、《助字考證》、岡田龍洲《助辭譯通》、釋顯常《文語解》、皆川願《助字詳解》等，也是同類著作，可見一時風氣。從詩學立場看，這難免零碎細瑣之譏。菊池桐孫《五山堂詩話》卷二曾對《葛原詩話》譏諷道：「蓋渠一生讀詩，如閱燈市覓奇物，故其所著《詩話》，只算一部骨董簿，殊失詩話之體也。」[九]猪飼彦博《葛原詩話標記》「總評」條也全文照錄，引以爲評。但作爲一時風氣，這種寫作傾向是極爲强盛的。道忠《冷齋夜話考》的寫作方式，着重語源的追溯和考釋，與詩壇的這種風氣也是有關的。

《對校錄》寫本共八册，原藏日本京都龍華院，日本花園大學禪文化研究所影印，本書據以點校。

三、日本寬文版《天廚禁臠》三卷

《天廚禁臠》，釋惠洪撰。《天廚禁臠》之題名，原指天上美味，借指作詩三昧之所在。元代舊題范梈之《詩學禁臠》，書名亦有取於此[一〇]。

本書共三卷，凡三十八目，以唐宋名句爲式，標舉詩格、詩法，而以句法爲中心。所論句法計有「近體三種頷聯法」、「四種琢句法」、「就句對法」、「十字對句法」、「十字句法」、「十四字對句法」、「錯綜句法」、「折腰步句法」、「絶絃句法」、「影略句法」、「比物句法」、「奪胎句法」、「换骨句法」、「遺音句法」、「破律琢句法」、「促句换韻法」、「子美五句法」、「杜甫六句法」、「古意句法」等十九目。惠洪論詩頗受黄庭堅影響，以句法而論，黄氏屢云「無人知句法，秋月自澄江」（《奉答謝公定與榮子邕論狄元規孫少述詩》）；「句法俊逸清新，詞源廣大精神」（《再用前韻贈高子勉四首》之三）；「傳得黄州新句法，老夫端欲把降幡」（《次韻文潛立春日三絶句》之二）；「其作詩淵源，得老杜句法」（《答王子非書》）等。黄氏「奪胎换骨」之説，亦以句法爲中心。這是該書所受到的時代影響。從著述體式上來看，此書屬詩格類著作。而句法也是晚唐五代詩格討論的中心内容之一，這是本書的另一淵源。宋人好以「物象類型」説詩，多失穿鑿，本書亦有此特徵。如卷中「比興法」説杜甫《野外》（實當題作《江村》）「老妻畫紙爲棋局，稚子敲鍼作釣鈎」句云：「妻比臣，夫比君，棋局，直道也。鍼合直而敲曲之，言老臣以直道成帝業，而幼君壞其法。稚子，比幼君也。」附會牽強，不一而足。方回《跋胡直内詩》指出：「詩意不專譏諷，洪覺範《天廚禁臠》誤人處極多，或以是釋杜詩。」（《桐江集》卷四）嚴羽《滄浪詩話·詩體》謂此書「最爲誤人」。但書中保存了部分唐人遺説，並反映出宋代的論詩風氣，則亦有可取。《滄浪詩話》不廢此書，正以其「是處不可易也」。

此書版本雖然不多，卻有兩大系統。一爲明正德丁卯（一五〇七）刊本，中華書局上海編輯所一九五八年曾據以綫裝影印。目録之後有正德丁卯黎堯卿跋文，略云：「勝國前有摹本，而今亡矣，予得其鈔本訂之。可知這一版本是根據元版的鈔本訂正而成。此書卷首有「王宗炎印」和「八千卷樓」兩印，可知此本曾經王宗炎（一七五五—一八二六）十萬卷樓和丁丙（一八三二—一八九九）八千卷樓收藏，後歸上海市文物保管委員會收藏。另一系統爲日本五山版，現藏日本京都建仁寺兩足院。此本雖未能經眼，但川瀨一馬《五山版の研究》一書曾有解題和書影三幅〔一〕，略作比較，與明正德版多有區別。從標目來看，卷上正德版有十五目，而五山版爲十目，「詩有四種勢」以下五目皆無；卷中正德版有八目，五山版爲九目，在「遺音句法」下多「歌」；卷下皆爲十五目。從版式來看，正德版框高十六點五公分，闊十一點七公分，而五山版框高二十一點八公分，闊十六點五公分。正德版每面九行十八字，五山版十一行二十字。此外，在文字方面也有異同。依循此一系統的，有江戶初期寬文十年（一六七〇）刊本，現藏日本駒澤大學圖書館。寬文版的版式頗爲特殊，框高十九點五公分，闊十三點三公分，每面八行十八字，與五山版書影比較，文字基本相同〔二〕，可以確認其與五山版屬同一系統。寬文本與正德本互有優劣，從總體來説，正德本誤字較多，正文亦偶有缺漏。如卷上「詩有四種勢」提及「形容去盡，但識其音聲」，謂典出於後漢「夏馥言兄弟」，明正德本作「韓馥」，實以「夏馥」爲是。

本書以寬文版《天廚禁臠》爲底本，並以明正德版及日本五山版書影參校。

四、明鈔本《西清詩話》三卷

《西清詩話》，北宋蔡絛撰。絛，字約之，號百衲居士，别號無爲子。陳振孫《直齋書録解題》卷二十二「文史類」著録云：「題無爲子撰。或曰蔡絛使其客爲之也。宣和間臣寮言，其議論專以蘇軾、黄庭堅爲本，奉聖旨蔡絛落職勒停。見《能改齋漫録》。」宋人詩話多與黨爭有關，其類型大致有二：一是由於黨争原因，部分詩話遭到禁毁的命運；一是詩話内容受到黨爭影響，往往有「溢美溢惡」之辭。前者較爲明顯，而後者則較爲隱晦。《續資治通鑒》卷八十八曾引用宋徽宗崇寧二年四月詔云：「蘇洵、蘇軾、蘇轍、黄庭堅、張耒、晁補之、秦觀、馬涓文集，范祖禹《唐鑒》，范鎮《東齋記事》，劉攽《詩話》，僧文瑩《湘山野録》等印板，悉行焚毁。」以上所涉諸書，有文集、史書、筆記，也有詩話。而由派别眼光影響到論文，若作一大致區分，基本上有兩大系列：其一是追隨王安石爲首的「熙寧派」；另一是追隨蘇軾、黄庭堅爲首的「元祐派」。蔡絛爲蔡京季子，最受鍾愛。此書與黨爭亦有關，但情況較爲複雜。首先，書中引録了不少元祐諸公的言論及詩詞；其次，蔡絛曾因此書而「落職勒停」。這是否意味着此書超越了黨派之爭？關於第一個問題，或認爲是蔡絛之客所爲；而蔡絛因此書而得禍，郭紹虞先生《宋詩話考》上卷甚至譽之爲「彼於蘇、黄勢替之後，不黨於其父，而獨崇元祐之學，亦可謂特立獨行者矣」[一三]。然而考之史乘，蔡絛深受其父蔡京之寵，助父爲奸，竊弄權柄，其爲人決非「特立獨行」之類。看來，論者在考論這一問題時，可能忽略了某些關鍵性的文獻。事實上，《西清詩話》正是在蔡京的授意下撰成。吳曾《能改齋漫録》卷十「蔡元長欲爲張本」條載：「元長（京）始以紹述兩字，劫持上下。擅權之久，知公議之不可以久鬱也。宣和間，始令其子約之（絛）招致習爲元祐學者。是以楊中立、洪玉父諸人皆官於中都。又使其門下客著《西清詩話》，以載蘇、黄語，亦欲爲他日張本耳。」這才是《西清詩話》中多載元祐諸公語的真正原因。而在當時的政治斗爭中，彼此都會相互尋隙伺機以攻訐對方。《西清詩話》之多載蘇、黄語，正好授人以口實，這也是聰明反被聰明誤。費衮《梁溪漫志》卷八「蔡絛著書」條云：「蔡絛奸人，助其父爲惡者也。特以在兄弟間粗親翰墨，且嘗上書論諫，故在當時稍竊名。著書甚多，大抵以奸言文其父子之過，此固不足怪。」從黨爭的角度看這部詩話，似乎不能説是「獨崇元祐之學」。

《西清詩話》三卷，僅有鈔本流傳。郭紹虞先生對此鈔本有所懷疑，認爲乃「後人雜鈔他書足成三卷以欺人者」。其據有二：一是蔡正孫《詩林廣記》卷三引《西清詩話》云云爲《詩評》中語，而胡仔《苕溪漁隱叢話》則謂《詩評》不在《西清詩話》之中。兩者不同。二是《西清詩話》「重韻」條有「質之叔父文正」之語，「當絛之時，蔡氏固無謚文正者」。又云：「考宋代蔡氏謚文正者惟沈，沈爲元定子，少游朱子之門，與絛時代輩份均不相合。且沈之謚文正，乃出明代追謚，當時亦不應有是稱，因疑『文正』非謚而爲其叔父之字，否則『文正』之下，應加『公』字，始合當時稱謂慣例。」[一四]此二證似皆不能成立。其一，胡仔云《詩評》不在《西清詩話》之中，今所見鈔本亦然。蔡氏《詩林廣記》引「西清云」，其文字出於《詩評》。若此書原始面貌確如蔡氏所引，只能説明現存鈔本有所脱漏，不能説明是「後人雜抄他書足成三卷以欺人者」。其二，蔡絛叔父爲蔡卞，卒於政和末（一一一七），文正即其謚號。《宋史·蔡卞傳》記載：「政和末，謁歸上冢，道死，年六十。贈太傅，謚曰文正。」而《西清詩話》作於宣和中，提及「叔父文正」毫不奇怪。從《詩話總龜》、《苕溪漁隱叢話》、《類説》等書的徵引看，與鈔本《西清詩話》基本一致，偶有脱漏，亦屬正常。因此，作爲宋代的一部詩話，這一鈔本是可以信賴的。

關於《西清詩話》和《詩評》的關係，從不同的文獻資料中可以得出兩種不同的結論，兹略加辨證。《苕溪漁隱叢話》後集卷三十三指出：「《西清詩話》，蔡百衲絛所撰也，已嘗行於世矣。余舊錄得百衲所作《詩評》，今列於此云。」劉壎《隱居通議》卷六「蔡絛《詩評》」條指出：「近又見蔡絛亦有《詩評》，頗佳。絛，京子也，號百衲。嘗著《西清詩話》，頗有可採。予舊書錄藏，久已失去。今載其《詩評》云。」這都表明《西清詩話》和《詩評》分別爲兩種書。但《詩林廣記》後集卷五引「西清云」，實爲《詩評》中文字；魏慶之《詩人玉屑》卷十二引《蔡伯衲詩評》，注出於《西清詩話》，似乎《詩評》乃包括在《西清詩話》之中。但蔡正孫同書引用《西清詩話》凡二十四則，皆用全名，惟後集卷五引用的這段出於《詩評》的文字，僅以「西清云」提起。如此看來，這惟一的「西清」必非詩話之名，只是借指蔡絛而已。至於《詩人玉屑》引書多誤，甚至「百衲」亦誤作「伯衲」，實不足爲據。《西清詩話》與《詩評》當爲二書。

據《能改齋漫錄》卷十的記載，《西清詩話》成於宣和間。曾敏行《獨醒雜誌》卷二載，絛「作《西清詩話》一編，多載元祐諸公詩詞。未幾，臣寮論列，以爲絛所撰私文，專以蘇軾、黄庭堅爲本，有誤天下學術，遂落職勒停」。又據《宋會要輯稿》「職官」六十九載：「（宣和五年）九月十三日徽猷閣待制、提舉萬壽觀蔡絛勒停，以言者論其撰《西清詩話》，學術邪僻，多用蘇軾、黃庭堅之説故也。」可知其成書年代當在宣和五年九月前不久〔一五〕。

《宋會要輯稿》「職官」六十九載：「（宣和六年）四月六日，提舉上清寶籙宫兼侍讀蔡絛罷侍讀，提舉亳州明道宫，以其僻學邪見，除邇英非所宜也。繼又詔絛出身敕可拘收毁抹。」所以此書儘管在宋代多爲人引用，其後可能未曾刊行，僅有鈔本流傳。臺灣《國立中央圖書館善本書目》著録：「《西清詩話》三卷二册，宋無爲子撰，舊鈔本。」〔一六〕卷首有題記云：「《西清詩話》，陳直齋《書目解題》曰：《西清詩話》，題無爲子撰，或曰蔡絛使其客爲之也。遂假借且且齋本寫於華亭集賢泗北村居且喫茶處。旹洪武五年歲在壬子四月七日甲申映雪老人謹誌，年七十有六。」「映雪老人」即元末明初的孫道明，其人博學好古，藏書萬卷，遇秘本輒手自鈔録。此書爲其晚年所鈔。除此以外，晚年所鈔詩文評尚有魏泰《臨漢隱居詩話》〔一七〕。此書首頁又有「丹鉛精舍」、「雲輪閣」、「荃孫」及「國立中央圖書館收藏」印，可知此書曾經勞權、勞格兄弟及繆荃孫收藏，偶有校補之跡，或出繆氏之筆。

本書以臺灣廣文書局一九七三年影印本爲底本，並以胡仔《苕溪漁隱叢話》引文參校。

五、朝鮮版《唐宋分門名賢詩話》二十卷

《唐宋分門名賢詩話》，撰者不詳。郭紹虞先生《宋詩話考》下卷謂此書已佚，實則流傳海外。韓國奎章閣藏有朝鮮時代刊本，又忠南大學校趙鍾業教授曾於書肆購得一本，收作《韓國詩話叢編》附錄，原書有二十卷，今存十卷。

此書全稱爲《唐宋分門名賢詩話》，但諸書著錄徵引，或用簡稱。如《宋史・藝文志》文史類作《唐宋名賢詩話》二十卷，尤袤《遂初堂書目》文史類作《唐宋詩話》。又有引作《名賢詩話》、《分門詩話》者，皆爲同書之異稱。

就今存十卷本内容考之，與郭紹虞所輯《古今詩話》大同小異。十卷本共二百九十五則，不見於郭輯本者約一百則，其餘約三分之二同於《古今詩話》。這可以作兩種解釋：一是《唐宋分門名賢詩話》全部被《古今詩話》所採錄；二是《唐宋分門名賢詩話》與《古今詩話》爲同書異名。我個人比較傾向於接受後一種解釋。

關於朝鮮版的刊行年月，惟一的線索是仲鈞跋文中出現的「辛亥」之年，以及刊行者「尚州姜牧使用休」之名。姜龜孫（一四五〇—一五〇五），字用休。其爲尚州牧使的時間是成宗十六年乙巳（一四八五），以此推之，「辛亥」年應爲成宗二十二年（一四九一）。這也就是朝鮮本刊行的年代[一八]。值得注意的是，此書刊行不久，就被大臣獻上。《成宗實錄》卷二八五成宗二十四年（一四九三）十二月戊子載弘文館副提學金諶等上札子曰：「伏聞頃者李克墩爲慶尚監司、李宗準爲都事時，將所刊《酉陽雜俎》、《唐宋詩話》、《遺山樂府》及《破閑》、《補閑集》、《太平通載》等書以獻，既命藏之内府，旋下

《唐宋詩話》、《破閑》、《補閑》等集。……臣等竊惟帝王之學，潛心經史，以講究修齊治平之要，治亂得失之跡耳，外此皆无益於治道，而有妨於聖學。克墩等置不知《雜俎》、《詩話》等書，爲怪誕不經之説，浮華戲劇之詞，而必進於上者，知殿下留意詩學而中之也。人主所尚，趨之者衆，克墩尚耳，况媒進者乎？若此怪誕戲劇之書，殿下當如淫聲美色而遠之，不宜爲内府秘藏，以資乙夜之覽。請將前項諸書出府外藏，以益聖上養心之功，以杜人臣獻諛之路。」這裏提到的《唐宋詩話》，即指《唐宋分門名賢詩話》。金諶等人勸成宗勿讀此類書，並建議將此類書從内府中清理出去。但成宗喜好詩話，絲毫不爲所動。奎章閣藏本首頁蓋有「弘文館」、「帝室圖書之章」、「朝鮮總督府之印」以及漢城大學校藏書印，可以推知此朝鮮本的來源。弘文館爲朝鮮三司之一，其職責包括管理宫中圖書。上引金諶札子，即是以弘文館副提學的身份上書。成宗自謂「喜詩話」（《成宗實録》卷二八五成宗二十四年十二月己丑條），《唐宋分門名賢詩話》必當收入弘文館藏。至朝鮮末期隆熙元年（一九〇七），改定宫内府官制，廢弘文館，提高奎章閣地位，隆熙三年，將奎章閣各部分圖書統冠爲「帝室圖書」，加蓋「帝室圖書之章」印。日本吞併朝鮮之後，將奎章閣圖書强行没收，歸於朝鮮總督府。朝鮮獨立後，成立了漢城大學校，奎章閣歸入其附屬中央圖書館[一九]。從上述藏書印中可以知道奎章閣所藏朝鮮版《唐宋分門名賢詩話》，是經過弘文館、帝室圖書、朝鮮總督府和漢城大學校幾個歷史階段而流傳至今。

關於此書的成書年代，郭紹虞《宋詩話考》下卷根據嚴有翼《藝苑雌黄》和黄朝英《緗素雜記》曾引用是書，認爲其年代較早。又據張鎡《仕學規範》引用兩段文字，皆見於《西清詩話》，指出「是書雖早，亦必在《西清詩話》之後」。又據方深道《集諸家老杜詩評》多有引用，而深道爲宣和六年（一一二四）進士，「知此書必爲北宋時人所輯，大約與蔡絛同時」〔二〇〕。其説可從。此書當成於宣和五年到七年之間（一一二三—一一二五）。

趙鍾業教授對郭説提出異議，認爲此本卷一「年號有熙寧六年（公元一〇七三）之記」，卷九有「僧文瑩頃遊郢中二邑」，乃推測其書成於文瑩身前，故擬定爲熙寧六年至熙寧之末〔二一〕。但細勘其文，卷一「熙寧六年」條實鈔自沈括《夢溪筆談》卷十五，而卷九「僧文瑩」一段文字，則鈔自文瑩《玉壺清話》卷八。假如對這兩種書稍作考察，《玉壺清話》寫成於元豐戊午（一〇七八），而《夢溪筆談》則完成於元祐年間（一〇八六—一〇九四），故《唐宋分門名賢詩話》絶不可能撰成於北宋元豐或熙寧年間。

《唐宋分門名賢詩話》是第一部分門類編的詩話總集，全書二十卷，分三十四類，後代《詩話總龜》、《苕溪漁隱叢話》、《詩人玉屑》等著，皆踵事增華之作，其在詩話史上的開創意義是不可忽視的。同時，這又是鈔撮諸書而成，每一條材料，皆有所依傍，非其自創。今整理茲書，對每條材料，皆儘量考其出處，以明其所本。郭紹虞輯《古今詩話》已有所考，約得十之三四，今繼作校正，所得已逾十之八九。

本書以韓國奎章閣所藏朝鮮版爲底本點校。

六、明鈔本《北山詩話》一卷

《北山詩話》一卷，臺灣《國立中央圖書館善本書目》著錄：「宋不著撰人，舊鈔本，近人莫棠手跋。」〔二二〕此書卷末有「獨山莫氏銅井文房藏書印」，可知確經莫棠收藏。但跋文非出其手，乃明人文山所作。略云：「嘉靖乙巳之歲，借同年晁春陵太史宋本錄，此中脱第十六一葉，俟後再遇補完也。四月既望，文山識。」《書目》著錄或有誤。《北山詩話》較爲罕見，今人郭紹虞、羅根澤等有關著作中亦未曾提及。此書最早著錄於明代《文淵閣書目》卷二：「《北山詩話》一部一册。」可知或經元内閣所藏。清人錢曾《讀書敏求記》卷四著錄云：「《北山詩話》一卷，不著撰人名字。卷終跋云：嘉靖乙巳，晁春陵太史宋本錄。」與臺灣中央圖書館所藏即爲一本，但所錄跋文有誤。晁春陵，名瑮，字君石。嘉靖辛丑年（一五四一）進士，雅好藏書，著有《寶文堂書目》三卷。此書宋本爲其所藏，同年文山於嘉靖乙丑（一五四五）藉以鈔錄。故知此書爲明鈔本，文山手跋。

此書雖不著撰人，但書中内容却提供了若干線索。如第七十一則提及彦章（汪藻）和師川（徐俯）爲詩針鋒相對云：「一時矛楯，皆拱木矣。」徐卒於南宋高宗紹興十年（一一四〇），汪卒於紹興二十四年（一一五四）。第八十四則提及「秦會（檜）之時」，亦指紹興年間。又第一百十一則言及周紫芝、朱新仲（翌）詩云：「二公皆名世久矣，恨未及見。」周卒於紹興末，朱卒於孝宗乾道三年（一一六七）。以此推之，作者當爲南宋高宗朝以後人。同書第二十二則作者曾引自己詩句曰：「予有云：『清如金掌三秋露，壯似錢塘八月潮。』」今撿得此句，乃出南宋王邁《題王雙岩詩集後二首》之一，見《臞軒集》卷十四。本集「三秋」作「雙莖」，「潮」作「濤」。據此推之，此書作者或即王邁。邁（一一八四—一二四八），字貫之，號臞軒居士，興化軍仙游（今屬福建）人。寧宗嘉定十年（一二一七）進士。與劉克莊同時，多有交往。《四庫全書總目》卷一六三《臞軒集》提要指出：「邁所著文集，《宋史·藝文志》不著錄，惟明錢溥《秘閣書目》載有《臞軒集》七册，王圻《續文獻通考》亦有《臞軒集》二十卷，是明代尚有傳本。」今本乃四庫館臣自《永樂大典》中鈔出，約得十之七八。但根據目前掌握的資料，尚不能確定此書作者即王邁。第五十三則載：「劉潭州云：『先時櫻桃煩羊酪，遠信梅酸損瓠犀。』又《明皇》云：『黎園法部兼胡□，玉輦長亭更短亭。』公名師道，予大外父也。」案：劉師道（九六一—一〇一四），字損之，一字宗聖。宋太宗雍熙二年（九八五）進士，累官樞密直學士，知潭州。工爲詩，與楊億輩酬唱。但劉師道卒年與王邁生年相去一百七十年，不可能是作者的大外父（即岳父之父）。更難理解的是，所舉兩詩均見於《西崑酬唱集》卷上，前詩標題爲《梨》，無異文。《明皇》文字稍異，意思相同：「梨園法部兼胡部，玉輦長亭復短亭。」惟兩詩作者皆題作劉筠而非劉師道。筠（九七一—一〇三一），字子儀，宋真宗咸平元年（九九八）進士，屢知制誥及知貢舉，官至翰林承旨兼龍圖閣直學士，詩與楊億齊名，乃「西崑體」代表。《西崑酬唱集》題名不應有誤，而此書作者謂出於其大外父劉師道，又言之鑿鑿。殊不可解，此書作者亦暫不能定。茲略誌於此，以俟博雅。

本書據臺灣廣文書局一九七三年影印本點校。

【附記】

在本書文獻的尋訪、收集和整理工作中，我曾得到許多友人的無私援助，他們是：衣川賢次教授（日本花園大學）、小川隆教授（日本駒澤大學）、蔡毅教授（日本南山大學）和嚴傑教授（南京大學古典文獻研究所）。古道熱腸，高情厚誼，中心藏之，何日忘之！辛巳之秋張伯偉謹記。

【注】

［一］《注石門文字禪》卷二十四，日本江户時代刊本，臨川書店，二〇〇〇年十月版，頁六二九。
［二］《禪學典籍叢刊》第五卷「解題」，臨川書店，二〇〇〇年十月版，頁八五六。
［三］程千帆、徐有富《校讎廣義·版本編》，齊魯書社，一九九一年七月版，頁三一三。
［四］因爲未能見到完整的静嘉堂藏本，我只能根據《静嘉堂文庫宋元版圖錄》所收的兩頁圖版並參考解題來作比較。汲古書院，一九九二年四月版。
［五］如陳新點校本《冷齋夜話》，就曾從《詩話總龜》和《苕溪漁隱叢話》中輯佚二十餘則，中華書局，一九八八年七月版。其實尚不止此數。
［六］此語見《虚堂和尚語錄》卷四《立僧納牌普説》。《大藏經》第四十七册，頁一〇一八—一〇一九。

［七］張伯偉釋譯《臨済錄》，臺灣佛光文化事業有限公司，一九九七年四月版，頁五九—六〇。

［八］柳田聖山主編《禪學叢書》之九，中文出版社，一九七九年十二月版，頁一。

［九］池田胤編《日本詩話叢書》第九卷，文會堂書店，大正十年版，頁五七五。

［一〇］錢曾《讀書敏求記》卷四著錄：「《天廚禁臠》一卷，元清江范德機著。」書名與作者必有一誤。而其致誤原因，即在於書名的近似。

［一一］「解題」見上卷，頁四八〇。書影見下卷，頁一七〇—一七一。日本古書籍商協會，一九七〇年三月版。

［一二］卷中「遺音句法」引賈島詩「不曾離隱居」，「居」字五山版及明正德版均作「處」，當爲手民之誤。其餘文字，皆同於五山版，而異於正德版。可證寬文本與五山版實一脉相承。

［一三］《宋詩話考》，中華書局，一九七九年八月版，頁二一。

［一四］同上註，頁二二。

［一五］參見李裕民《宋詩話叢考》，載《文史》第二十三輯，中華書局，一九八四年十一月版。

［一六］國立中央圖書館特藏組編，一九八六年十二月增訂二版，第三册，頁一三五一。

［一七］《讀書敏求記》卷四著錄：「《臨漢隱居詩話》一卷，宋魏泰道輔撰。洪武九年丙辰，映雪老人寫於華亭集賢外坡草舍雨窗，時年八十。老人即孫道明也。」

［一八］以上參考韓國忠南大學校趙鍾業教授《宋代最早之分門詩話總集〈唐宋分門名賢詩話〉》一文，原載臺灣學生書局出版的《中國書目季刊》第十五卷第三期（一九八一年十二月），後收入作者《韓國詩話研究》一書，太學社，一九九一年二月版。

〔一九〕關於奎章閣的沿革，參見張伯偉《韓國漢籍的淵藪——談奎章閣的沿革及所藏韓國本》，載《書品》一九九八年第四期。

〔二〇〕《宋詩話考》，頁一九六—一九七。

〔二一〕《韓國詩話研究》，頁四八九—四九〇。

〔二二〕第三册，頁一三五四。

日本五山版冷齋夜話

釋惠洪 撰

目錄

卷之一

卷之四

卷之五

卷之六

卷之七

卷之八

卷之九

卷之十

冷齋夜話目録終

〔校〕

〔一〕「馴」原本作「訓」，誤，據正文改。

〔二〕「句」原本作「言」，誤，據正文改。

［三］「比」字原本無，據正文補。
［四］「東」字原本無，據正文補。
［五］「詩」字原本無，據正文補。
［六］「字」字原本無，據正文補。
［七］此目原本無，據正文補。
［八］「滑」原本作「骨」，據正文改。
［九］「淳」原本作「純」，誤，據正文改。
［一〇］「華亭船子」原本作「華船亭」，誤，據正文改。
［一一］「活」原本作「話」，誤，據正文改。
［一二］「馬」字原本無，據正文補。
［一三］「猪」原本作「獨」，誤，據正文改。
［一四］「悦」原本作「説」，據正文改。

冷齋夜話卷之一

江神嗜黄魯直書韋詩

王榮老嘗官於觀州，欲渡觀江[一]，七日風作，不得濟。父老曰：「公篋中必蓄寶物，此江神極靈，當獻之得濟。」榮老顧無所有，惟玉麈尾，即以獻之，風如故。又以端硯獻之，風愈作。又以宣包虎帳獻之，皆不驗。夜卧念曰：「有魯直草書扇頭，題韋應物詩曰：『獨憐幽草澗邊生，上有黄鸝深樹鳴。春潮帶雨晚來急，野渡無人舟自横。』」即取視，儻恍之際，曰：「我猶不識，鬼寧識之乎？」持以獻之，香火未收，天水相照，如兩鏡展對，南風徐來，帆一餉而濟。予謂，觀江神必元祐遷客之鬼，不然，何嗜之深也。

〔校〕

〔一〕「欲」原本作「罷」，兹據《津逮秘書》本改。

秦少游作坡筆語題壁

東坡初未識秦少游，少游知其將復過維揚，作坡筆語題壁於一山中寺。東坡果不能辨，大驚。及見孫莘老，出少游詩詞數百篇，讀之，乃歎曰：「向書壁者豈此郎也？」

羅漢第五尊失隊

予往臨川景德寺，與謝無逸輩升閣，得禪月所畫十八應真像甚奇，而失第五軸。予口占嘲之曰：「十八聲聞解埵根，少叢林漢亂山門〔一〕。不知何處邏齋去，不見雲堂第五尊。」明日有女子來拜，敘曰：「兒南營兵妻也，寡而食素，夜夢一僧來，言曰：『我本景德僧，因行失隊，煩相引歸寺，可乎？』既覺，而鄰家要飯，入其門，壁間有畫僧，形狀了然，夢所見也。」時朱世英守臨川，異之，使迎還，爲閣藏之。予方少年時，羅漢且畏予嘲，及其老也，如梵吉者亦見侮，可怪也。

【校】

〔一〕「林」《津逮秘書》本作「羅」。

東坡夢銘紅靴

東坡倅錢塘日，夢神宗召入禁，宮女環侍，一紅衣女捧紅靴一雙，命軾銘之。覺而忘〔一〕，其中一聯云：「寒女之絲，銖積寸累。步武所及，雲蒸雷起。」既畢，進御。上極歎其敏，詔使宮女送出。睇視裙帶間有六言詩一首曰：「百疊依依水縐〔二〕，六銖縰縰雲輕〔三〕。植立含風殿廣，微聞環珮搖聲。」

【校】

［一］「忘」《津逮秘書》本作「記」。

［二］「依依」《津逮秘書》本作「漪漪」。

［三］「繼繼」原本作「縱縱」，誤，據《津逮秘書》本改。

詩本出處

東坡作《海棠》詩曰：「只恐夜深花睡去，更燒銀燭照紅妝。」事見《太真外傳》，曰：「上皇登沈香亭，詔太真妃子。妃於時卯醉未醒，命力士從侍兒扶掖而至。妃子醉顏殘妝，鬢亂釵横，不能再拜。上皇笑曰：『是豈妃子醉，真海棠睡未足耳。』」作《尼童》詩曰：「應將白練作仙衣，不許紅膏汙天質[一]。」事見則天長壽二年詔書，曰：「應天下尼，當用細白練爲衣。」作《橄欖》詩曰：「待得微甘回齒頰，已輸崖蜜十分甜。」崖蜜事見《鬼谷子》，曰：「照夜青，螢也；百花醴，蜜也；崖蜜，櫻桃也。」作《贈舉子》詩曰：「平生萬事足，所欠惟一死。」事見梁僧史，曰：「世祖宴東府，王公畢集，詔跋陀羅至。跋陀羅皤然清癯，世祖望見，謂謝莊曰：『摩訶衍有機辨，當戲之。』跋陀趨外陛，世祖曰：『摩訶衍不負遠來，惟有一死在。』即應聲曰：『貧道客食陛下三十載，恩德厚矣，無所欠，所欠者惟一死耳。』」李太白詩曰：「昔作芙蓉花，今爲斷腸草。以色事他人，能得幾時好？」陶弘景仙方注曰：「斷腸草，不可食，其花美好，名芙蓉。」

〔校〕

〔一〕「汙」原本作「汗」，誤，據《津逮秘書》本改。

宋神宗詔禁中不得牧豭豘因悟太祖遠略

陳瑩中爲予言，神宗皇帝一日行後苑，見牧豭豘者，問何所用。牧者對曰：「自祖宗以來，長令畜之，自稚養以至大，則殺之，又養稚者。前朝不敢易，亦不知果安用？」神宗沉思久之，詔付所司，禁中不得復畜。數月，衛士忽獲妖人，急欲血澆之，禁中卒不能致。神宗方悟太祖遠略亦及此。

東坡南迁朝雲隨侍作詩以佳之詩

東坡南遷，侍兒王朝雲者請從行。東坡佳之，作詩，有序曰：「世謂樂天有鬻駱放楊枝詞，佳其至老病不忍去也。然夢得詩云：『春盡絮飛留不得，隨風好去落誰家。』樂天亦云：『病與樂天相共住，春同樊素一時歸。』則是樊素竟去也。予家有數妾，四五年相繼辭去，獨朝雲隨予南遷。

因讀樂天詩，戲作此贈之云：不學楊枝別樂天，且同通德伴伶玄。伯仁絡秀不同老，天女維摩總解禪。經卷藥爐新活計，舞裙歌板舊因緣。丹成隨我三山去，不作巫陽雲雨仙。」蓋紹聖元年十一月也。三年七月五日[一]，朝雲卒，葬於棲禪寺松林中，直大聖塔。又和詩曰：「苗而不秀豈其天，不使童烏與我玄。駐景恨無千歲藥，贈行唯有小乘禪。傷心一念償前債，彈指三生斷後緣。歸臥竹根無遠近，夜燈勤禮塔中仙。」又作《梅花》詞曰「玉骨那愁瘴霧」者，其寓意爲朝雲作也。秦少游曰：「唐詩閨怨詞曰：『繡閣開金鎖，銀臺點夜燈。長征君自慣，獨臥妾何曾。』此正語病之著者，而選詩自謂精之，果精乎？」參寥子曰：「林下人好言詩，纔見誦貫休、齊己詩，便不必問。」

【校】

[一]「五」《津逮秘書》作「十五」。

東坡書壁

前輩訪人不遇，皆不書壁。東坡作行記，不肯書牌，惡其特地，止書壁耳。候人未至，則掃墨竹。

古人貴識其真

東坡每曰：古人所貴者，貴其真。陶淵明恥爲五斗米屈於鄉里小兒，棄官去。歸久之，復游城郭，偶有羨於華軒。漢高帝臨大事，鑄印銷印，甚於兒戲。然其正直明白，照映千古，想見其爲人。問士大夫蕭何何以知韓信，竟未有答之者。

東坡得陶淵明之遺意

東坡嘗曰：淵明詩初看若散緩，熟看有奇句。如「日暮巾柴車，路暗光已夕。歸人望煙火，稚子候簷隙。」又曰：「採菊東籬下，悠然見南山。」又曰：「靄靄遠人村，依依墟里煙。犬吠深巷中，雞鳴桑樹顛。」大率才高意遠，則所寓得其妙，造語精到之至，遂能如此。似大匠運斤，不見斧鑿之痕。不知者疲精力〔一〕，至死不知悟〔二〕，而俗人亦謂之佳。如曰：「一千里色中秋月，十萬軍聲半夜潮。」又曰：「蝴蝶夢中家萬里，子規枝上月三更。」又曰：「深秋簾幕千家雨，落日樓臺一笛風。」皆如寒乞相，一覽便盡。初如秀整，熟視無神氣，以其字露也。東坡作對則不然，如曰「山中老宿依然在，桉上《楞嚴》已不看」之類，更無齟齬之態。細味對甚的而字不露，此其得淵明遺意耳。

【校】

[一]「疲」《津逮秘書》本作「困疲」。

[二]「知」《津逮秘書》本作「之」。

鳳翔壁上詩

東坡曰：予少官鳳翔，行山邸[一]，見壁間有詩曰：「人間無漏仙，兀兀三杯醉。世上没眼禪，昏昏一覺睡[二]。雖然没交涉，其奈略相似。相似尚如此，何況真箇是。」故其海上作《濁醪有妙理賦》曰：「常因既醉之適，方識此心之正。」然此老言人心之正，如孟子言人性善，何以異哉！

【校】

[一]「邸」《津逮秘書》本作「求邸」。

[二]近藤元粹《螢雪軒叢書》本校記云：「《東坡詩話補遺》『漏』作『酒』，『覺』作『枕』，俱似是。」

盧橘

東坡詩曰：「客來茶罷渾無有，盧橘微黄尚帶酸。」張嘉甫曰：「盧橘何種果類？」答曰：「枇杷是矣。」又問：「何以驗之？」答曰：「事見相如賦。」嘉甫曰：「盧橘夏熱，黄甘橙榛，枇杷橪柿，亭奈厚朴。盧橘果枇杷，則賦不應四句重用。應劭注曰：「《伊尹書》曰：『箕山之東，青鳥之所[一]，有盧橘，常夏熱。』不據依之何也？」東坡笑曰：「意不欲耳。」

【校】

[一]「鳥」原本作「馬」，誤，據《津逮秘書》本改。

東坡論文與可詩

東坡嘗對歐公誦文與可詩曰：「美人卻扇坐，羞落庭下花。」歐公笑曰：「與可無此句，與可拾得耳。」世徒知與可掃墨竹，不知其高才兼諸家之妙，詩尤精絕。戲作《鷺鷥詩》曰：「頸細銀鈎淺曲，腳高綠玉深翹。岸上水禽無數，有誰似汝風標。」

的對

東坡曰：世間之物，未有無對者，皆自然生成之象。雖文字之語亦然，但學者不思耳。如因事，當時爲之語曰：「劉蕡下第，我輩登科。」則其前有「雍齒且侯，吾屬何患」。太宗曰：「我見魏徵常嫵媚。」則德宗乃曰：「人言盧杞是奸邪。」

東坡留題姜唐佐扇楊道士息軒姜秀郎几間

東坡在儋耳，有姜唐佐者從乞詩。唐佐，朱崖人，亦書生。東坡借其手中扇，大書其上曰：「滄海何曾斷地脈，朱崖從此破天荒。」又書司命宮楊道士息軒曰：「無事此靜坐，一日是兩日。若活七十年，便是百四十。黃金不可成，白髮日夜出。開眼三十秋，速於駒過隙。是故東坡老，貴汝一念息。時來登此軒，望見過海席。家山歸未得，題詩寄屋壁。」有黎女插茉莉花，嚼檳榔，戲書姜秀郎几間曰：「暗麝著人簪茉莉，紅潮登頰醉檳榔。」其放浪如此。

換骨奪胎法

山谷云：「詩意無窮，而人之才有限。以有限之才，追無窮之意，雖淵明、少陵不得工也。然不易其意而造其語，謂之換骨法；規模其意形容之[一]，謂之奪胎法。」如鄭谷《十日菊》曰：「自緣今日人心別，未必秋香一夜衰。」此意甚佳，而病在氣不長。西漢文章雄深雅健者，其氣長故也。曾子固曰：「詩當使人一覽語盡而意有餘，乃古人用心處。」所以荆公作《菊詩》則曰：「千花百卉雕零後[二]，始見閒人把一枝。」東坡則曰：「萬事到頭終是夢，休，休，休，明日黃花蝶也愁。」又如李翰林詩曰：「鳥飛不盡暮天碧。」又曰：「青天盡處沒孤鴻。」然其病如前所論。山谷作《登達觀臺》詩曰：「瘦藤拄到風煙上，乞與游人眼界開。不知眼界闊多少，白鳥去盡青天回。」凡此之類，皆換骨法也。顧況詩曰：「一別二十年，人堪幾回別。」其詩簡緩而立意精確[三]。舒王作《與故人詩》曰：「一日君家把酒杯，六年波浪與塵埃。不知烏石江頭路，到老相逢得幾回。」樂天詩曰：「臨風杪秋樹，對酒長年身。醉貌如霜葉，雖紅不是春。」東坡《南中作》詩曰：「兒童悞喜朱顏在，一笑那知是醉紅。」凡此之類，皆奪胎法也。學者不可不知。

【校】

[一]「規模」《津逮秘書》本作「窺入」。

[二]「百」《津逮秘書》本作「萬」。

[三]「緩」《津逮秘書》本作「拔」。

詩用方言

詩人多用方言，南人謂象牙爲白暗，犀爲黑暗，故老杜詩曰：「黑暗通蠻貨。」又謂睡美爲黑甜，謂飲酒爲軟飽，故東坡詩曰：「三盃軟飽罷，一枕黑甜餘。」

老嫗解詩

白樂天每作詩，令一老嫗解之，問曰：「解否？」嫗曰解，則錄之；不解，則易之。故唐末之詩近於鄙俚也。

采石渡鬼

歐陽文忠公慶曆末，宿采石。舟人甫䑸，潮至月黑，公方就寢，微聞呼聲曰：「去未？」舟尾有答者曰：「有參政船宿此，不可擅去，齋料幸爲攜至。」公驚，私念曰：舟尾逼浦，且無從人，必是鬼。通夕不寐。五鼓，岸上獵獵馳驟聲，舟尾者呼曰：「齋料幸見還。」有且行且答者曰：「道場不清淨，無所得而皈領，略多嗟恨之詞。」公異之。後游金山，與長老瑞新語，新曰：「某夜還有水陸，有施主攜室至，忽乳一子，俄覺腥風滅燭，大衆恐。使人問其時，乃公宿采石之夜。」其後蔡州求退之鋭者，亦其前知然耶？時公自參知政事除蔡州。黄魯直熙寧初宿石塘寺，寺有鬼靈異，若獨足公之類，然獨足寺僧敬信之。一夕夢曰：「分寧黄刑部至。」僧曰：「侍郎乎，尚書乎？」曰：「侍郎也。」魯直南遷已六十，親故憂其禍大，又南方瘴霧，非菜肚老人所宜。魯直笑曰：「宜州者，所以宜人也。且石塘鬼非村落間無智愚鬼，侍郎之言，豈欺我哉！」魯直竟歿於宜州。較采石之鬼，何愚智相去三十里。豈魯直癡絶，故欺之耶？

李後主亡國偈

宋太祖將問罪江南，李後主用謀臣計，欲拒王師。法眼禪師觀牡丹於大内，因作偈諷之曰：

「擁毳對芳叢，由來趣不同。髮從今日白，花是去年紅。豔曳隨朝露，馨香逐晚風。何須待零落，然後始知空。」後主不省，王師旋渡江。

冷齋夜話卷之一終

冷齋夜話卷之二

韓歐范蘇嗜詩

韓魏公罷政判北京，作《園中行》詩：「風定曉枝蝴蝶舞，雨勻春圃桔槔閑。」又嘗以謂意趣所至，多見於嗜好。歐陽文忠喜士爲天下第一，嘗好誦孔北海「坐上客常滿，樽中酒不空」。范文正公清嚴，而喜論兵，常好誦韋蘇州詩「兵衛森畫戟，燕寢凝清香」。東坡友愛子由，而味著清境[一]，每誦「何時風雨夜，復此對床眠」。山谷寄傲士林，而意趣不忘江湖，其作詩曰：「九陌黃塵烏帽底，五湖春水白鷗前。」又曰：「九衢塵土烏靴底，想見滄州白鳥雙。」又曰：「夢作白鷗去，江湖水貼天。」又作《演雅》詩曰：「江南野水碧於天，中有白鷗閑似我。」

[校]

[一]「味著」《津逮秘書》本作「性嗜」。

陳無己挽詩

予問山谷：「今之詩人，誰爲冠？」曰：「無出陳師道無己。」問：「其佳句如何？」曰：「吾見其作溫公挽詞一聯，便知其才不可敵。曰：『政雖隨日化，身已要人扶。』」

洪駒父評詩之誤

洪駒父曰：「柳子厚詩曰：『㟼靄一聲山水綠。』㟼音奧，而世俗乃分㟼爲二字，誤矣。如老杜詩曰：『雨腳泥滑滑。』世俗易爲『兩腳泥滑滑。』王元之詩曰：『春殘葉密花枝少，睡起茶親酒盞疏。』世以爲『睡起茶多酒盞疏』。多此類。」

留食戲語大笑噴飯

予與李德修、游公義過一新貴人，貴人留食。予三人者皆以左手舉箸，貴人曰：「公等皆左轉也。」予遂應聲曰：「我輩自應須左轉，知君豈是背匙人。」一座大笑，噴飯滿案。

歐陽夷陵黃牛廟東坡錢塘西湖詩

歐陽公《黃牛廟》詩曰：「石馬繫祠門。」東坡《錢塘》詩曰：「我識南屏金鯽魚。」二句皆似童稚語，然皆記一時之事。歐陽嘗夢至一神祠，祠前有石馬缺左耳，及謫夷陵，過黃牛廟，所見如夢。西湖南屏山興教寺，池有鯽十餘尾，皆金色，道人齋餘，爭倚檻投餅餌爲戲，東坡習西湖久，故寓於詩詞耳。

古樂府前輩多用其句

予嘗館州南客邸，見所謂常賣者，破篋中有詩編寫本，字多漫滅，皆晉簡文帝時名公卿，而詩語工甚。有古意樂府曰「繡幕圍香風，耳節朱絲桐。不知理何事，淺立經營中。護惜如窮袴[一]，隄防托守宫。今日牛羊上丘壠，當時近前面發紅」云云。前輩多全用其句，老杜曰：「意象慘澹經營中[二]。」李長吉曰：「羅幃繡幕圍香風。」山谷曰：「今日牛羊上丘壠，當時近前左右瞋。」予見魯直，未得此書。窮袴，漢時語也，今襠袴是也。

【校】

[一]「如」《津逮秘書》本作「加」。

[二]近藤元粹《螢雪軒叢書》本「象」作「匠」，校記云：「原本『匠』誤作『象』，今訂正。」

雷轟薦福碑

范文正公鎮鄱陽[一]，有書生獻詩甚工，文公禮之。書生自言：「天下之至寒餓者，無在某右。」時盛習歐陽率更字，薦福寺碑墨本直千錢。文正爲具紙墨，打千本，使售於京師。紙墨已具，一夕，雷擊碎其碑。故時人爲之語曰：「有客打碑來薦福，無人騎鶴上揚州。」東坡作《窮措大詩》曰：「一夕雷轟薦福碑。」

［校］

［一］「鄱」原本作「潘」，據《津逮秘書》改。

立春王禹玉口占

歐公、王禹玉俱在翰苑，立春日當進詩貼子。會溫成皇后薨，閤虛不進，有旨亦令進。歐公經營中，禹玉口占促寫曰：「昔聞海上有三山，煙鎖樓臺日月閑。花似玉容長不老，只應春色勝人間。」歐公喜其敏速。禹玉，歐公門生也，而同局，近世盛事。其詩略曰：「當年叨入武成宮，曾看揮毫氣吐虹。夢寐閑思十年事，笑談今此一樽同。喜君新賜黄金帶，顧我今爲白髮翁」云云。

稚子

老杜詩曰：「竹根稚子無人見，沙上鳧雛並母眠。」世不解「稚子無人見」何等語。唐人《食筍》詩曰：「稚子脱錦繃，駢頭玉香滑。」則稚子爲筍明矣。贊寧《雜誌》曰：「竹根有鼠，大如貓，其色類竹，名竹豚，亦名稚子。」予問韓子蒼，子蒼曰：「筍名稚子，老杜之意也，不用《食筍》詩亦可。」

老杜劉禹錫白居易詩

老杜《北征》詩曰：「唯昔艱難初，事與前世別。不聞夏商衰，中自誅褒妲。」意者明皇覽夏、商之敗，畏天悔過，賜妃子死也。而劉禹錫《馬嵬》詩曰：「官軍誅佞幸，天子舍夭姬。群吏伏門屏，貴人牽帝衣。」白樂天《長恨》詞曰：「六軍不發爭奈何，宛轉蛾眉馬前死。」乃是官軍迫使殺妃子，歌詠祿山叛逆耳。孰謂劉、白能詩哉！其去老杜何啻九牛毛耶。《北征》詩識君臣之大體，忠義之氣與秋色爭高，可貴也。

館中夜談韓退之詩

沈存中、呂惠卿吉甫、王存正仲、李常公澤，治平中同在館中夜談詩。存中曰：「退之詩，押韻之文耳，雖健美富贍，然終不近詩。」吉甫曰：「詩正當如是，吾謂詩人亦未有如退之者。」正仲是存中，公澤是吉甫，於是四人者交相攻，久不決。公澤正色謂正仲曰：「君子群而不黨，公獨黨存中。」正仲怒曰：「我所見如此，偶因存中便謂之黨，則君非黨吉甫乎。」一坐大笑。予嘗熟味退之詩，真出自然，其用事深密，高出老杜之上。如《符讀書城南》詩「少長聚嬉戲，不殊同隊魚」，又「腦脂蓋眼臥壯士，大招掛壁何由彎」，皆自然也。襄陽魏泰曰：「韓退之詩曰：『剝苔吊班林，角黍餌沈塚。』竹非墨點之斑也，楚竹初生，蘚封之，土人斫之，浸水中，洗去蘚，故蘚痕成紫暈耳。」

昭州崇寧寺觀音竹永州澹山岩馴狐

鄒志完南遷，自號道鄉居士。在昭州江上爲居，屋近崇寧寺，因閲《華嚴經》於觀音像前。有修竹三根生像之後，志完揭茅出之，不可，乃垂枝覆像，有如世畫寶陀山岩竹，今猶在。昭人扃鎖之，以爲[一]過客游觀。北還，過永州澹山岩，岩有馴狐，凡貴客至則鳴。志完將至，而狐輒鳴。寺僧出迎，志完怪之，僧以狐鳴爲對。志完作詩曰：「我入幽岩亦偶然，初無消息與人傳。馴狐戲學仙伽客，一夜飛鳴報老禪。」

【校】

[一]「爲」《津逮秘書》作「俟」。

僧賦蒸豚詩

王中令既平蜀，捕逐餘寇[一]，與部隊相遠，饑甚，入一村寺中。主僧醉甚，箕踞。公怒，欲斬之，僧應對不懼，公奇而赦之，問求蔬食。僧曰：「有肉無蔬。」公益奇之。餽之以蒸猪頭，食之甚美，公喜，問：「僧止能飲酒食肉耶，爲有他技也？」僧自言能爲詩，公令賦食蒸豚，操筆立成，曰：「嘴長毛短淺含臕，久向山中食藥苗。蒸處已將蕉葉裹，熟時兼用杏漿澆。紅鮮雅稱金盤飣[二]，軟熟真堪玉筯挑。若把羶根來比並，羶根只合吃藤條。」公大喜，與紫衣師號。東坡元祐初見公之玄孫訥，夜話及此，爲記之。

【校】

[一]「逐」《津逮秘書》本作「還」。

[二]「飣」《津逮秘書》本作「薦」。

王平父夢至靈芝宫

王平甫熙寧癸丑歲，直宿崇文館，夢有人要之至海上。見海中央宫殿甚盛，其中作樂，笙簫鼓吹之伎甚衆，題其宫曰「靈芝宫」。平甫欲與俱往，有人在宫側，隔水謂曰：「時未至，且令去，他日當迎之。」至此恍然夢覺，時禁中已鐘鳴。平甫頗自負不凡，爲詩記之曰：「萬頃波濤木葉飛，笙歌宫殿號靈芝。揮毫不似人間世，長樂鐘來夢覺時。」

安世高請福郥亭廟秦少游宿此夢天女求贊

安世高者，安息國王之嫡子也，爲沙門。漢桓帝建和初至長安，靈帝末關中大亂，謂人曰：

「我有道伴在江南，當往省之。」人曰：「游宦乎？沙門乎？」曰：「以嗔故爲神，然吾亦往廣州償債耳。」世高舟次廬山邸亭湖廟下，廟甚靈，能分風送往來之舟。世高舟人捧牲請福，神輒降曰：「舟有沙門，乃不俱來耶。」世高聞之，爲至廟下。神復語曰：「我果以多嗔致此業，今家此湖，千里皆所轄，以雖嗔而好施，故多寶玩。以縑千匹、黄白物付君，爲建佛寺爲冥福。」今洪州大安寺是也。秦少游南遷，宿廟下，登岸縱望久之，歸臥舟中，聞風聲，側枕視，微波月影縱横，追繹昔嘗宿雲老惜竹軒，見西湖月夜如此，遂夢美人，自言維摩詰散花天女也，以維摩詰像來求贊。少游極愛其畫[一]，默念曰[二]：「非道子不能作此。」天女以詩戲少游曰：「不知水宿分風浦，何似秋眠惜竹軒。聞道詩詞妙天下，廬山對眼可無言。」少游夢中題其像曰：「竺儀華，夢瘴面囚首，口雖不言，十分似九。應笑舌覆大千作師子吼，不如博取妙喜如陶家手。」予過雷州天寧，與戒禪師夜話，問少游字畫。戒出此傳爲示，少游筆迹也。

【校】

[一]「少」字原本無，據《津逮秘書》本補。

[二]「默」原本作「然」，誤，據《津逮秘書》本改。

冷齋夜話卷之二終

冷齋夜話卷之三

諸葛亮劉伶陶潛李令伯文如肺腑中流出

李格非善論文章，嘗曰：「諸葛孔明《出師表》，劉伶《酒德頌》，陶淵明《歸去來詞》，李令伯《乞養親表》，皆沛然從肺腑[一]中流出，殊不見有斧鑿痕。是數君子，在後漢之末，兩晉之間，初未嘗以文章名世，而其意超邁如此。吾是以知文章以氣爲主，氣以誠爲主。」故老杜謂之詩史者，其大過人在誠實耳。誠實著見，學者多不曉。如玉川子《醉歸》詩曰：「昨夜村飲歸，健倒三四五。摩挲青莓苔，莫嗔驚著汝。」王荊公用其意作扇子詩曰：「玉斧修成寶月團，月邊仍有女乘鸞。青冥風露非人世，鬢亂釵横特地寒。」

［校］

［一］「肺腑」原本作「肝肺」，誤，據《津逮秘書》本改。

池塘生春草

晝公云[一]：「『池塘生春草，園柳變鳴禽』之句，謂有神助，其妙意不可以言傳。」而古今文士多從而稱之，謂之確論。獨李元膺曰：「予反覆觀此句，未有過人處，不知晝公何從見其妙？」蓋古今佳句在此一聯之上者尚多。古之人意有所至，則見於情，詩句蓋其寓也。謝公平生喜見惠連，夢中得之，蓋當論其情意，不當泥其句也。如謝東山喜見羊曇[二]，羊叔子喜見鄒湛，王述喜見坦之，皆其情意所至，不可名狀，特無詩句耳。

[校]

[一]「晝」《津逮秘書》本作「舒」，誤。下同。

[二]「羊」《津逮秘書》本作「華」，誤。

詩説煙波縹緲處

予自並州還故里，館延福寺。寺前有小溪，風物類斜川，予兒童時戲劇處也。嘗春深獨行溪上，作小詩曰：「小溪倚春漲，攘我釣月灣。新晴爲不平，約束晚來還。銀梭時撥刺，破碎波中山。整鈎背落日，一葉軟紅間。」又嘗暮寒歸見白鳥，作詩曰：「剩水殘山慘澹間，白鷗無事釣舟閑。個中著我添圖畫，便似華亭落照灣。」魯直謂予曰：「觀君詩説煙波縹緲處，如陸忠州論國政，字字坦夷。前身非篙師、沙戸種類耶？」有詩，其略曰：「吾年六十子方半，槁項頂螺忘歲年[一]。脱卻衲衣著簑笠，來佐涪翁刺釣船。」予嘗對淵材誦之，淵材曰：「此退之贈澄觀『我欲收斂加冠巾』換骨句也。」

【校】

〔一〕「頂螺忘」《津逮秘書》本作「螺顛度」。

山谷集句貴拙速不貴巧遲

集句詩，山谷謂之百家衣體，其法貴拙速，而不貴巧遲。如前輩曰「晴湖勝鏡碧，衰柳似金黃」，又曰「事治閑景象，摩捋白髭鬚」，又曰「古瓦磨爲硯，閑砧坐當床」，人以爲巧。然皆疲費精力，積日月而後成，不足貴也。

東坡美謫仙句語作贊

「曉披雲夢澤〔一〕，笠釣青茫茫。」又曰：「暮騎紫雲去，海氣侵肌涼〔二〕。」東坡曰：「此語非李太白不能道也。」嘗作贊曰：「天人幾何同一漚，謫仙非謫乃其游。揮斥八極隘九州，化爲兩鳥鳴相酬，一鳴一止三千秋。開元有道爲少留，縻之不可矧肯求。東望太白橫峨岷，眼高四海空無人。大兒汾陽中令君，小兒天台坐忘身。生平不識高將軍，手涴吾足乃敢嗔，作詩一笑君應聞。」

【校】

［一］「拔」原本作「坺」，誤，據《津逮秘書》本改。

［二］「肌」原本作「飢」，誤，據《津逮秘書》本改。

韋蘇州寄全椒道人詩

東坡曰：「羅浮有野人，山中隱者或見之，相傳葛稚川之隸也。有鄧道士者，嘗見其足迹。」予偶讀韋蘇州詩《寄全椒道士》云：「今朝郡齋冷，忽念山中客。澗底束荆薪，歸煮白雲石［一］。遙持一樽酒，遠慰風雨夕。落葉滿空山，何處尋行迹。」迹其風度，則全椒道士豈亦鄧君之流乎。因以酒問，依蘇州韻作詩寄之曰：「一杯羅浮春，遠餉採薇客。遙知獨酌罷，醉臥松下石。幽人不可見，清嘯聞月夕。聊戲庵中人，飛空本無迹。」

【校】

［一］此句《津逮秘書》本作「歸來煮白石」。

棋隱語

舒王在鍾山，有道士來謁，因與棋，輒作數語曰：「彼亦不敢先，此亦不敢先。惟其不敢先，是以無所爭。惟其無所爭，故能入於不死不生。」舒王笑曰：「此特棋隱語也。」

李元膺喪妻長短句

許彦周曰：李元膺作南京教官，喪妻，作長短句曰：「去年相逢深院宇，海棠下，曾歌金縷。歌罷花如雨。翠羅衫上，點點紅無數。今歲重尋攜手處，空物是人非春莫[一]。回首青門路。亂紅飛絮，相逐東風去。」李元膺尋亦卒。

【校】

［一］「空」字《津逮秘書》本無。

秦國大長公主挽詩

秦國大長公主薨，神考賜挽詞三首曰：「海闊三山路，香輪定不歸。帳深空翡翠，珮冷失珠璣。明月留歌扇，殘霞散舞衣。都門送車返，宿草自春菲。」又曰：「曉發西城道，靈車望更遥。春風空魯館，明月斷秦蕭。塵入羅衣暗，香隨玉篆銷。芳魂飛北渚，那復可爲招。」又曰：「慶自天源發，恩從國愛申。歌鐘雖在館，桃李不成春。水折空還沁，樓高已隔秦。區區會稽市，無復獻珠人。」元豐初，臣魏泰載之於詩話中，雖穆王《黄竹》，漢高《大風》之詞，皆莫可擬其仿佛。

噫！豈特前代帝王，蓋古今詞人之工者，無此作也。

荆公鍾山東坡餘杭詩

山谷云：「天下清景，初不擇賢愚而與之遇，然吾特疑端爲我輩設。荆公在鍾山定林，與客夜對，偶作詩曰：『殘生傷性老耽書，年少東來復起予。各據槁梧同不寐，偶然聞雨落階除。』東坡宿餘杭山寺，贈僧曰：『暮鼓朝鐘自擊撞，閉門欹枕對殘釭。白灰旋撥通紅火，卧聽蕭蕭雪打窗。』」人以山谷之言爲確論。

少游魯直被謫作詩

少游謫雷，悽愴，有詩曰：「南土四時都熱，愁人日夜俱長。安得此身如石，一時忘了家鄉。」魯直謫宜，殊坦夷，作詩曰：「老色日上面，懽情日去心。今既不如昔，後當不如今。」「輕紗一幅巾，短簟六尺床，無客日自靜，有風終夕涼。」少游情鍾，故其詩酸楚；魯直學道休歇[一]，故其詩閒暇。至於東坡，《南中》詩曰：「平生萬事足，所欠惟一死。」則英特邁往之氣，不受夢幻折困，可畏而仰哉。

【校】

[一]「學」字原本無，據《津逮秘書》本補。

活人手段

司馬溫公童稚時，與群兒戲於庭。庭有大甕，一兒登之，偶墮甕水中。群兒皆棄去，公則以石擊甕，水因穴而迸，兒得不死。蓋其活人手段已見於齠齔中，至今京洛間多爲小兒擊甕圖。

詩未易識

唐詩有「竹逕通幽處，禪房花木深」之句，歐陽文忠公愛之，每以語客曰：「古人工爲發端[一]，心雖曉之，才莫逮。欲仿此爲一聯，終莫之能。」以文忠公之才而謂不能，詩蓋未易識也。

〔校〕

〔一〕「工」字原本無，據《津逮秘書》本補。

詩一字未易工

老杜詩云：「身輕一鳥過。」文忠公、梅聖俞初得一本而失「過」字，諸公續之曰「一鳥疾」、「一鳥落」、「一鳥去」，及得善本，乃「過」字。乃知一字之工，才力有短長也。

冷齋夜話卷之三終

冷齋夜話卷之四

詩話妄易句法字[一]

司馬溫公《詩話》曰：「魏野詩：『燒葉爐中無宿火，讀書窗下有殘燈。』而俗人易『葉』爲『藥』，不止不佳，亦和下句無氣味。」魯直曰：「老杜詩云：『黄獨無苗山雪盛。』『黄獨』者，芋魁小者耳，江南名曰土卵，兩川多食之。而俗人易曰『黄精』，子美流離，亦未有道人劍客食黄精也。」如淵明曰：『採菊東籬下，悠然見南山。』其渾成風味，句法如生成。而俗人易曰『望南山』，一字之差，遂失古人情狀，學者不可不知也。」

〔校〕

〔一〕「字」《津逮秘書》本作「病」。

五言四句得於天趣

吾弟超然善論詩，其爲人純至有風味。嘗曰：「陳叔寶絕無肺腸，然詩語有警絕者，如曰：

『午醉醒來晚[一]，無人夢自驚。夕陽如有意，偏傍小窗明。』」王維摩詰《山中》詩曰：『溪清白石出，天寒紅葉稀。山路元無雨，空翠濕人衣。』舒王百家衣體曰：『相看不忍發，慘澹暮潮平。欲別更攜手，月明洲渚生。』此皆得於天趣。」予問之曰：「句法固佳，然何以識其天趣？」超然曰：「能知蕭何所以識韓信，則天趣可言。」予竟不能詰，歎曰：「溟涬然弟之哉[二]！」

【校】

[一]「來」《津逮秘書》本作「未」。

[二] 此句《津逮秘書》本作「微超然誰知之」。

夢中作詩

崇寧元年元日，粥罷昏睡，夢中忽作一詩，既覺輒能記之，曰：「無賴東風試怒號，共乘一葉傲驚濤。不知兩岸人皆愕，但覺中流笑語高。」三月七日，偶與瑩中渡湘江。是日大風，當斷渡，而瑩中必欲宿道林，小舟掀舞白浪中，兩岸聚觀膽落，而瑩中笑聲愈高。予細繹夢中詩以語瑩中[一]，瑩中云：「此段公案，三十年後大行叢林也。」

【校】

[一]「細」《津逮秘書》本作「紬」。

西崑體

詩到李義山，謂之文章一厄。以其用事僻澀，時稱西崑體。然荆公晚年亦或喜之，而字字有根蒂。如作雪詩曰：「借問火城將策探，何如雲屋聽窗知。」又曰：「未愛京師傳谷口，但知鄉里勝壺頭。」其用事琢句，前輩無相犯者。昔李師中作送唐介謫官詩曰「去國一身輕似葉，高名千古重於山。並游英俊顔何厚，已死奸諛骨尚寒」云云。已而，聞介赴月首上官，乃大悔，以書索其詩。唐公笑曰：「吾正不用此無對屬落韻詩。」遂以還之。李大驚，久之乃悟「一身」「千古」非挾對，與荆公措意異矣。

詩比美女美丈夫

前輩作花詩，多用美女比其狀。如曰：「若教解語應傾國，任是無情也動人。」陳俗哉[一]。山谷作《酴醿詩》曰：「露濕何郎試湯餅，日烘荀令炷爐香。」乃用美丈夫比之，特若出類。而吾叔淵材作海棠詩又不然[二]，曰：「雨過溫泉浴妃子，露濃湯餅試何郎。」意尤工也。

【校】

[一]「陳俗」《津逮秘書》本作「誠然」。

[二]「詩」字原本無，據《津逮秘書》本補。

道潛作詩追法淵明乃十四字師號

道潛作詩，追法淵明，其語逼真處：「數聲柔櫓蒼茫外，何處江村人夜歸」。又曰：「隔林彷佛聞機杼，知有人家住翠微。」時從東坡在黃州，京師士大士以書抵坡曰：「聞公與詩僧相從，真東山勝游也。」坡以書示潛，誦前句，笑曰：「此吾師十四字師號耳。」

米元章瀑布詩

米芾元章豪放，戲噱有味，士大夫多能言其作止。有書名，嘗大字書曰：「君有《瀑布》詩[一]，古今賽不得。最好是『一條界破青山色』。」人固以怪之，其後題云：「蘇子瞻曰：『此是白樂天奴子詩。』」見者莫不大笑。

〔校〕

〔一〕「君」《津逮秘書》本作「吾」。

詩句含蓄

詩有句含蓄者，如老杜曰：「勳業頻看鏡，行藏獨倚樓。」鄭雲叟曰「相看臨遠水，獨自上孤舟」是也。有意含蓄者，如《宫詞》曰：「銀燭秋光冷畫屏，輕羅小扇撲流螢。天街夜色涼於水，卧看牽牛織女星。」又《嘲人》詩曰「怪來妝閣閉，朝下不相迎。總向春園裏，花間笑語聲」是也。有句意俱含蓄者，如《九日》詩曰：「明年此會知誰健，醉把茱萸子細看。」《宫怨》詩曰「玉容不及寒鴉色，猶帶朝陽日影來」是也。

滿城風雨近重陽

黄州潘大臨工詩，多佳句，然甚貧，東坡、山谷尤喜之。臨川謝無逸以書問：「有新作否？」潘答書曰：「秋來景物，件件是佳句，恨爲俗氛所蔽翳。昨日清卧，聞攪林風雨聲，欣然起，題其壁曰：『滿城風雨近重陽。』忽催租人至，遂敗意。止此一句奉寄。」聞者笑其迂闊。

天棘夢青絲

王仲正言：「老杜詩：『江蓮搖白羽，天棘夢青絲[二]。』天棘非煙非雨，自是一種物，曾見於一小説，今忘之。」高秀實曰：「天棘，天門冬也，一名顛棘，非天棘也。」王元之詩曰：「水芝卧玉腕，天棘舞金絲。」則天棘蓋柳也。

【校】

［一］「夢」《津逮秘書》本作「夢」。

琥珀

韋應物作《琥珀》詩曰：「曾爲老茯苓，元是寒松液。蚊蚋落其中，千年猶可覿。」舊説松液入地千年所化，今燒之尚作松氣。嘗見琥珀中有物如蜂，然此物自外國來，地有茯苓處皆無琥珀，不知韋公何以知之。

詩誤字

老杜詩曰：「白鷗没浩蕩，萬里誰能馴。」今誤作「波浩蕩」，非唯無氣味，亦分外閒置「波」字。舒王曰：「道人北山來，問松我東岡［一］。舉手指屋脊，云今如許長。」今誤作「問松栽東岡」，與「波浩蕩」當並按也。

【校】

［一］「東」原本作「南」，據《津逮秘書》本改。

王荆公東坡詩之妙

對句法，詩人窮盡其變，不過以事、以意、以出處具備謂之妙。如荆公曰：「平昔離愁寬帶眼，迄今歸思滿琴心。」又曰：「欲寄歲寒無善畫，賴傳悲壯有能琴。」乃不若東坡微意特奇，如曰：「見説騎鯨游汗漫，亦曾捫虱話辛酸。」又曰：「蠶市風光思故國，馬行燈火記當年。」又曰：「龍驤萬斛不敢過，漁舟一葉縱掀舞。」以「鯨」爲「虱」對，以「龍驤」爲「漁舟」對，小大氣焰之不等，其意若玩世。謂之秀傑之氣終不可没者，此類是也。

詩忌

衆人之詩，例無精彩，其氣奪也。夫氣之奪人，百種禁忌，詩亦如之。曰富貴中不得言貧賤事，少壯中不得言衰老事，康強中不得言疾病死亡事，脱或犯之，謂之詩讖，謂之無氣，是大不然。詩者，妙觀逸想之所寓也，豈可限以繩墨哉！如王維作畫雪中芭蕉，詩眼見之，知其神情寄寓於物；俗論則譏以爲不知寒暑。荆公方大拜，賀客盈門，忽點墨書其壁曰：「霜筠雪竹鍾山寺，投老皈歟寄此生。」坡在儋耳作詩曰：「平生萬事足，所欠惟一死。」豈可與世俗論哉。予嘗與客論至此，而客不然吾論。予作詩自誌其略曰：「東坡醉墨浩琳琅，千首空餘萬丈光。雪裏芭蕉失寒暑，眼中騏驥略玄黃。」

詩言其用不言其名

用事琢句，妙在言其用，不言其名耳。此法唯荆公、東坡、山谷三老知之。荆公曰：「含風鴨綠鱗鱗起，弄日鵝黄裊裊垂。」此言水柳之用，而不言水柳之名也。東坡《別子由》詩：「猶勝相逢不相識，形容變盡語音存。」此用事而不言其名也。山谷曰：「管城子無食肉相，孔方兄有絶交書。」又曰：「語言少味無阿堵，冰雪相看有此君。」又曰：「眼看人情如格五，心知世事等朝三。」「格五」，今之蹙融是也。《後漢》注云：「常置人於險處耳。」然句中「眼」者，世尤不能解。「語言」者，蓋其德之候也，故曰：「有德者必有言。」王荆公欲革歷世因循之弊，以新政化，作雪詩，其略曰：「勢合便疑包地盡，功成終欲放春回。農家不驗豐年瑞，只欲青天萬里開。」

賈島詩

賈島詩有影略句，韓退之喜之。其《渡桑乾》詩曰：「客舍並州三十霜，皈心日夜憶咸陽。如今更渡桑乾水，卻望並州是故鄉。」又《赴長江道中》詩曰：「策杖馳山驛，逢人問梓州。長江那可到[二]，行客替生愁。」

[校]

[一]「那」原本作「郡」，據《津逮秘書》本改。

詩用方言

句法欲老健有英氣，當間用方俗言爲妙。如奇男子行人群中，自然有穎脱不可干之韻。老杜《八仙詩》，序李太白曰「天子呼來不上船」，「船」，方俗言也，所謂襟紐是也[一]。「家家養烏鬼，頓頓食黄魚」，川峽路人家多供事烏蠻鬼，以臨江故頓頓食黄魚耳。俗人不解，便作養畜字讀，遂使沈存中自差烏鬼爲鸕鷀也。「夜闌更秉燭，相對疑夢寐」[二]，更互秉燭照之，恐尚是夢也。作「更」字讀，則失其意甚矣。山谷每笑之，如所謂「一霎社公雨，數番花信風」之類是也。江左風流，久已零落，士大夫人品不高，故奇韻滅絶。東晉韻人勝士最多，皆無出謝安石之右，煙飛空翠之間，乃攜娉婷登臨之。與夫雪夜訪山陰故人，興盡而返；下馬據胡床，作三弄而去者異矣。

[校]

[一]「紐」《津逮秘書》本作「紉」。

[二]「疑」《津逮秘書》本作「如」。

舒王女能詩

舒王女，吳安持之妻蓬萊縣君，工詩多佳句。有詩寄舒王曰：「西風不入小窗紗，秋氣應憐我憶家。極目江山千里恨，依前和淚看黄花[一]。」舒王以《楞嚴經》新釋付之，又和詩曰：「青燈一點映窗紗，好讀《楞嚴》莫憶家。能了諸緣如幻夢，其間惟有妙蓮花。」

【校】

[一]「前」《津逮秘書》本作「然」。

冷齋夜話卷之四終

冷齋夜話卷之五

賭梅詩輸罰松聲詩

王文公居鍾山，嘗與薛處士棋，賭梅詩，輸一首，曰：「華髮尋香始見梅，一枝臨路雪培堆。鳳城南階它年憶[一]，杳杳難隨驛使來。」又嘗與俞秀老至報寧，公方假寐，秀老私跨公驢，入法雲謁寶覺禪師，公知之。有頃，秀老至，公佯睡，睡起，遣秀老下階曰：「爲僧子乃敢盜跨吾驢。」秀老叩頭，願有以自贖其罪，寺僧亦爲解勸。公徐曰：「罰松聲詩一首。」秀老立就，其詞極佳，山中之人忘之，予爲補之曰：「萬壑搖蒼煙，百灘渡流水。下有跨驢人，蕭蕭吹醉耳。」

【校】

[一]「階」《津逮秘書》本作「陌」。

東坡藏記點定一兩字

舒王在鍾山，有客自黃州來。公曰：「東坡近日有何妙語？」客曰：「東坡宿於臨皋亭，醉夢而起，作《成都聖像藏記》千有餘言，點定纔一兩字。有寫本，適留船中。」公遣人取而至。時月出於東南，林影在地，公展讀於風簷，喜見眉鬚，曰：「子瞻，人中龍也，然有一字未穩。」客曰：「願聞之。」公曰：「『日勝日負』[一]，不若曰『如人善博，日勝日貧』耳。」[二]東坡聞之，拊手大笑，亦以公爲知言[三]。

【校】

[一]「負」《津逮秘書》本作「貧」。

[二]「貧」《津逮秘書》本作「負」。

[三]「以」字原本無，據《津逮秘書》本補。

荆公梅詩

荆公嘗訪一高士，不遇，題其壁曰：「牆角數枝梅，凌寒特地開。遙知不是雪，爲有暗香來。」

詩置動靜意

荆公曰：「前輩詩云『風定花猶落』，靜中見動意。『鳥鳴山更幽』，動中見靜意。」山谷曰：「此老論詩，不失解經旨趣，亦何怪耶。」唐詩有曰「海日生殘夜，江春入暮年」者，置早意於殘晚中。有曰「鷩蟬移别柳，鬥雀墮閑庭」者，置静意於喧動中。東坡作《眉子研》詩，其略曰：「君不見長安畫手開十眉，横雲卻月爭新奇。游人指點小顰處，中有漁陽胡馬嘶。」用此微意也。

舒王山谷賦詩

舒王宿金山寺賦詩，一夕而成長句，妙絶。如曰：「天多剩得月，月落聞津鼓。」又曰「乃知像教力，但渡無所苦」之類，如生成。山谷在星渚，賦道士快軒詩，點筆立成，其略曰：「吟詩作賦北窗裏，萬言不及一杯水，願得青天化爲一張紙。」想見其高韻，氣摩雲霄，獨立萬象之表，筆端三昧，游戲自在。

王荆公詩用事

舒王晚年詩曰：「紅梨無葉庇華身，黄菊分香委路塵。歲晚蒼官才自保，日高青女尚横陳。」又曰：「木落岡巒因自獻，水歸洲渚得横陳。」山谷謂予曰：「自獻横陳事，見相如賦，荆公不應完用耳。」予曰：「《首楞嚴經》亦曰：『於横陳時，味如嚼蠟。』」

荆公東坡警句

唐詩有曰：「長因送客處，憶得别家時。」又曰：「舊國别多日，故人無少年。」而荆公用其意，作古今不經人道語。荆公詩曰：「木末北山煙冉冉，草根南澗水泠泠。繰成白雪桑重緑，割盡黄雲稻正青。」東坡曰：「桑疇雨過羅紈膩，麥隴風來餅餌香。」如《華嚴經》舉因知果，譬如蓮花，方其吐華，而果具蘂中。

荆公東坡句中眼

造語之工，至於荆公、東坡、山谷，盡古今之變。荆公曰：「江月轉空爲白晝，嶺雲分暝與黄昏。」又曰：「一水護田將緑繞，兩山排闥送青來。」東坡《海棠》詩曰：「衹恐夜深花睡去，高燒銀燭照紅妝。」又曰：「我攜此石歸，袖中有東海。」山谷曰：「此皆謂之句中眼，學者不知此妙語，韻終不勝。」

舒王編四家詩

舒王以李太白、杜少陵、韓退之、歐陽永叔詩[一]，編爲《四家詩集》，而以歐公居太白之上，世莫曉其意。舒王嘗曰：「太白詞語迅快，無疏脱處；然其識汙下，詩詞十句九句言婦人酒耳。歐公，今代詩人未有出其右者，但恨其不修《三國志》而修《五代史》耳。」如歐公詩曰「行人仰頭飛鳥驚」之句，亦有佳趣，第人不解耳。

〔校〕

〔一〕「陽」字原本無，據《津逮秘書》本補。

范文正公蚊詩

范仲淹少時，求爲秦州西溪監鹽，其志欲吞西夏，知用兵利病耳。而廨舍多蚊蚋，文正戲題其壁曰：「飽去櫻桃重，饑來柳絮輕。但知離此去，不要問前程。」雖戲笑之語，亦愷悌渾厚之氣逼人〔一〕，況其大者乎。

〔校〕

〔一〕「愷悌」原本作「豈弟」，據《津逮秘書》本改。

柳詩有奇趣

柳子厚詩曰：「漁翁夜傍西岩宿，曉汲清湘然楚竹。煙消日出不見人，欸音奥靄一聲山水緑。

回看天際下中流，岩上無心雲相逐。」東坡云：「詩以奇趣爲宗，反常合道爲趣，熟味此詩，有奇趣。然其尾兩句雖不必亦可。」欸乃，三老相呼聲也。

東坡屬對

予游儋耳，及見黎氏爲予言，東坡無日不相從乞園蔬[二]。出其臨别北渡時詩：「我本儋耳民，寄生西蜀州。忽然跨海去，譬如事遠游。平生生死夢，三者無劣優。知君不再見，欲去且少留。」其末云：「新醖佳甚，求一具，臨行寫此詩，以折菜錢。」又登望海亭，柱間有擘窠大字曰：「貪看白鳥横秋浦，不覺青林没暮潮。」又謁姜唐佐，唐佐不在，見其母。母迎笑，食予檳榔。予問母：「識蘇公否[二]？」母曰：「識之，然無奈其好吟詩。公嘗杖而至，指西木櫈，自坐其上。問曰：『秀才何往哉？』言入村落未還。有包燈心紙，公以手拭開，書滿紙，祝曰：『秀才歸，當示之。』今尚在。」予索讀之，醉墨欹傾，曰：「張睢陽生猶罵賊，嚼齒空齦；顔平原死不忘君，握拳透爪。」

【校】

[一]「相從」下原本重複「相從」二字，當爲衍文，兹删去。

[二]「否」字原本無，據《津逮秘書》本補。

林和靖送遵式詩

王冀公鎮金陵，以書致錢塘講師遵式，遵式以病辭。及愈，將謁公，乃過孤山和靖先生林逋，逋以詩送之曰：「虎牙熊軾隱鈴齋，棠樹陰陰長碧苔。丞相望崇賓謁少，清談應喜道人來。」

丁晉和蘇文公詩兩聯

韓子蒼曰：「丁晉公海外詩曰：『草解忘憂憂底事，花能含笑笑何人。』世以爲工。及讀東坡詩曰：『花非識面嘗含笑，鳥不知名時自呼。』便覺才力相去如天淵。」

上元詩

予嘗自並州還江南，過都下，上元，逢符寶郎蔡子，因約相見相國寺。未至，有道人求詩，且曰：「覺範嘗有寒岩寺詩懷京師，曰：『上元獨宿寒岩寺，卧看青燈映薄紗。夜久雪猿啼嶽頂，夢回山月上梅花。十分春瘦緣何事，一掬歸心未到家。卻憶少年行樂處，軟風香霧噴東華。』今當爲作京師上元懷山中也。」予戲爲之曰：「北游爛熳看並山，重到皇州及上元。燈火樓臺思往事，管弦音律試新翻。期人未至情如海，穿市皈來月滿軒。卻憶寒岩曾獨宿，雪窗殘夜一聲猿。」

東坡滑稽又言無有無對

有村校書，年已七十，方買妾饌客。東坡杖藜相過，村校喜，延坐其東，起爲壽，且乞詩。東坡問：「所買妾年幾何？」曰：「三十。」乃戲爲詩，其略曰：「侍者方當而立歲，先生已是古稀年[一]。」此老滑稽於文章如此。又曰：「世間事無有無對，第人思之不至也。如曰：『我見魏徵嘗嫵媚。』則對曰：『人言盧杞是奸邪。』」又曰：「無物不可比類，如蠟花似石榴花，紙花似罌粟花，通草花似梨花，羅絹花似海棠花。」

〔校〕

〔一〕「古」原本作「者」，誤，據《津逮秘書》本改。

冷齋夜話卷之五終

冷齋夜話卷之六

舒王嗜佛曾子固諷之

舒王嗜佛書，曾子固欲諷之，未有以發之也。居一日，會於南昌，少頃，潘延之亦至。延之喜談禪，王問其所得[一]，子固熟視之。已而又論人物，曰：「某人可抨。」子固曰：「介甫老而逃佛，亦可一抨。」舒王曰：「子固失言也，善學者讀其書，唯理之求。有合吾心者，則樵牧之言猶不廢。言而無理，周、孔所不敢從。」子固笑曰：「前言弟戲之耳。」

【校】

[一]「王」《津逮秘書》本作「舒王」。

陳瑩中罪洪不當稱甘露滅

陳了翁罪予不當稱甘露滅，近不遜，曰：「得甘露滅覺道成者，如來識也。子凡夫，與僕輩俯仰，其去佛地如天淵也，奈何冒其美名而有之耶？」予應之曰：「使我不得稱甘露滅者，如言蜜不得稱甜，金不得稱色黄。世尊以大方便曉諸衆生，令知根本，而妙意不可以言盡，故言甘露滅。滅者，寂滅；甘露，不死之藥，所謂寂滅之體而不死者也。人人具足，而獨僕不得稱，何也？公今閑放，且不肯以甘露滅名我。脱爲宰相，寧能飾予美官乎？」瑩中愕然，思所以爲折難予，不可得，乃笑而已。

大覺璉禪師乞還山

大覺璉禪師，學外工詩，舒王少與游。嘗以其詩示歐公，歐公曰：「此道人作肝臟饅頭也。」王不悟其戲[一]，問其意，歐公曰：「是中無一點菜氣。」璉蒙仁廟賞識，留住東京淨因禪院甚久，嘗作偈進呈，乞還山林，曰：「千簇雲山萬壑流，閑身歸老此峰頭。慇懃願祝如天壽，一炷清香滿石樓。」又曰：「堯仁況是如天闊，乞與孤雲自在飛。」

【校】

〔一〕「王」《津逮秘書》本作「舒王」。

靚禪師爲流所溺詩

靚禪師，有道老宿也，初主筠之三峰。嘗赴供民家，渡溪溪漲，靚重遲，爲溪流所陷。童子掖之至岸，坐沙石間，垂頭如雨中鶴。童子意必怒，且遭詬逐[一]，不敢仰視。靚忽指溪作詩曰：「春天一夜雨滂沱，添得溪流意氣多。剛把山僧推倒卻，不知到海後如何。」靚後住汝州香山[二]，無疾而化。

【校】

[一]「逐」原本作「遂」，誤，據《津逮秘書》本改。

[二]「住」《津逮秘書》本作「往」。

靚禪師勸化人

三峰靚禪師，初住寶雲。邑有巨商，尚氣不受僧化，曰：「施由我耳，豈容人勸。」靚宣言：「唯吾獨能化之。」其人聞靚至，果不出。靚題其壁而去，曰：「去年巢穴畫梁邊，春暖雙雙繞檻前。莫訝主人簾不捲，恐銜泥土污花磚。」其人喜不怒，特自傷追還，厚施之。靚笑謂人曰：「吾果能化之。」

誦智覺禪師詩

智覺禪師，住雪竇之中岩，嘗作詩曰：「孤猿叫落中岩月，野客吟殘半夜燈。此境此時誰得意，白雲深處坐禪僧。」詩語未工，而其氣韻無一點塵埃。予嘗客新吳車輪峰之下，曉起臨高閣，窺殘月，聞猿聲，誦此句大笑，棲鳥驚飛。又嘗自朱崖還瓊山，渡藤橋，千萬峰之間，聞其聲類車輪峰下時，而一笑不可得也，但覺此詩字字是愁耳。老杜詩曰：「感時花濺淚，恨別鳥驚心。」良然，真佳句也。親證其事，然後知其工也。

永庵嗣法南禪

鄧峰永庵主，南禪師子也，未嘗開法[一]。南公所至[二]，輒隨之。魯直聞其風而悦之，恨不及識。有自慶者，事永甚久，即以慶主黄龍。宜州爲作疏，語特奇峻，叢林於慶改觀。又見之，與語多解體，又嗣法南公。宜州過永舊庵，題其壁曰：「奪得胡兒馬便休，休嗟李廣不封侯。當時射殺南山虎，子細看來是石頭。」

【校】

[一]「開」《津逮秘書》本作「問」。

[二]「南公」《津逮秘書》本作「南禪公」。

東坡和僧惠詮詩

東吳僧惠詮，佯狂垢汙，而詩句絶清婉。嘗書湖上一山寺壁曰：「落日寒蟬鳴，獨歸林下寺。

柴扉夜未掩，片月隨行屨。唯聞犬吠聲，又入青蘿去。」東坡一見，爲和於後曰：「惟聞煙外鐘，不見煙中寺。幽人夜未寢，草露濕芒屨。惟應山頭月，夜夜照來去。」詮竟以詩知名。

比物以意而不指言某物謂之象外句

唐僧多佳句，其琢句法比物以意，而不指言某物，謂之象外句。如無可上人詩曰：「聽雨寒更盡，開門落葉深。」是以落葉比雨聲也。又曰：「微陽下喬木，遠燒入秋山。」是以微陽比遠燒也。

僧清順賦詩多佳句

西湖僧清順，頤然清苦，多佳句。嘗賦十竹詩云：「城中寸土如寸金，高人種竹只十箇[一]。春風慎勿長兒孫，穿我階前綠苔破。」又有林下詩曰：「久服林下游[二]，頗識林下趣。縱渠綠陰繁，不礙清風渡。閑來石上眠，落葉不知數。一鳥忽飛來，啼破幽寂處。」荆公游湖上，愛之，爲稱揚其名。坡晚年亦與之游，亦多唱酬。

【校】

[一]「高人」《津逮秘書》本作「幽軒」。

〔二〕「服」《津逮秘書》本作「從」。

東坡稱道潛之詩

東吳僧道潛，有標致。嘗自姑蘇歸湖上，經臨平，作詩云：「風蒲獵獵弄輕柔，欲立蜻蜓不自由。五月臨平山下路，藕花無數滿汀洲。」東坡赴官錢塘，過而見之，大稱賞。已而相尋於西湖，一見如舊。及坡移守東徐，潛往訪之，館於逍遙堂，士大夫爭欲識面。東坡餞客罷，與俱來〔一〕，而紅妝擁隨之。東坡遣一妓前乞詩，潛援筆而成曰：「寄語巫山窈窕娘，好將魂夢惱襄王。禪心已作沾泥絮，不逐春風上下狂。」一座大驚，自是名聞海内。然性褊尚氣，憎凡子如仇。嘗作詩云：「去歲春風上苑行，爛窺紅紫厭平生。如今眼底無姚魏，浪蘂浮花懶問名。」士論以此少之。

〔校〕

〔一〕「與」字原本無，據《津逮秘書》本補。

僧景淳詩多深意

桂林僧景淳，工爲五言詩。詩規模清寒，其淵源出於島、可，時有佳句。元豐之初，南國山林人多傳誦。居豫章乾明寺，終日閉門，不置侍者，一室淡然。聞鄰寺齋鐘即造焉，坐海衆食堂前，飯罷徑去。諸刹皆敬愛之，見其至，則爲設鉢。其或陰雨，則諸刹爲送食，住二十年如一日。有四時不出，謂大風雨極寒熱時。景福老順爲予言〔一〕，淳詩意苦而深，世不可遽解，如曰：「夜色中旬後，虚堂坐幾更。隔溪猿不叫，當檻月初生。」又曰：「後夜客來稀，幽齋獨掩扉。月中無旁立，草際一螢飛。」有深意。予時方十六七，心不然之，然聞清修自守，是道人活計，喜之耳。

〔校〕

〔一〕「順」《津逮秘書》本作「衲」。

鍾山賦詩

余居鍾山最久，超然山水間，夢亦成趣。嘗乘佳月登上方，深入定林，疲臥松下石上。四更，自寶公塔路還合妙齋，月昃虚幌〔一〕，淨几桯然，童僕憨寢甫鼾〔二〕。憑前檻無所見，時有流螢穿戶牖，風露浩然，松聲滿院。作詩曰：「雨過東南月清亮，意行深入碧蘿層。露眠不管牛羊踐，我是鍾山無事僧。」又曰：「未饒拄杖挑山衲，差勝袈裟裹草鞋。吹面谷風沖過虎，歸來松雨撼空齋。」

〔校〕

〔一〕「幌」原本作「恍」，誤，據《津逮秘書》本改。

〔二〕「甫」原本作「再」，誤，據《津逮秘書》本改。

僧可遵好題詩

福州僧可遵，好作詩。暴所長以蓋人，叢林貌禮也〔一〕，而心不然。嘗題詩湯泉壁間，東坡游廬山，偶見，爲和之。遵曰：「禪庭誰立石龍頭，龍口湯泉沸不休。直待衆生塵垢盡，我方清冷混常流。」東坡曰：「石龍有口口無根，龍口湯泉自吐吞。若信衆生本無垢，此泉何處覓寒溫。」遵自是愈自矜伐。客金陵，佛印元公自京師還，過焉。遵作詩贈之曰：「上國歸來路幾千，渾身猶帶御爐煙。鳳凰山下敲蓬戶，驚起山翁白晝眠。」元戲答曰：「打睡禪和萬萬千，夢中趨利走如煙。勸君抖擻修禪定，老境如蠶已再眠。」元詩雖少緼藉，然一時快之。

〔校〕

〔一〕「也」《津逮秘書》本作「之」。

冷齋夜話卷之六終

冷齋夜話卷之七

蘇軾襯朝道衣

哲宗問右璫陳衍：「蘇軾襯朝章者何衣？」衍對曰：「是道衣。」哲宗笑之。及謫英州，雲居佛印遣書追至南昌，東坡不復答書，引紙大書曰：「戒和尚又錯脱也。」後七年，復官，歸自海南，監玉局觀[一]，作偈戲答僧曰：「惡業相纏四十年[二]，常行八棒十三禪。卻著衲衣歸玉局，自疑身是五通仙。」

【校】

[一]「局」原本作「扃」，誤，據《津逮秘書》本改。下同。

[二]「四十」《津逮秘書》本作「卌八」。

東坡廬山偈

東坡游廬山，至東林，作偈曰：「溪聲便是廣長舌，山色豈非清淨身。夜來八萬四千偈，它日如何舉似人。」

廬山老人於般若中了無剩語

「横看成嶺側成峰，遠近看山了不同。不識廬山真面目，祇緣身在此山中。」魯直曰：「此老人於般若横説竪説，了無剩語。非其筆端有口，安能吐此不傳之妙哉！」

華亭舡子和尚偈

華亭舡子和尚偈曰：「千尺絲綸直下垂，一波纔動萬波隨。夜静水寒魚不食，滿船空載月明歸。」叢林盛傳，想見其爲人。宜州倚曲音成長短句曰：「一波纔動萬波隨。簑笠一鈎絲，金鱗正在深處，千尺也須垂。吞又吐，信還疑，上鈎遲。水寒江静，滿目青山，載月明歸。」

東坡和陶淵明詩

東坡在惠州，盡和淵明詩。魯直在黔南聞之，作偈曰：「子瞻謫海南，時宰欲殺之。飽吃惠州飯，細和淵明詩。淵明千載人，子瞻百世士。出處固不同，風味亦相似。」尋又遷儋耳，久之，天下盛傳子瞻已仙去矣。後七年北歸，時章丞相方貶雷州。東坡至南昌，太守葉公祖洽問曰：「世傳端明已歸道山，今尚耳游戲人間耶？」東坡曰：「途中見章子厚，乃迴反耳。」

東坡作偈戲慈雲長老又與劉器之同參玉版禪

東坡自海南至虔上，以水涸不可舟，逗留月餘，時過慈雲寺浴。長老明鑒，魁梧如所畫慈恩，然叢林不以道學與之。東坡作偈戲之曰：「居士無塵堪洗沐，老師有句借宣揚。窗間但見蠅鑽紙，門外時聞佛放光。遍界難藏真薄相，一絲不挂且逢場。卻須重説圓通偈，千眼熏籠是法王。」又嘗要劉器之同參玉版和尚，器之每倦山行，聞見玉版，忻然從之。至廉泉寺，燒筍而食，器之覺筍味勝，問：「此筍何名？」東坡曰：「即玉版也。此老師善説法，要能令人得禪悦之味。」於是器之乃悟其戲，爲大笑。東坡亦作偈曰：「叢林真百丈，嗣法有横枝。不怕石頭路，來參玉版師。聊憑柏樹子，與問籜龍兒。瓦礫猶能説，此君那不知。」

東坡留戒公長老住石塔

東坡鎮維揚，幕下皆奇豪。一日，石塔長老遣侍者投牒求解院，東坡問：「長老欲何往？」對曰：「歸西湖舊廬。」即令出，別候旨揮。東坡於是將僚佐，同至石塔，令擊鼓，大衆聚觀。袖中出疏，使晁無咎讀之，其詞曰：「大士何曾出世，誰作金毛之聲。衆生各自開堂，何關石塔之事。去無作相，住亦隨緣。戒公長老開不二門，施無盡藏。念西湖之久别，亦是偶然。爲東坡而少留，無不可者。一時稽首，重聽白槌。渡口船迴，依舊雲山之色。秋來雨過，一新鐘鼓之聲。謹疏。」

予謂戒公甚類杜子美黄四娘耳，東坡妙觀逸想，托之以爲此文，遂與百世俱傳也。

負《華嚴經》入嶺大雪二偈

陳瑩中謫合浦時，予在長沙，以書抵予，爲負《華嚴》入嶺。有偈曰：「大士游方興盡回，家山風月絶纖埃。杖頭多少閑田地，挑取《華嚴》入嶺來」。予和之曰：「因法相逢一笑開，俯看人世過飛埃。湖湘嶺外休分别[一]，圓寂光中共往來[二]。」又聞嶺外大雪，作二偈寄之曰：「傳聞嶺外雪，壓倒千年樹。老兒拊手笑，有眼未曾睹。故應潤物材，一洗瘴江霧。寄語牧牛人，莫教頭角露。」又曰：「遍界不曾藏，處處光皎皎。開眼失卻蹤，都緣大分曉。園林忽生春，萬瓦粲一笑。遥知忍凍人，未悟安心了。」

【校】

[一]「湖湘嶺」《津逮秘書》本作「湘江廟」。

[二] 此句《津逮秘書》本作「常寂光中歸去來」。

夢迎五祖戒禪師

蘇子由初謫高安時，雲庵居洞山，時時相過[一]。有聰禪師者，蜀人，居聖壽寺。一夕，雲庵夢同子由、聰出城迓五祖戒禪師，既覺，私怪之，以語子由，語未卒，聰至。子由迎呼曰：「方與洞山老師説夢，子來亦欲同説夢乎？」聰曰：「夜來輒夢見吾三人者，同迎五祖戒和尚。」子由拊手大笑曰：「世間果有同夢者，異哉！」良久，東坡書至，曰：「已次奉新，旦夕可相見。」三人大喜，追筍輿而出城，至二十里建山寺，而東坡至。坐定無可言，則各追繹向所夢以語坡。坡曰：「軾年八九歲時，嘗夢其身是僧，往來陝右。又先妣方孕時，夢一僧來托宿，記其頎然而眇一目。」雲庵驚曰：「戒，陝右人，而失一目，暮年棄五祖來游高安，終於大愚。」逆數蓋五十年，而東坡時年四十九歲矣。後東坡以書抵雲庵，其略曰：「戒和尚不識人嫌，強顔復出，真可笑矣。既是法契，可痛加磨礪，使還舊觀，不勝幸甚。」自是常衣衲衣。

【校】

［一］「過」原本作「遇」，據《津逮秘書》本改。

張文定公前生爲僧

張文定公方平爲滁州日，游琅邪，周行廊廡，神觀清淨。至藏院，俯仰久之。忽呼左右梯其梁間，得經一函。開視之，則《楞伽經》四卷，餘其半未寫。公因點筆續之，筆迹不異。味經首四句曰：「世間離生滅[一]，猶如虛空花。智不得有無，而興大悲心。」遂大悟流涕，見前世事。蓋公生前嘗主藏於此，病革，自以寫經未終，願再來成之故也。公立朝正色，自慶曆以來，名臣爲人主所敬者，莫如公。暮年出此經示東坡居士，居士爲重寫，題公之事於其後[二]，刻於浮玉山龍游寺。

【校】

[一]「離」《津逮秘書》本作「相」。

[二]「後」《津逮秘書》本作「右」。

詵公送官墮馬損臂雲峰悦師作偈戲之

雲峰悦禪師，叢林敬畏爲明眼尊宿，與興化詵公友善。詵城居三十餘年，老矣，猶迎送不已。悦嘗誡曰：「公乃不袖手山林中去，尚此忍垢乎。」郡僚愛詵多，久不果去。一日，送大官出郊，墮馬損臂，呻吟月餘，以書哀訴於悦。悦恨其不聽言，作偈戲之曰：「大悲菩薩有千手，大丈夫兒誰不有。興化和尚折一枝，猶有九百九十九。」南華恭長老同嗣大愚，然少叢林，有書來敘法乳。悦作偈戲之曰：「與師萍迹寄江湖，共憶當年在大愚。堪笑堪悲無限事，甜瓜生得苦葫蘆。」

喚作拳是觸不喚拳是背

寶覺禪師老，庵於龍峰之北。魯直丁家難，相從甚久，館於庵之傍兩年。寶覺見學者，必舉手示之曰：「喚作拳是觸，不喚拳是背。」莫有契之者，叢林謂之觸背關。張丞相奉使江西日，將造其廬，至兜率，見悦禪師，遂甘稱其門人。及見寶覺，乃作偈曰：「久嚮黄龍山裏龍，到來只見住山翁。須知背觸拳頭外，別有靈犀一點通。」靈源叟時爲侍者，乃作贊，其略曰：「聞時富貴，見後貧窮。老年浩歌歸去樂，從他人喚住山翁。」魯直大笑曰：「天覺所言靈犀一點，此藞苴爲虚空安耳穴。靈源作贊分雪之，是寫一字不著畫。」

毛僧之化

吴有異比丘，號毛僧，日游聚落，飲食無所撰[一]。輕薄子多狎玩之，貴勢要之不詣。忽謂人曰：「吾其死矣。」乃危坐，説偈曰：「毛僧毛僧，事事不能，死了燒了，卻似不曾[二]。」言卒遂化。嗟乎，異哉！其端師子、戒闍梨之徒乎。

[校]

[一]「撰」《津逮秘書》本作「擇」。

〔二〕「曾」《津逮秘書》本作「生」。

謝無逸佳句

謝逸字無逸，臨川縣人，勝士也，工詩能文。黄魯直讀其詩曰：「晁、張流也，恨未識之耳。」無逸詩曰：「老鳳垂頭噤不語，枯木槎牙噪春鳥。」又曰〔一〕：「貪夫蟻旋磨，冷官魚上竹。」又曰：「山寒石髮瘦，水落溪毛凋。」爲魯直所稱賞。

【校】

〔一〕「曰」字原本無，據《津逮秘書》本補。

洪覺范朱世英二偈

朱世英以八行薦於朝〔一〕，當入學，意不欲行，不得已詣之，信宿而還。所居溪堂，生涯如龐藴〔二〕。予嘗過之，小君方炊，稚子宗野汲水，而無逸誦書掃除。顧見予，放帚大笑曰：「聊復爾耳。」予作偈曰：「老妻營炊，稚子汲水。龐公掃除，丹霞適至。棄帚迎門〔三〕，一笑相視。不必靈照，多説道理。」世英聞之，亦作偈曰：「提籃靈照，掃地謝公。一般是麵，做作不同。不假語默，通透玲瓏。更若不會，換手搥胸。」

［校］

［一］「八」《津逮秘書》本作「德」。

［二］「生」原本作「出」，據《津逮秘書》本改。

［三］「門」《津逮秘書》本作「朋」。

冷齋夜話卷之七終

冷齋夜話卷之八

劉跛子說二范詩

劉跛子，青州人，拄一拐，每歲必一至洛中看花，館范家園，春盡即還京師。爲人談噱有味，范家子弟多狎戲之。有大范者見之，即與之二十四金，曰：「跛子吃半角。」小范者見，只予十金，曰：「跛子吃椀羹。」於是以詩謝伯仲曰：「大范見時二十四，小范見時吃椀羹。人生四海皆兄弟，酒肉林中過一生。」

陳瑩中贈跛子長短句

初，張丞相召自荆湖。跛子與客飲市橋，客聞車騎過其都，起觀之，跛子挽其衣，使且飲，作詩曰：「遷客湖湘召赴京，車歸迎迓一何榮。爭如與子市橋飲，且免人間寵辱驚。」陳瑩中甚愛之，作長短句贈之，其略曰「槁木形骸，浮雲身世，一年兩到京華。又還乘興，閑看洛陽花。說甚姚黃魏紫，春歸後，終委泥沙。忘言處，花開花謝，都不似我生涯」云云。予政和改元見於興國寺，以詩戲之曰：「相逢一拐大梁間，妙語時時見一斑。我欲從公蓬島去，爛銀堆裏見青山。」予姻家許中復大夫宜人，趙參政槩之孫女，云：「我十許歲時，見劉跛子來覓酒吃，笑語終日而去。」計其壽百四十五年許。嘗館於京師新門張婆店三十年，日坐相國寺東廊，邸中人無有識之者。

劉野夫長短句

劉野夫留南京，久未入都，淵材以書督之。野夫答書曰：「跛子一生别無道路，展手教化，三饑兩飽，目視雲漢，聊以自誑。元神新來，被劉法師、徐神翁形迹得不成模樣。深欲上京相覰，又恐撞著丈人泥陀佛，驀地被乾拳濕踢，著甚來由。」其不羈如此。嘗自作長短句曰：「跛子年來，形容何似，儼然一部髭鬚。世上許大，拐上有工夫。選南州北縣，逢著處，酒滿葫蘆。醺醺醉，不知來日，何處度朝晡。洛陽花看了，歸來帝里，一事全無。又還與瓠羹不托，依舊再作門徒。驀地思量，下水輕船上，蘆席横鋪。呵呵笑，睢陽門外，有個好西湖。」

劉淵材南歸布橐中墨竹史稿

淵材游京師貴人之門十餘年，貴人皆前席。其家在筠之新昌，其貧至饘粥不給，父以書召其歸，曰：「汝到家，吾倒懸解矣。」淵材於是南歸，跨一驢，以一黥挾以布橐，橐、黥背斜絆其腋。一邑聚觀，親舊相慶三日，議曰：「布橐中必金珠也。」予雅知其迂闊，疑之，乃問曰：「親舊聞淵材還，相慶曰：『君官爵雖未入手，必使父母妻兒脱凍餒之厄。』橐中所有，可早出以慰之。」淵材喜見鬚眉，曰：「吾富可埒國也，汝可拭目以觀。」乃開橐，有李廷珪墨一丸，文與可墨竹一枝，歐公《五代史》藁草一巨編，餘無所有。

雲庵活盲女

雲庵住洞山時，嘗過檀越家，經大林間，少立，聞哀聲雜流水，臨澗下窺，有蹲水中者。使兩夫下扶，猿臂而上，乃盲女子，年十七八許。問其故，曰：「我母死，父傭於遠方，兄貧無食，牽我至此，猛推下我而去。」雲庵意惻，不自知涕下，顧其人力曰：「汝無婦，可畜以相活，我給與一世。」力拜諾，即以所乘筍兜舁歸山，雲庵步隨之。盲女後生三子，皆勤院事。雲庵雖領衆它山，歲時遣人給衣食，如子姪然。雲庵高世之行，若此之類甚衆。

錢如蜜一滴也甜

仲殊初游吴中，自負一蓋，見賣餳者，從乞一錢，餳者與之，即就買餳食之而去。嘗客館古寺中，道俗造之，輒就覓錢，皆相顧羞縮，曰：「初不多辦來，[二]奈何？」殊曰：「錢如蜜，一滴也甜。」

【校】

［一］「辦」原本作「辨」，據《津逮秘書》本改。

道士畜三物

萬安軍南並海石崖中，有道士，年八九十歲，自言本交趾人，渡海，船壞於此岸［一］，因庵焉。養一雞，大如倒挂，日置枕中，啼即夢覺。又畜王孫，小於蝦蟆，風度清癯，以綫繫几案間。道士飯，則跳躑登几唇危坐，分殘顆而食之。又有龜，狀如錢，置合中，時揭其蓋，使出戲衣褶間。予謁之，示此三物，從予乞詩。予熟視曰：「公小人國中引道神，吾詩詎能摹寫高韻。」

【校】

［一］「岸」《津逮秘書》本作「崖」。

黄魯直夢與道士游蓬萊

黄魯直，元祐中晝臥蒲池寺。時新秋雨過，涼甚，夢與一道士褰衣升空而去，望見雲濤際天。夢中問道士：「無舟不可濟，且公安之？」道士曰：「與公游蓬萊。」即襪而履水。魯直意欲無行，道士強要之。俄覺大風吹鬢，毛骨爲戰慄。道士曰：「且斂目。」唯聞足底聲如萬壑松風，有狗吠，開目不見道士，唯見宮殿張開，千門萬戶。魯直徐入，有兩玉人導升殿，主者降接之。見仙官執玉麈尾，仙女擁侍之，中有一女，方整琵琶。魯直極愛其風韻，顧之，忘揖主者，主者色莊，故其詩曰：「試問琵琶可聞否，靈君色莊妓搖手」。頃與予同宿湘江舟中，親爲言之，與今《山谷集》語不同，蓋後更易之耳。

周貫吟詩作偈

周貫者，不知何許人，雅自號木雁子。治平、熙寧間，往來西山，時時至高安。與予大父善，日酣飲，畜一大瓢，行沽[一]，夜以爲溺器。工作詩，詩成癖。嘗宿奉新龍泉觀，半夜槌門，道士驚，科髮披衣，啓關問其故。貫笑曰：「偶得句當奉告。」道士殊不意，業已問之，因使口誦。貫以手指畫，吟曰：「彈琴傷指甲，蓋席損髭鬚。」是夜貫寒甚，以席自覆故爾。又至袁州，見市井李生者有秀韻，欲携以同歸林下。而李嗜酒色，意欲無行，貫指煮藥鐺作偈示之曰：「頑鈍天教合作鐺，縱生三脚豈能行。雖然有耳不聽法，只愛人間戀火坑。」尋死於西山，方將化，人問其幾何歲，貫曰：「八十西山作酒仙，麻鞋軋斷布衣穿[二]。相逢甲子君休問，太極光陰不計年。」後有見於京師州橋，附書與袁州李生云：「我明年中秋夕當上謁也。」至時，果造李生。生時以事出，乃以白土大書其門而去，曰：「今年中秋夕，來赴去年約。不見破鐵鐺，彈指空剝剝。」李生後竟墮馬，折一足。

【校】

［一］「沽」《津逮秘書》本作「旅」。

［二］「軋」原本作「乳」，誤，據《津逮秘書》本改。

石學士

石曼卿隱於酒，謫仙之流也，然善戲。嘗出報慈寺，馭者失控，馬驚，曼卿墮馬。從吏驚，遽扶掖升鞍，市人聚觀，意其必大詬怒。曼卿徐著鞍［一］，謂馭者曰：「賴我石學士也，若瓦學士，則固不破碎乎。」

【校】

［一］「著鞍」《津逮秘書》本作「着一鞭」。

白土埭

《高僧傳》有神仙史宗者，著麻衣，加衲其上，號麻衣道者。喜怒不常，體癬疥，日坐廣陵白土埭，謳歌自適，夜不知歸宿處。江都令檀祇召至與語，詞多無畔岸，索紙賦詩曰：「有欲苦不足，無欲即無憂。未若清虛者，帶索披麻裘。浮游一世間，泛若不繫舟。要當畢塵累，棲息老山丘。」檀祇異之。陶潛淵明所説白土埭逢三異比丘，此其一也。有狂道士借海鹽令所畜小兒，登小山，山有屋數椽，道人三四輩相勞苦，其言小兒一不解，但得食一堝如熟艾。有問道士者：「謫者何時竟？」答曰：「在徐州江北廣陵白土埭上，計其謫，行當竟矣。」問者作書授道士，曰：「爲達之。」即繫小兒衣帶還。海鹽令喜，問曰：「衣中有何？」曰：「書疏耳。」又呼問小兒至何處，小兒曰：「前爲道士投杖，飄然去，但聞足下波浪聲，至山中，山中人寄書與白土埭上。」即引衣帶示令，令一不能曉[一]。小兒詣史宗，史宗大驚曰：「汝乃蓬萊山中來耶！」神仙之有無，吾不能知，然觀其詩句，脱去畛封，有超然自得之氣，非尋常介夫所能作也。

【校】

[一]「一」《津逮秘書》本作「亦」。

范堯夫揖客對臥

范堯夫謫居永州，閉門，人稀識面。客苦欲見者，或出，則問寒暄而已。僮掃榻具枕，於是揖客，解帶對臥，良久，鼻息如雷霆。客自度未可起，亦熟睡，睡覺常及暮而去。

李伯時畫馬

李伯時善畫馬，東坡第其筆，當不減韓幹。都城黄金易得，而伯時馬不可得。師讓之曰：「伯時爲士大夫，而以畫行，已可恥也。又作馬，忍爲之耶？」伯時恚曰：「作馬無乃例能蕩人心、墮惡道乎！」師曰：「公業已習此，則日夕以思其情狀，求爲神駿，繫念不忘，一日眼花落地，必入馬胎無疑，非惡道而何。」伯時大驚，不覺身去坐榻曰：「今當何以洗其過？」師曰：「但畫觀音菩薩。」自是畫此像妙天下。故一時公卿服師之善巧者也。

房琯婁師德永禪師畫圖

《東坡集》中有《觀宋復古畫序》一首曰：「舊説房琯開元中嘗宰盧氏，與道士邢和璞過夏口村，入廢佛寺，坐古松下。和璞使人鑿池，得甕中所藏婁師德與永禪師畫，笑謂琯曰：『頗憶此耶？』因悵然悟前生之爲永禪師也。故人柳子玉寶此畫。蓋唐本，宋復古所臨者。」

退靜兩忘少忘[一]

尹師魯謫官過大梁，與一老衲語。師魯曰：「以退靜爲樂。」衲曰：「孰若退靜兩忘。」師魯頓若有所得。及移鄧州，時范文正守南陽，師魯手書與文正别。文正馳至，則師魯已沐浴，衣冠而坐，少頃而化。文正哭之甚哀，師魯忽舉首曰：「已與公别，安用復來。」文正驚問所以，師魯笑曰：「死生常理也，希文豈不達此。」又問後事，曰：「此在公耳。」乃揖希文，復逝。俄頃，又舉首謂希文曰：「亦無鬼，亦無恐怖。」言訖長往。沈存中曰：「師魯所養至此，可謂有力。然尚未脱有無之見，何也？得非退靜兩忘尚存胸中乎。」獨無爲子楊次公曰：「存中識藥矣，然未識藥之忌也。」

【校】

〔一〕「少忘」《津逮秘書》本無。

冷齋夜話卷之八終

冷齋夜話卷之九

張丞相草書亦自不識其字

張丞相好草書而不工，當時流輩皆譏笑之，丞相自若也。一日得句，索筆疾書，滿紙龍蛇飛動，使姪錄之。當波險處，姪罔然而止，執所書問曰：「此何字也？」丞相熟視久之，亦自不識，詬其姪曰：「胡不早問，致予忘之。」

當出汝詩示人

沈東陽《野史》曰：「晉桓溫少與殷浩友善，殷嘗作詩示溫，溫玩侮之，曰：『汝慎勿犯我，犯我當出汝詩示人。』」

昌州海棠獨香爲佳郡

李丹大夫客都下〔一〕，一年無差遣，乃受昌州。議者以去家遠，乃改受鄂倅。淵材聞之，吐飯大步往謁李，曰：「今日聞大夫欲受鄂倅，有之乎？」李曰：「然。」淵材悵然曰：「誰爲大夫謀？昌，佳郡也，奈何棄之。」李驚曰：「供給豐乎？」曰：「非也。」「民訟簡乎？」曰：「非也。」曰：「然則何以知其佳？」淵材曰：「天下海棠無香，昌州海棠獨香，非佳郡乎。」聞者傳以爲笑。

［校］

［一］「丹」《津逮秘書》本作「舟」。

鶴生卵［一］

淵材迂闊好怪，嘗畜兩鶴，客至，指以誇曰：「此仙禽也。凡禽卵生，而此胎生。」語未卒，園丁報曰：「此鶴夜産一卵，大如梨。」淵材面發赤，訶曰：「敢謗鶴也。」卒去，鶴輒兩展其脛伏地，淵材訝之，以杖驚使起，忽誕一卵。淵材嗟咨曰：「鶴亦敗道，吾乃爲劉禹錫《佳話》所誤。自今除佛、老子、孔子之語，餘皆勘驗［二］。」予曰：「淵材自信之力，然讀《相鶴經》未熟耳。」又嘗曰：「吾平生無所恨，所恨者五事耳。」人問其故［三］。淵材斂目不言，久之曰：「吾論不入時聽，恐汝曹輕易之。」問者力請説，乃答曰：「第一恨鰣魚多骨，第二恨金橘大酸，第三恨蓴菜性冷，第四恨海棠無香，第五恨曾子固不能作詩。」聞者大笑，而淵材瞠目曰：「諸子果輕易吾論也。」

［校］

［一］此條目《津逮秘書》本作「劉淵材迂闊好怪」。

［二］「餘」《津逮秘書》本作「予」。

［三］「人」原本作「又」，據《津逮秘書》本改。

課術有驗無驗

靈源禪師住龍舒太平精舍，有日者能課，使之課，莫不奇中。蘇朝奉者至寺使課，無驗，非特爲蘇課無驗，凡爲達官要人言皆無驗。至爲市井凡庸、山林之士課，則如目見而言。靈源問其故，答曰：「我無德量，凡見尋常人，則據術而言，無所緣飾。見貴人則畏怖，往往置術之實，而務爲諛詞。其不驗，要不足怪。」

郭注妻未及門而死

韓魏公客郭注者，才而美，然求室則病。行年五十，未有室家。魏公憐之，百計賙恤，爲求婚，將遂，其人必死。公以侍兒賜之，未及門而注死。郭注殆可與范公客同科也。魏、范功名富貴如太山黄河，日月所不能老，兩客乃爾可笑耶。

癡人説夢夢中説夢

僧伽，龍朔中游江淮間，其迹甚異。有問之曰：「汝何姓？」答曰：「姓何。」又問：「何國人？」答曰：「何國人。」唐李邕作碑，不曉其言，乃書傳曰：「大師姓何，何國人。」此正所謂對癡人説夢耳。李邕遂以夢爲真，真癡絶也。僧贊寧以其傳編入《僧史》，又從而解之曰：「其言姓何，亦猶康會本康居國人，便命爲康僧會[一]。詳何國在碎葉東北，是碎葉國附庸耳。」此又夢中説夢，可掩卷一笑。

【校】

［一］「便」原本作「使」，據《津逮秘書》本改。

不欺神明

徐鉉曰：「江南處士朱貞，每語人曰：『世皆云不欺神明，此非天地百神，但不欺心，即不欺神明也。』」予聞司馬溫公曰：「我平居無大過人，但未嘗有不可對人語者耳。」此不欺神明也。

聞遠方不死之術

《孔叢子》有言：昔有人聞遠方能不死之術者，裹糧往從之。及至，而其人已死矣，然猶歎恨不得聞其道。予愛其事有中禪者之病。佛法浸遠，真僞相半，唯死生禍福之際不容僞耳。今目識其僞，猶惑之，可笑也。

惠遠自以宗教爲己任

高仲靈作遠公影堂記六件事，且罪學者不能深考遠行事，以張大其德，著明於世。予曰：「仲靈寧嘗自考其事乎？謝靈運欲入社，遠拒之，曰：是子思亂，將不令終。盧循反，而遠與之執手言笑。謂遠知人，則何暗於循；謂不知人，則何獨明於靈運。遠自以宗教爲己任，而授《詩》《禮》於宗、雷輩，與道安諫苻堅勿伐洛陽同科。父子於釋氏，其可謂純正而知大體者邪？」

筠溪快山有虎

筠溪快山有虎，嘗搏牧牛童子，爲兩牛所逐，虎既去，牛捍護之，童子竟死。石門老衲文公爲予言之，爲作詩記之，以諷含齒被髮而不義者。然予徒能諷之，其能已之哉。「快山山淺亦有虎，時時妥尾過行路。一豎坐地牧兩牯，以捶捶地不復顧。虎搏豎如鷹搦兔，兩牛來奔虎棄去。因往荷瘞挨老樹，牯則喘視同守護。虎竟不能得此豎，豎雖不救牯無負。一村嚻傳共鳴鼓[一]，而虎已逃不知處。嗟哉異哉兩大武，高義可與貫高伍。今走仁義名好古，臨事真情乃愧汝。此事可信文公語，爲君落筆敏風雨。」

【校】

［一］「傳」《津逮秘書》本作「然」。

劉野夫約龔德莊觀燈免火災

龔德莊罷官河朔，居京師新門。劉野夫上元夕以書約德莊曰：「今夜欲與君語，令闔必盡室出觀燈，當清淨身心相候。」德莊雅敬其爲人，危坐，二鼓矣，家人輩未還，野夫亦竟不至。俄火自門而燒，德莊窘，持誥牒犯烈焰而出。頃刻，數百舍爲火礫之場。明日，野未來吊，且欣曰：「令闔已不出，是吾憂；幸出，可賀也。」德莊心異野夫，然不欲詰之也。

開井法禁蛇方

淵材好談兵，曉太樂，通知諸國音語。嘗咤曰：「行師頓營，每患乏水，近聞開井法甚妙。」時館大清觀，於是日相其地而掘之，無水。又遷掘數尺觀之，四旁遭其掘鑿，孔穴棊布。道士月夜登樓望之，顰頞曰：「吾觀爲敗龜殼乎？何四望孔穴之多耶？」淵材不懌。又嘗從郭太尉游園，咤曰：「吾比傳禁蛇方甚妙，但咒語耳，而蛇聽約束，如使稚子。」俄有蛇甚猛，太尉呼曰：「淵材可施其術。」蛇舉首來奔，淵材無所施其術，反走汗喘，脱其冠巾。曰：「此太尉宅，神不可禁也。」太尉爲一笑。嘗獻樂書，得協律郎，使予跋其書曰：「子落筆當公，不可以叔姪故溢美也。」予曰：「淵材在布衣，有經綸志。善談兵，曉太樂，文章蓋其餘事。獨禁蛇、開井，非其所長。」淵材視之，怒曰：「司馬子長以酈生所爲事事奇，獨説高祖封六國爲失，故於本傳不言者，著人之美爲完傳也。又於子房傳載之者，不欲隱實也。奈何書禁蛇、開井乎？」聞者莫不絶倒。

三十六計走爲上計

紹聖初，曾子宣在西府，淵材往謁之。論邊事，極言官軍不可用，用士爲良，子宣喜之。既罷，與余過興國寺河上，食素分茶甚美。將畢，問奴楊照取錢，奴曰：「忘持錢來，奈何？」淵材色窘，予戲曰：「兵計將安出。」淵材以手捋鬚良久，目予，趨自後門出，若將便旋然。予追逐，淵材以手挈帽搴衣，走如飛，予與奴楊照追逐二相公廟，淵材乃敢回顧，喘立，面無人色，曰：「編虎頭，撩虎鬚，幾不免於虎口哉。」予又戲曰：「在兵法何如？」淵材曰：「三十六計，走爲上計。」

冷齋夜話卷之九終

冷齋夜話卷之十

陳瑩中此集食豬肉鮓魚

陳瑩中謫通州，夜讀《洛浦錄》，乃大有所悟。斂目長息曰：「此句唯覺範可解，然渠在海外，吾無定光佛手，何能招之。」又曰：「吾甥李郁光祖者，覺範所愛，當呼來，授以此句。覺範倘有生還之幸，而吾以去死不遠，恐隔生，則托光祖授之，如大陽直裰付遠錄公耳[二]。」於是光祖自邵武趼足至通，瑩中熟視彌月，曰：「非寄附所可，姑置之。」明年，予還自朱崖，館於高安大愚。瑩中自台州載其家來漳浦，過九江，愛廬山，因家焉。督予兼程來，予以三日至湓城。瑩中曰：「自此公可禁作詩，無益於事。」予曰：「敬奉教。然予兒時好食肉，母使持齋，予叩頭乞先飫飡肉一日，母許之。今亦當准食肉例，先吟兩詩，喜吾二人死而復生，如何？」瑩中許之，予詩曰：「雁蕩天台看得足，盡般兒女寄蓬窗。徑來漳水謀二頃，偶愛廬山家九江。名節逼真如醉白，生涯領略似襄龐。向來萬事都休理，且聽樓鐘一夜撞。」「與公靈鷲曾聽法，游戲人間知幾生。夏口甕中藏畫像，孤山月下認歌聲。翳消已覺華無蒂，礦盡方知珠自明。數抹夕陽殘雨外，一番飛絮滿江城。」

瑩中喜而謂曰：「此詩如岐下豬肉也，雖美，無多食。」後三年，予客漳水，見瑩中姪勝柔自九江來，出詩示予曰：「仁者雖逢思有常，平居慎勿示何妨。爭先世路機關惡，近後語言滋味長。可口物多終作疾，快心事過必爲傷。與其病後求良藥，不若病前能自防。」予謂勝柔曰：「公癡叔詩如食鮒魚，唯恐遭骨刺耳。與岐下豬肉，不可同日而語也。」

【校】

［一］「掇」原本作「綴」，誤，據《津逮秘書》本改。

蠹文不通辨譯

景祐中，光梵大師惟淨以梵學著聞天下。皇祐中，大覺禪師懷璉以禪宗大振京師。淨居傳法院，璉居淨因院，一時學者依以揚聲。景靈宮鋸鏞解木，木既分，有蟲鏤紋數十字，如梵書字旁行之狀，因進之。上遣都知羅宗譯經潤文，夏英公竦詣傳法院導譯，冀得祥異之語以讖國。淨焚香導譯逾刻，乃曰：「天竺無此字，不通辨譯。」右璫恚曰：「諸大師且領上意，若稍成文，譯館恩例不淺。」而英公以此意諷之，淨曰：「幸若蠹紋稍可箋辨，誠教門光也。異日彰謬妄，萬死何補。」上又嘗賜璉以龍腦鉢盂，璉對使者焚之，曰：「吾法以壞色衣，以瓦鍈食［二］，此鉢非法。」使者歸奏，上佳歎之。

[校]

[一]「銕」《津逮秘書》本作「鉢」。

淨璉可謂佛弟子

富鄭公每語客，此兩道人可謂佛弟子也，倘使立朝，必能盡節。以其人品不凡，故隨所遇輒盡其才。今則淨、璉輩何其少也耶。

道人識歐公必不凡

予游褒禪山，石崖下見一僧，以紙軸枕首，跣足而臥。予坐其旁，久之乃驚覺，起相向，熟視予曰：「方聽萬壑松聲，泠然而夢，夢見歐陽公，羽衣，折角巾，杖藜，逍遥潁水之上。」予問師：「嘗識公乎？」曰：「識之。」予私自語曰：「此道人識歐公，必不凡。」乃問曰：「師寄此山久如？」曰：「一年矣。」「道具何在？伴侶爲誰？」僧笑曰：「出家欲無累，公所言，袞袞多事人也。」曰：「豈不置鉢耶？」曰：「食時寺有椀。」又曰：「豈不畜經卷耶？」曰：「藏中自備足。」曰：「豈不備笠耶？」曰：「雨即吾不行。」曰：「鞋履亦不用耶？」曰：「昔有之，今弊棄之，跣足行殊快人。」予愕曰：「然則手中紙軸復何用？」曰：「此吾度牒也，亦欲睡枕頭耳。」予甚愛其風韻，恨不告我以名字鄉里，然識其吳音也，必湖山隱者。南還海岱，逢佛印禪師元公出山，重荷者百夫，擁其輿者十許夫，巷陌聚觀，喧吠雞犬，予自笑曰：「使褒禪山石崖僧見之，則子爲無事人也。」

觀道人三生爲比丘

唐《忠義傳》，李澄之子源，自以父死王難，不仕，隱洛陽惠林寺。年八十餘，與道人圓觀游甚密，老而約自峽路入蜀。源曰：「予久不入繁華之域。」於是許之，觀見錦襠女子浣，泣曰：「所以不欲自此來者，以此女也。然業影不可逃，明年某日，君自蜀還，可相臨，以一笑爲信。吾已三生爲比丘，居湘西岳麓寺，有巨石林間，嘗習禪其上。」遂不復言，已而觀死。明年如期至錦襠家，則兒生始三日，源抱臨明簷，兒果一笑。卻後十二年，至錢塘孤山，月下聞扣牛角而歌者，曰：「三生石上舊精魂，賞月臨風不要論[一]。慚愧情人遠相訪，此身雖壞性常存。」東坡刪削其傳，而曰圓澤，而不書岳麓三生石上事。贊寧所錄爲圓觀，東坡何以書爲澤，必有據，見叔讜當問之。

【校】

[一]「臨」《津逮秘書》本作「吟」。

羊肉大美性暖

毗陵承天珍禪師，蜀人也，巴音夷面，真率不事事，郡守忘其名，初至，不知其佳士，未嘗與語。偶攜客來游，珍亦坐於旁，守謂客曰：「魚稻宜江淮，羊麵宜京洛。」客未及對，珍輒對曰：「世味無如羊肉大美，且性極暖，宜人食。」守色變瞋視之，徐曰：「禪師何故知羊肉性暖？」珍應曰：「常臥氈知之，其毛尚爾暖，其肉不言可知矣。如明公治郡政美，則立朝當更佳也。」

趙悅道日延一僧對飯

趙悅道休官歸三衢，作高齋而居之，禪誦精嚴，如老爛頭陀。與鍾山佛慧禪師爲方外友，唱酬妙語，照映叢林。性喜食素，日須延一僧對飯，可以想見其爲人矣。

魯直悟法雲語罷作小詞

法雲秀關西，鐵面嚴冷，能以理折人。魯直名重天下，詩詞一出，人爭傳之。師嘗謂魯直曰：「詩多作無害，豔歌小詞可罷之。」魯直笑曰：「空中語耳，非殺非偷，終不至坐此墮惡道。」師曰：「若以邪言蕩人淫心，使彼逾禮越禁，爲罪惡之由，吾恐非止墮惡道而已。」魯直領之，自是不復作詞曲耳[一]。

【校】

[一]「詞」原本作「詩」，據《津逮秘書》本改。

東坡山谷瑩中瑕疵可笑

徐師川曰：「予於東坡、山谷、瑩中三君子，但知敬畏者也[一]，然其瑕疵，予能笑之。如東坡議論諫諍，真所謂殺身成仁者，其視死生如旦夜爾，安能爲哉！而欲學長生不死。山谷赴官姑熟，既至，未視事，聞當罷，不去，竟俯就之，七日符至乃去。問其故，曰：『不爾，無舟吏可遷。』夫士之進退本體[二]，欲分明不可苟也，豈以舟吏爲累耶。瑩中大節昭著，其能必行其志者，視爵禄如糞土，然猶時對日者説命。此皆顛倒也，吾固笑之。」

【校】

[一]「但」《津逮秘書》本作「俱」。

[二]「本」《津逮秘書》本作「大」。

問歐陽公爲人及文章

臨川謝逸字無逸，高才，江南勝士也。魯直見其詩，歎曰：「使在館閣，當不減晁、張。」朱世英爲撫州，舉八行，不就，閒居多從衲子游，不喜對書生。一日，有一貢士來謁，坐定曰：「每欲問無逸一事，輒忘之。嘗聞人言歐陽修者，果如何人？」無逸熟視久之，曰：「舊亦一書生，後甚顯達，嘗參大政。」又問：「能文章否？」曰：「也得。」無逸之子宗野，方七歲，立於旁，聞之，匿笑而去。

《證道歌》發明心

大通禪師言：吾頃過南都，謁張安道於私第，道話一夕。安道曰：「景德初，西土有異僧到都下，閱《永嘉證道歌》，即作禮頂戴久之。譯者問其故，僧曰：『此書流播五天，稱《真丹聖者所說經》，發明心要者甚多。』又問大律師宣公塔所在：『吾欲往禮謁。』譯者又問：『此方大士甚衆，何獨求宣公哉？』曰：『此師持律，名重五天。』」

寧安和尚不視秀僧書

洪州武寧安和尚者，天衣懷禪師之嗣也，與秀關西爲同行。秀已應詔住法雲寺，其威光可以挾其法友登雲天而翔也。而安止荒村破院，單丁三十年[一]，秀時以書致安，安未嘗視，棄之。侍者不解其意，因間問之。安曰：「吾始以秀有精彩，乃今知其癡。夫出家兒塚間樹下辦那事[二]，如救頭然。無故於八達衢頭架大屋，養數百閑漢，此真開眼尿床也，何足復對語哉。吾宗自此蓋亦微矣，子曹猶當見之。」

【校】

〔一〕「三」《津逮秘書》本作「五」。

〔二〕「辦」原本作「辯」，據《津逮秘書》本改。

饌器皆黃白物

王荆公居鍾山時，與金華俞秀老過故人家飲，飲罷步至水亭〔一〕，顧水際沙間有饌器數件，皆黃白物，意吏卒竊之，故使人問司之者。乃小兒適聚於此食棗栗，食盡棄之而去。文公謂秀老曰：「士欲任大事，閲富貴如群兒作息乃可耳。」

【校】

〔一〕「步至」《津逮秘書》本作「少坐」。

三代聖人多生儒中兩漢以下多生佛中

朱世英言：予昔從文公於定林數夕，聞所未聞，嘗曰：「子曾讀《游俠傳》否？移此心學無上菩提，孰能禦哉。」又曰：「成周三代之際，聖人多生吾儒中；兩漢以下，聖人多生佛中。此不易之論也。」又曰：「吾止以雪峰一句語作宰相。」世英曰：「願聞雪峰之語。」公曰：「這老子嘗爲衆生，曰是什麽[一]。」

【校】

[一]「曰」《津逮秘書》本作「自」。

磚若無縫爭解容得世間螻蟻

石塔長老戒公，東坡居士昔赴登文，戒公迓之。東坡曰：「吾欲一見石塔，以行速不及也。」戒公起曰：「這著是磚浮屠耶？」坡曰：「有縫奈何？」戒曰：「若無縫，爭解容得世間螻蟻。」坡首肯之。

范文正公麥舟

范文正公在睢陽，遣堯夫於姑蘇取麥五百斛。堯夫時尚少，既還，舟次丹陽，見石曼卿，問：「寄此久近？」曼卿曰：「兩月矣。三喪在淺土，欲喪之西北皈，無可與謀者。」堯夫以所載舟付之，單騎自長蘆捷徑而去。到家拜起，侍立良久。文正曰：「東吳見故舊乎？」曰：「曼卿爲三喪未舉，留滯丹陽，時無郭元振，莫可告者。」文正曰：「何不以麥舟與之？」堯夫曰：「已付之矣。」

東坡讀《傳燈錄》

東坡夜宿曹溪，讀《傳燈錄》，燈花墮卷上，燒一僧字，即以筆記於窗間曰：「山堂夜岑寂，燈下讀《傳燈》。不覺燈花落，荼毗一個僧。」梵志詩曰：「城外土饅頭，餡草在城裏。一人吃一個，莫嫌没滋味。」魯直曰：「既是餡草，何緣更知滋味？」易之曰：「須先以酒澆，且圖有滋味。」

詩當作不經人語

盛學士次仲、孔舍人平仲同在館中，雪夜論詩。平仲曰：「當作不經人道語。」曰：「斜拖闕角龍千丈，澹抹腰牆月半稜。」坐客皆稱絕。次仲曰：「句甚佳，惜其未大。」乃曰：「看來天地不知夜，飛入園林總是春。」平仲乃服其工。

嶺外梅花

嶺外梅花與中國異，其花幾類桃花之色，而唇紅香著。東坡詞曰：「玉質那愁瘴霧，冰姿自有仙風。海仙時遣探芳叢，倒挂綠毛幺凰。素面常嫌粉涴，洗妝不退唇紅。高情已逐曉雲空，不與梨花同夢。」魯直詞曰：「天涯也得江南信，梅破知春近。夜闌風細得香遲，不道曉來開遍向南枝。玉簫弄粉人應妒，飄至眉心住。平生個裏傾盃深[一]，去國十年老盡少年心。」

［校］

［一］「傾」原本作「頎」，據《津逮秘書》本改。

詩忌深刻

黄魯直使余對句，曰：「呵鏡雲遮月。」對曰：「啼妝露著花。」魯直罪余於詩深刻見骨，不務含蓄。余竟不曉此論，當有知之者耳。

蔡元度生没高郵

蔡元度焚黄餘杭，舟次泗州，病亟。僧伽塔吐光射其舟，萬人瞻仰，中有棺呈露。士大夫知元度不起矣，至高郵而没。元度生於高郵，而没於此，異事[一]。世言元度蓋僧伽侍者木叉之後身，初以爲誕，今乃信然。

［校］

［一］「異事」《津逮秘書》本作「亦異耳」。

是書僧惠洪所編也。洪本筠州彭氏子，祝髮爲僧，以詩名聞海内，與蘇、黄爲方外交。是書古今傳記與夫騷人墨客多所取用[一]，惜舊本訛繆，且兵火散失之餘，幾不傳於世。本堂家藏善本，與舊本編次大有不同，再加斤正[二]，以繡諸梓，與同志者共之。幸鑒。癸未春孟新刊[三]。

冷齋夜話卷之十終

【校】

[一]「用」静嘉堂文庫藏元版作「因」。

[二]「斤」静嘉堂文庫本作「訂」。

[三]此句静嘉堂文庫本作「至正癸未春孟新刊」，此下多「三衢石林葉敦印」。又《津逮秘書》本卷末有毛晉跋文，兹録於此：「浮屠之裔，求其籍籍於述作之林，殆不多見矣，習小説家言者尤鮮。宋僧自文瑩而外，覺範洪公亦喜弄此事。洪公自是宗門傑士，盍不守面壁祖風。往往著書不憚，且有目爲《文字禪》者，何哉？嘉祐間，嵩禪師住西湖三十年，撰《輔教編》詣闕上之，仁宗嘉歎其才，書盡賜入藏，『明教』之名，遂聞天下。洪公之《林間録》、《僧寶傳》諸編，清才妙筆，不讓嵩老，而其書竟不入藏，豈時至大觀，風會又一變耶？《冷齋夜話》雖微瑣零雜，如渴漢嚼榴子，喉吻間津津如酸漿滴入，所以歷世傳之無窮也。湖南毛晉識。」

附錄一

冷齋夜話考

【日本】無著道忠 撰

靈犀一點 《唐詩鼓吹》七(廿一丈)李商隱詩：「心有——一通。[一]」

夜闌更秉燭 《老學筆記》六(九丈)云：「德洪妄云『更』當平聲」云云[二]。

褒禪山 《一統志》十七(九丈)和州。《王臨川文集》八十三(一丈)。

落韻詩 《詩林廣記》後八(廿二丈)。予《正宗贊》二下(五十三丈)箋辨之。

李承之《送唐介詩》，事本出《邵氏聞見前録》十三(十三丈)。《菊坡》廿三(四丈)[三]。

崖蜜爲櫻桃 《披沙》一(十丈)辨其非。

介甫詩：「春殘葉密花枝少」云云。 惠洪妄誕不曉詩格云云。《菊坡》廿四(十二丈)。

陶穀爲五柳公 《餘冬》四十九(三丈)[四]。

曾子固不能作詩 《千百年眼》九(廿四丈)：曾子固詩才。

第一卷十二葉：法眼禪師偈：「髮從今日白，花是去年紅。」《學範》上：「詩情景兼者爲上，如『露從今夜白，月是故鄉明』是也。」（《杜律》二卷《月夜憶舍弟》詩。）

一卷一丈　宣包虎帳　《排勻》三卷（廿五丈）：包鼎，宣州人，以畫虎名家[五]。恐是耳。（《詩林廣記》前集四引《冷齋夜話》，此一段文字小異，而「宣包」作「宣色」。《小補勻會》：白黑雜曰宣。故知作「色」爲是。）

八卷四丈「倒掛日」（「日」恐「子」字。）劉績《霏雪錄》云，即東坡所謂綠毛幺鳳，俗名倒掛者。《五車勻瑞》：西蜀有桐花鳳，似鳳而小，人謂之「倒掛子」。坡公《梅詩》「倒挂綠毛幺鳳」云云是也。　又坡《梅詩》注。

編虎頭，撩虎鬚。　九卷八丁[六]。　《莊子》語。

三十六策　《南史》：王敬則曰：檀公三十六策，走是上計。

烏鬼　《野客叢書》第十一卷[七]：老杜詩「家家養烏鬼」，說者不一。《嬾真子》以爲豬，蔡寬夫以爲烏野七神，《冷齋夜話》以爲烏蠻鬼，沈存中《筆談》、《緗素雜記》、《漁隱叢話》，陸農師《埤雅》以爲鸕鷀，四說不同，惟《冷齋》之說爲有據。觀《唐書·南蠻傳》：俗尚烏鬼，大部落有大鬼主，百家則置小鬼主，一姓白蠻，五姓烏蠻。所謂烏蠻，則婦人衣黑繒；白蠻，則婦人衣白繒。又以驗《冷齋》之說。劉禹錫《南中》詩亦曰：「淫祀多青鬼，居人少白頭。」又有所謂青鬼之說。

蓋廣南川峽諸蠻之流風，故當時有青鬼、烏鬼等名。杜詩以「黄魚」對「烏鬼」[八]，不知其爲烏蠻鬼也審矣。然觀元微之詩曰：「鄉味尤珍蛤，家神悉事烏。」又曰：「病賽烏稱鬼，巫占瓦代龜。」注：南人染病，競賽烏鬼。此説又似不同。據《南蠻傳》，「烏」即「烏黑」之「烏」；而元詩以「蛤」對「烏」，則以爲「烏鴉」之「烏」。《夢溪筆談》。

換骨奪胎（二卷九丁）《野客叢書》卷末附録：山谷云：「詩意無窮，人之才有限。以有限之才，追無窮之意，雖淵明、少陵不能盡也。然不易其意而造其語，謂之換骨法；規模其意形容之，謂之奪胎法。」

一向語 公侖：「向」作「句」。公侖有弁。

過故人家飲 公侖：「飲」作「飯」。

少緼藉 《史記·酷吏傳》：「義縱敢行，少藴藉。」

重遲 《淮南子·修務訓》（八丁）：「越人有——者，而人謂之訬，以多者名之。」

昌州海棠 陳眉公《書蕉》上：海棠故無香，獨昌地産者香。故號海棠香國，有香霏亭。

萊錢 或當作「菜錢」。又《漢書·食貨志》注：應劭曰：漢鑄莢錢。《書敘指南》貞集（九丈）：薄小錢曰莢錢。（《史平準》）[九]

業已問之 《類書纂要》十一云：業已，事已爲而成曰業。《史記》曰：業已爲之。《史記·項羽本紀》(十五丈)：業已講解。注：蘇林曰：業，事也。言雖有疑心，然事已和解也。

乞食歌姬院　《詩林廣記》後集三曰：《北夢瑣言》云：裴休嘗披毳衲於歌姬院，持鉢乞食，自以爲不爲俗情所得，可以説法度人。

乞與佯狂老萬回　萬回法雲公，唐武后賜以錦袍玉帶。

筍根稚子無人見　《詩林廣記》前集二云：《漫叟詩話》云：「筍根稚子無人見」，當爲「野雉」之「雉」，或以爲「童稚」，非也。《桐江詩話》云：《冷齋》以「稚子」便作「筍」，引唐人詩爲證，何謬之甚也。唐詩蓋謂筍之脱籜，如小兒之解綳。便以稚子爲筍，則非也。少陵詩本特誤以「雉」爲「稚」耳[一〇]，蓋筍生乃雉哺子之時，言雉子之小，在竹間人不能見也。

洪駒父評詩之誤　欸藹　《丹鉛總録》十四卷十四葉弁之。　又《詩林廣記》前集五(十一丁)云：黄山谷云：元次山《欸乃曲》(欸音襖，乃音靄)，乃湘中節歌聲也。《元次山集》音注亦同，云棹舡之聲。《洪駒父詩話》謂欸音靄，乃音襖，遂反其音而讀之。則是不曾看《元次山集》，及不聞山谷此語，而妄爲之音耳。

换骨法　《詩林廣記》後集五：山谷《達觀堂詩》：「瘦藤拄到風煙上，乞與遊人眼豁開。不知眼界闊多少，白鳥去盡青天回。」《冷齋夜話》云：李翰林詩曰：「鳥飛不盡暮天碧。」又曰：「青天盡處没孤鴻。」山谷詩乃用此意，謂之换骨法。　胡苕溪謂「鳥飛不盡暮天碧」之句，乃郭功甫《金山行》。《冷齋》以爲李翰林詩，何也？

李義山文章一厄 《許彥周詩話》云：洪覺範在潭州水西小南台寺，覺範作《冷齋夜話》有曰：「詩至李義山，爲文章一厄。」僕至此蹙額無語，渠再三窮詰，僕不得已曰：「夕陽無限好，只是近黃昏。」覺範曰：「我解子意矣。」即時刪去。今印本猶存之，蓋已前傳出者。

歌姬院 《許彥周詩話》云：韓熙載仕江南，每得俸給，盡散後房歌姬。（忠云：畏懼後主之疑故也，見《堯山外紀》四十一，十四丈）〔二〕。熙載披衲持鉢，就諸姬乞食，率以爲常。東坡以玉帶贈寶覺，寶覺酬以磨衲，東坡作詩謝之曰：「病骨難堪玉帶圍，鈍根仍落箭鋒機。欲教乞食諸姬院，故與雲山舊衲衣。」《江南野史》亦載韓事，與此小異。 《續百川》丙集《南唐近事》廿二葉。

雷轟薦福碑 汝陰王明清《玉照新志》卷五云：雷轟薦福碑，事見楚僧惠洪《冷齋夜話》。去歲婁彥發機自饒州通判歸，詢之，云：「薦福寺雖號番陽巨剎，元無此碑，乃惠洪僞爲是說。」然東坡已有詩曰「有客打碑來薦福」之句。按惠洪初名德洪，政和元年，張天覺罷相，坐關節竄海外，又數年回，僧始易名惠洪，字覺範。考此書距坡下世已逾一紀，洪與坡蓋未嘗先接，恐是已有妄及之者，則非洪之鑿空矣。洪本筠州高安人，嘗爲縣小吏。黃山谷喜其聰惠，教令讀書。爲浮屠氏，其後海内推爲名僧。韓駒作《寂音尊者塔銘》，即其人也。

天棘是柳　《許彥周詩話》云：「天棘夢青絲。」洪覺範硬差「天棘」作「柳」。高秀實云：「天棘，天門冬也。」當以秀實之言爲正。「顛」「天」聲相近，又酷似青絲。又江南徐鉉家本云：「天棘蔓青絲。」若蔓生如青絲，尤見是天門冬。

張睢陽　《排韻》卷四（四十一丈）：張巡志氣高邁，唐天寶中祿山反，巡守睢陽，縛藁爲人，剡蒿爲矢，大小四百戰。糧盡城陷，罵賊而死。尹子奇以刃抉其口齒，存者三四。

聊復爾耳　《事文》前集十（十四丈）：阮咸曝犢鼻云云[一二]。

少叢林　《古尊宿》十一《慈明錄》（一丈）[一三]。

「喚作拳是觸」云云　又《羅湖野錄》下載「背觸拳頭外」。《羅湖》下云：無盡居士見兜率悅禪師，既有契證，因詢晦堂家風於悅，欲往就見。悅曰：「此老只一拳頭耳。」乃潛奉書於晦堂曰：「無盡居士世智辨聰，非老和尚一拳垂示，則安能使其知有宗門向上事耶？」未幾，無盡遊黃龍，訪晦堂於西園云云。徐扣宗門事，果示以拳頭。話無盡默，計不出悅之所料，由是易之。遂有偈曰：「久響黃龍……一點通。[一四]」靈源時爲侍者，尋題晦堂肖像曰：「三問逆摧，超玄機於鷲嶺；一拳垂示，露赤體於龍峰。聞時富貴，……年老浩歌。……從教……[一五]」黃太史魯直聞而笑曰：「無盡所言靈犀……不著畫。[一六]」嗟乎！無盡於宗門，可謂具眼矣。然因人之言，昧宗師於晦堂，鑒裁安在哉？悅雖得無盡，樂出其門，其奈狹中媢忌，爲叢林口實也。

嘗行八棒十三禪　《碧岩》二(十八丈左)八棒對十三[一七]。

三喪在淺土　言己親族亡者三，而未得葬斂權葬之，故言在淺土也。

城外土饅頭　東坡評，在《全集》六十七(廿七丈)。

猿臂　《統紀》三十《玄奘傳》有｜｜字，乃知可點使兩夫下扶｜｜而上[一八]。

盲女以所乘筍兜舁歸山　《十誦律》四十三(三丈)：著轝上云云。波羅夷云云。不犯者若欲墮坑云云。

東坡刪削其傳　《東坡全集》十三(九丈)：《圓澤傳》傳尾自注云：此出袁郊所作《甘澤謠》，以其天竺故事，故書以遺寺僧。舊文煩冗，頗爲刪改。

贊寧所錄　《宋僧傳》二十：《圓觀傳》[一九]。　此一則覺範妄説雲生石。忠《虚堂犁耕》第廿九辯之(偈頌二丈)[二〇]。

[校]

[一]「丈」日語讀音一同「張」，可通用。表示紙張之量詞。下同。

[二]「學」下當有「庵」字，此略稱。

[三]「坡」下當有「叢話」，此略稱。下同。

[四]「冬」下當有「序錄」，此略稱。下同。
[五]「匀」通作「韻」。下同。
[六]「丁」日語讀音一同「張」，下同。
[七]當作第二十六。
[八]「鬼」字原本闕，據《野客叢書》卷二十六補。
[九]「準」原本作「淮」，誤，此當指《史記·平準書》，兹改之。
[一〇]此句《苕溪漁隱叢話》前集卷十二引作「少陵詩本『筍生雉子無人見』，今誤以『雉』爲『稚』」。
[一一]「山」下當有「堂」，此略稱。
[一二]「文」下當有「類聚」，此略稱。
[一三]「宿」下當有「語錄」，此略稱。
[一四]此偈有省文，原文如下：「久響黄龍山裏龍，到來只見住山翁。須知背觸拳頭外，别有靈犀一點通。」
[一五]「聞時」下有省文，原文如下：「聞時富貴，見後貧窮。年老浩歌，歸去樂從。教人喚住山翁。」
[一六]此句有省文，原文如下：「無盡所言靈犀一點通，此蓦苴爲虚空安耳穴。靈源作偈分雪之，是寫一字不著畫。」
[一七]「岩」下當有「錄」，此略稱。
[一八]「統」上當有「佛祖」，此略稱。
[一九]「宋」下當有「高」，此略稱。
[二〇]「堂」下當有「錄」，此書爲道忠所撰。

附錄二

日本寬文版天廚禁臠

釋惠洪 撰

總 目[一]

卷上

石門洪覺範天厨禁臠目録終[六]

[校]

[一]「總目」原本闕，據明正德版補。

[二]「句對法」正文作「對句法」。

[三]五山版此目下多一「歌」。

[四]「换」原本作「掩」，誤，據五山版及正文改。

[五]「氣」五山版作「句」。

[六]明正德本總目下有跋文，茲録於此：「礦樸不煉不成，霧縠不涅不麗，吾人欲染指風雅，而無所師授，尠不墮落外道者，况望了達玄奥哉。《天厨禁臠》，釋洪覺範編也。頗得三昧，法闕詩壇，蹊徑在焉。勝國前有摹本，而今亡矣。予得其鈔本訂之，將與海内豪傑共之。秣陵鄉進士張天植遂成吾志刻之。正德丁卯東川黎堯卿跋。」

石門洪覺範天廚禁臠卷上

秦少遊曰：「蘇武、李陵之詩，長於高妙；曹植、劉公幹之詩，長於豪逸；陶潛、阮籍之詩[一]，長於沖澹；謝靈運、鮑照之詩，長於峻潔；徐陵、庾信之詩，長於藻麗；而杜子美者，窮高妙之格，極豪逸之氣，包沖澹之趣，兼峻潔之姿，備藻麗之能[二]，而諸家之作不及焉[三]。」予以謂子美豈可人人求之，亦必兼法諸家之所長[四]。故唐人工詩者多專門，以是皆名世，專門句法，隨人所去取。然學者不可不知，凡諸格法，畢錄於此[五]。

[校]

[一]「籍」原本作「藉」，誤，玆改之。

[二]「能」明正德本作「態」。

[三]「不」下明正德本有「能」。

[四]「法」字明正德本無。

[五]「錄」明正德本作「祿」。

近體三種頷聯法

寒食月[一]

無家對寒食，有淚如金波。斫卻月中桂，清光應更多[二]。仳離放紅蘂，想像顰青蛾[三]。牛女漫愁思，秋期猶渡河。

此杜子美詩也。其法頷聯雖不拘對偶，疑非聲律。然破題引韻已的對矣。謂之偷春格，言如梅花偷春色而先開也。山谷嘗用此法作茶詞曰：「烹茶留客駐雕鞍，有人愁遠山。別郎容易見郎難，月斜窗外山。自郎去後憶前懽[四]，畫屏金博山。一杯春露莫留殘，與郎扶玉山。」蓋下押四「山」字，上「鞍」「難」「懽」「殘」皆有韻，如是乃知其工也。

下第

下第唯空囊，如何住帝鄉。杏園啼百舌，誰醉在花傍。淚落故山遠，病來春草長。知音逢豈易，孤棹負三湘[五]。

此賈島詩也。頷聯亦無對偶，然是十字敘一事，而意貫上二句。及景聯方對偶分明，謂之蜂腰格，言若已斷而復續也。

吊僧

幾思聞靜話，夜雨對禪床。未得重相見，秋燈照影堂。孤雲終負約，薄宦轉堪傷[六]。夢繞長松塔，遥焚一炷香。

此鄭谷詩也。頷聯與破題便作隔句對，若施之於賦，則曰「幾思靜話[七]，對夜雨之禪床；未得重逢，照秋燈之影堂」也[八]。

〔校〕

〔一〕詩題明正德本作「寒食對月」。
〔二〕「應更」原本作「更應」，據明正德本改。
〔三〕「顰」明正德本作「頻」。
〔四〕此句《山谷詞》作「歸去後，憶前歡」。
〔五〕「棹」原本作「艸」，誤，據明正德本改。
〔六〕「宦」原本作「官」，誤，據明正德本改。
〔七〕「靜」明正德本作「共」。
〔八〕「堂」明正德本作「室」。

四種琢句法

近體詩以聲律爲標準，每錙銖而較之，蓋其法嚴甚。然妙意欲達，而爲詩語所礙則奈何[一]，曰：有假借之法。

月中桂

根非生下土，葉不墜秋風。

贈隱者

五峰寒不下，萬木幾經秋。

《月中桂》，省題詩也。二詩皆以「秋」對「下」，蓋「下」之同聲也[二]。

山行

因尋樵子徑，偶到葛洪家。

遊山寺

殘春紅藥在[三]，終日子規啼。

此以「子」對「洪」[四]，又以「紅」對「子」[五]，皆假其聲也[六]。

宿柏岩

閒聽一夜雨[七]，更對柏岩僧。

移居

住山今十載，明日又遷居。

此以「一夜」對「柏岩」，又以「十」對「遷」，假千百之數耳。

宿西林寺

聽雨寒更盡，開門落葉深。

登樓晚望

微陽下喬木，遠燒入秋山。

此唐僧無可詩也[八]。退之所稱「島、可」，島謂賈島也。此句法最有奇趣，然譬之嚼蝤蝥，不能多得。一夜蕭蕭，謂必雨也，及曉乃落葉也[九]，其境清絕可知[一〇]。方遠望謂斜陽自喬木而下，乃是遠燒入山，其遠可知矣。

【校】

[一]「詩」明正德本作「詞」。

[二]「下」下明正德本有「字」。

[三]「藥」原本作「葉」，誤，據明正德本改。

[四]「洪」明正德本作「紅」，誤。

[五]「以」字原本無，據明正德本補。

[六]「聲」明正德本作「色」。

[七]「閒」明正德本作「聞」。

〔八〕「此」下明正德本多「詩」字。

〔九〕「落葉」明正德本作「葉落」。

〔一〇〕「清」字明正德本無。

江左體

題省中院壁

掖垣竹埤梧十尋，洞門對雪常陰陰。落花遊絲白日靜，鳴鳩乳燕青春深。腐儒衰晚謬通籍，退食遲回違寸心。袞職曾無一字補，許身媿比雙南金。

卜居

浣花流水水西頭，主人爲卜林塘幽。已知出郭少塵事〔一〕，更有澄江銷客愁。無數蜻蜓齊上下，一雙鸂鶒對沈浮〔二〕。東行萬里堪乘興，須向山陰上小舟。

巴嶺答杜二見憶

臥向巴山落月時，兩鄉千里夢相思。可但步兵偏愛酒，也知光祿最能詩。江頭赤葉楓愁客，籬外黃花菊對誰。跨馬望君非一度〔三〕，冷猿秋雁不勝悲。

前二詩子美作，後一詩嚴武作，皆於引韻便失粘〔四〕。既失粘，則若不拘聲律。然其對偶時精到[五]，謂之「骨含蘇李體」。魯直作《落星寺詩》，乃是法之曰：「星宮遊空何時落[六]，落地便化爲寶坊[七]。詩人畫吟山入座，醉客夜愕江撼床。蜜房各自開戶牖[八]，蟻穴或夢封侯王。不知青雲梯幾級，更拄瘦藤遊上方[九]。」

[校]

[一]「郭」明正德本作「廓」，誤。

[二]「雙」明正德本作「隻」，誤。

[三]「跨」明正德本作「跋」，誤。《全唐詩》作「跂」。

[四]「皆」字原本無，據明正德本補。　「便」明正德本作「更」，誤。

[五]「時」明正德本作「特」。

[六]「空」原本作「宮」，誤，據明正德本改。

[七]「落地便化」明正德本作「著地亦化」。

[八]「蜜」明正德本作「蜂」。

[九]「拄」明正德本作「柱」。　「遊」明正德本作「尋」。

含蓄體

登岷山

荒山秋日午，獨上意悠悠。如何望鄉處，西北是融州。

渡桑乾

客舍并州已十霜，歸心日夜憶咸陽。無端更渡桑乾水，卻望並州是故鄉。

山驛有作

策杖馳山驛，逢人問梓州。長江那可到，行客替生愁。

此三詩，前一柳子厚作，後二賈島作。子厚客洛陽，融州蓋嶺外也。桑乾遠極幽燕[一]，并關河東，望咸陽爲西南。長江縣在梓州之西[二]。前輩多誦此詩。少遊嘗自題《桑乾》詩於扇上，此所謂含蓄法。

【校】

[一]「桑乾遠極」四字明正德本無。

[二]「縣」明正德本作「州」。「州」字明正德本無。

用事法[一]

雙竹

饑殘夷叔風姿瘦[二]，泣盡娥英粉淚乾。

酴醾花[三]

露濕何郎試湯餅，日烘荀令炷爐香。

《雙竹》，僧惠律詩[四]。《酴醾》，山谷作也。以伯夷、叔齊、娥、英二女比其清癯有淚爲絶好。酴醾花美而有韻[五]，不以女子比之[六]，而以二美丈夫比之爲工也[七]。然淵材又以謂不如「雨過溫泉浴妃子[八]，露濃湯餅試何郎」，亦兼用美丈夫也。

〔校〕

〔一〕此目原本無，據明正德本補。

〔二〕「風」明正德本作「丰」。

〔三〕「酴醾」明正德本作「荼蘼」，下同。

〔四〕「律」明正德本作「津」。

〔五〕「而有韻」三字明正德本無。

[六]「不」字明正德本無。「女」上明正德本有「二」。

[七]「而」明正德本作「又不如」。

[八]「淵」原本作「囦」，據明正德本改。

就句對法

贈僧

往往語復默，微微雨灑松。

又

水邊林下何時去，薄宧[一]虛名欺得人。

前賈島詩[二]，後司空曙所作。「往往」不可對「微微」，「去」字不可對「人」字，乃就詩一句以作對，以「語」對「默」，以「雨」對「松」，以「水邊」對「林下」，以「薄宧」對「虛名」也。

【校】

[一]「宧」原本作「官」，誤，據明正德本改。下同。

[二]此句明正德本作「前詩賈島作」。

十字對句法

梅

前村深雪裏，昨夜一枝開。

別所知

相看臨遠水，獨自上孤舟。

前對齊己作，後對鄭谷作，皆以十字敘一事[一]，而對偶分明。

【校】

[一]「以」字明正德本無。

十字句法

如何青草裏，亦有白頭翁。

又

夜來乘好月，信步上西樓。

前對李太白詩，後對司空曙詩。既以言十字對句矣[一]，此又言十字句，何以異哉？曰：「青草裏」不可對「白頭翁」，「夜來」不可對「信步」。以其是一意，完全渾成，故謂之十字句。其法但可於頷聯用之，如於景聯用，則當曰「可憐蒼耳子，解伴白頭翁」爲工也。

【校】

［一］「既以」明正德本作「已」。「句」字明正德本無。

十四字對句法

自攜瓶去沽村酒，卻著衫來作主人。

又

卻從城裏攜琴去，誰到山中寄藥來［一］。

前對王操詩，後對清塞詩，皆翛然有出塵之姿，無險阻之態。以十四字敘一事，如人信手斫木，方圓一一中規矩。其法亦宜頷聯用之也。

【校】

［一］「誰」明正德本作「許」。

詩有四種勢

寒松病枝　芙蓉出水　轉石千仞　賢鄙同笑［一］

巳師茆齋[二]

江蓮搖白羽[三]，天棘蔓青絲。

山寺

麝香眠石竹，鸚鵡啄金桃。

九日

竹葉與人既無分[四]，菊花從此不須開。

關山道中

野店初嘗竹葉酒，天寒正落豆楷灰[五]。

前三對子美詩，後一對東坡詩。「麝香」，小鹿子也[六]。「石竹」，野花之微弱叢，薄薄而纖短者。其事隱而相濫，故注其詩者曰：麝香，鹿也。天棘，柳也。青絲、白羽比物也[七]。竹葉，酒名也。江蓮、黄菊，皆稱體之名[八]，世所共識。而對以異名，則是句法之病。雖是病，然施之於「寒松格」，則不害爲好。「豆楷灰」，比雪也。所謂「寒松病枝」，唐晝公名之。

山居

風定花猶落，鳥鳴山更幽。

雨過

涼生初過雨，靜極忽歸僧。

遊康王觀

棋聲深院靜，幡影石壇高。

前對舒王集句，次僧保暹作，後司空曙所作。讀之自然，令人愛悦，不假人言，然後爲貴也。

此謂「芙蓉出水」，晉謝靈運名之。

華清宫

雷霆施號令，星斗焕文章。

懷古

經來白馬寺，僧到赤烏年。

前杜牧之詩，後靈徹詩。言天子之事，以「號令」比「雷霆」，必當以「文章」比「星斗」，其勢不如此不能止其詞也。東漢西國僧以白馬負經至洛陽，而吴赤烏年中，康僧會始領僧二十四員到建業[九]。此所謂「轉石千仞」。譬如以石自千仞岡上而下，不到地而不止[一〇]。此歐陽公名之。

宫怨

昔爲芙蓉花，今作斷腸草。以色事於人[一一]，能得幾時好。

春日曲江

朝回日日典春衣，每日江頭盡醉歸。酒債尋常行處有，人生七十古來稀。穿花蛺蝶深深見，點水蜻蜓款款飛。傳語春光共流轉，暫時相賞莫相違。

與子由別和其詩

別期漸近不堪聞，風雨蕭蕭正斷魂。猶勝相逢不相識，形容變盡語音存。

龍山雨中

山行三日雨沾衣，幕阜峰前對落暉。野水自添田水滿，晴鳩卻喚雨鳩歸。靈源大士人天眼，雙塔老師諸佛機。白髮蒼顏重到此，問君還見昔人非。

《宮怨》，李太白作。《春日》，杜子美作。《別子由》，東坡作。《龍山雨中》，山谷作。「斷腸草」，其花美好，亦名芙蓉。「尋常」，七尺爲尋，八尺爲常。形容去盡[一二]，但識其音聲[一三]，見東漢《黨錮傳》夏馥言兄弟也[一四]。鳩見雨即逐其婦，晴則呼其婦，以喻君怒其臣即逐之，怒息即詔其歸爾。此謂「賢鄙同笑」，謂其賢愚讀之，皆意解而愛敬之也。以賢者知其用事所從出，而愚者不知，不知猶爲好也。此秦少遊名之。

〔校〕

［一一］「笑」明正德本作「嘯」。

[二]「巳師」明正德本作「己公」，誤。

[三]「江」原本作「泥」，誤，據明正德本改。下同。

[四]「與」明正德本作「于」。

[五]「天寒」明正德本作「江雲」。

[六]「鹿」原本作「烏」，誤，據明正德本改。

[七]此句明正德本作「青絲比柳也」。

[八]此下明正德本多「白羽」。「體」下明正德本多「物」字。

[九]「四」明正德本作「餘」。「到」明正德本作「至」。

[一〇]此句明正德本作「不至地不止」。

[一一]「於」明正德本作「它」。

[一二]「去」明正德本作「變」。

[一三]「識」明正德本作「議」，誤。此下明正德本多「存耳」二字。

[一四]「夏」明正德本作「韓」，誤。

詩分三種趣

奇趣　天趣　勝趣

田家

高原耕種罷，牽犢負薪歸。深夜一爐火，渾家身上衣。

江淹《效淵明體》

日暮巾柴車，路暗光已夕。歸人望煙火，稚子候簷隙。

此二詩脱去翰墨痕迹，讀之令人想見其處，此謂之奇趣也。

宫詞

白髮宫娃不解悲[一]，滿頭猶自插花枝。曾緣玉貌君王寵，準擬人看似舊時。

大林寺[二]

人間四月芳菲盡[三]，山寺桃花始盛開。長恨春歸無覓處，不知轉入此中來。

此二詩，前乃杜牧之作[四]，後乃白樂天作。其詞語如水流花開，不假工力，此謂之天趣[五]。

天趣者，自然之趣耳。

東林寺[六]

昔爲東掖垣中客，今作西方社裏人。手把楊枝臨水坐，閑思往事似前身。

長安道中

鏡中白髮悲來慣，衣上塵痕拂轉難。惆悵江湖釣魚手，卻遮西日望長安。

前詩白樂天作，後詩杜牧之作。吐詞氣宛在事物之外，殆所謂勝趣也。

[校]

[一]「娃」明正德本作「娥」。

[二]「大」原本作「丈」，誤，據明正德本改。

[三]「芳」明正德本作「芬」。

[四]此詩《全唐詩》卷五百四十五題劉得仁作。

[五]「天趣」二字原本無，據明正德本補。

[六]「寺」下明正德本多「作」字。《全唐詩》卷四百三十九題作《臨水坐》。

錯綜句法

秋興

紅稻啄殘鸚鵡粒[一]，碧梧棲老鳳凰枝。

又

繰成白雪桑重綠，割盡黄雲稻正青。

又

林下聽經秋苑鹿[二]，溪邊掃葉夕陽僧[三]。

前子美作，次舒王作，次鄭谷作。然是三種錯綜，以事不錯綜則不成文章。若平直敘之，則曰「鸚鵡啄殘紅稻粒，鳳凰棲老碧梧枝」。而以「紅稻」於上，以「鳳凰」於下者，錯綜之也。言「繰成」則知白雪爲絲，言「割盡」則知黄雲爲麥也。秦少遊得其意，時發奇語，其作《睡足軒》則曰[四]：「長年憂患百端慵，開付僧坊頗有功[五]。地撤蔽虧僧界靜，人除荒穢玉奩空。青天並入揮毫裏，白鳥時來隱几中。最是人間佳絶處，夢殘風鐵響丁東。」

【校】

[一]「粒」原本作「顆」，誤，據明正德本改。下同。

[二]「鹿」明正德本作「綠」，誤。
[三]「溪」明正德本作「江」。
[四]「其作」二字原本無，據明正德本補。
[五]「付」明正德本作「斥」。

折腰步句法

宿山中[一]

幽人自愛山中宿，更近葛洪丹井西。庭前有個長松樹，半夜子規來上啼[二]。

南園

花枝草蔓眼前開[三]，小白長紅越女腮。可憐日暮嫣然態[四]，嫁與春風不用媒。

送蜀僧

卻從江夏尋僧晏，又向東坡別巳公。當時半破娥嵋月，還在平羌江水中。

前詩韋應物作[五]，次李長吉作，又次東坡作。雖中失粘而意不斷也。

【校】

[一]「山中」明正德本作「中山」，誤。

［二］「半夜」明正德本作「夜半」。
［三］「枝」原本作「株」，據明正德本改。
［四］「嫣然態」明正德本作「嫣香落」。
［五］此詩《全唐詩》卷三百十五題朱放作，一作顧況詩。

絕弦句法

寄遠

燕鴻去後湖天暖，欲寄知音問水居。十歲弄竿今八十［一］，錦鱗吞鈞不吞書［二］。

送道士

歲暮抱琴何處去，洛陽三十六峰西。生平不識先生面，不得一聽烏夜啼。

前詩僧謙作，後詩賈島作。其詩語似斷絕而意存，如弦絕而意終在。

【校】

［一］「十」明正德本作「七」。
［二］「鈞」原本作「鈎」，據明正德本改。

影略句法

落葉

返蟻難尋穴，歸禽易見窠。滿廊僧不厭，一個俗嫌多。

柳

半煙半雨村橋畔，間杏間桃山路中。會得離人無限意[一]，千絲萬絮惹春風。

前詩劉義作，後詩鄭谷作。賦落葉而未嘗及凋零飄墜之意，賦柳而未嘗及裊裊弄日垂風之意。然自然知是落葉，知是柳也。

【校】

［一］「限」明正德本作「恨」，誤。

石門洪覺範天廚禁臠卷上終

石門洪覺範天廚禁臠卷中

比物句法

書事

輕陰閣小雨，深院晝慵開。坐看蒼苔色，欲上人衣來。

又

若耶溪上蹈莓苔[一]，興盡張帆載酒回。汀草岸花渾不見，青山無數逐人來。

前詩王維作，後詩舒王作。兩詩皆含其不盡之意，子由謂之不帶聲色。

【校】

[一]「蹈」明正德本作「踏」。

造語法

如沙如草，皆衆人所用。山間林下，寂寞之濱，所與之遊處者，牛羊鷗鳥耳。而舒王造而爲語曰：「坐分黄犢草，卧占白鷗沙。」其筆力高妙，殆若天成。凡貧賤，則語言不爲人所敬，信歲寒不變，則無如松竹。山谷則造而爲語曰：「語言少味無阿堵，冰雪相看有此君。」其語便韻[一]。

【校】

[一]「韻」明正德本作「鍵」。

賦題法

「若不得流水，還應過别山」者，題野燒也。「嚴霜百草白，深院一株青」者，題小松也。前人以爲工，但是題其意爾，非能狀其體態也。如子美題雨，則曰「紫崖奔處黑[一]，白鳥去邊明」。樂天賦琵琶，則曰「銀瓶忽破水漿迸，鐵騎突出刀槍鳴。」又曰：「四弦一聲如裂帛。」此皆能曲盡萬物之情狀。若雨、若音聲，其不可把玩如石火電光，非人之才力能攬取之。然此但得其情狀，非能寫其不傳之妙哉。如山谷《題蘆雁圖》則妙絶。曰：「惠崇煙雨蘆雁[二]，坐我瀟湘洞庭[三]。欲唤扁舟歸去，傍人謂是丹青。」

【校】

[一]「奔」原本作「陰」，據明正德本改。

[二]「蘆」明正德本作「歸」。

〔三〕「洞」明正德本無。

用事補綴法

南華會蘇伯固

扁舟震澤定何時，滿眼廬山覺又非。芳草池塘惠連夢，上林鴻雁子卿歸。口香知是曹溪水，眼淨同看古佛衣。不向南華問消息，此生何處是真依。

猩猩筆

好飲醉魂在，能言機事疏〔一〕。平生幾量屐，身後五車書。物色看王會，勳勞在石渠。一毫能濟世，端用謝楊朱。

前東坡詩〔二〕，後山谷詩。《漢書》：武帝射雁，得蘇武書〔三〕。無「鴻」字，東坡添「鴻」字，故改「春草池塘」爲「芳草池塘」也。阮孚言：「人生能著幾量屐。」魯直以下句非全句，故改「人生」爲「平生」也。若以「春草」對「上林」，以「人生」對「身後」，固不佳哉。特以「生」不易動，則對非的偶爾。

〔校〕

〔一〕「機」明正德本作「幾」。

[二] 此句明正德本作「前詩東坡作」。

[三] 「得」字原本無，據明正德本補。

比興法

野外[一]

老妻畫紙爲棋局，稚子敲鍼作釣鈎。

送路六侍御入朝

不分桃花紅勝錦，生憎柳絮白於綿。

絕句

不如醉裏風吹盡，可忍醒時雨打稀。

三詩皆子美作也。妻比臣，夫比君，棋局，直道也。鍼合直而敲曲之[二]，言老臣以直道成帝業，而幼君壞其法。稚子，比幼君也。錦、綿，色紅白而適用。朝廷用真材[三]，天下福也。而真材者忠正，小人諂諛似忠，詐奸似正[四]，故爲子美所不分而憎之也。小人之愚弄朝廷，賢人君子不見其成敗則已，如眼見其敗，亦不能不爲之歎息耳。故曰「可忍醒時雨打稀」。

【校】

［一］此題《全唐詩》作《江村》。
［二］「合」原本作「全」，誤，據明正德本改。
［三］「真」明正德本作「直」，下同。
［四］「奸」明正德本作「訐」。

奪胎句法

「河分崗勢斷，春入燒痕青。」僧惠崇詩也。然「河分崗勢」不可對「春入燒痕」，東坡用之，爲奪胎法。曰：「似聞決決流冰缺，盡放青青入燒痕。」以「冰缺」對「燒痕」，可謂盡妙矣。

「一别二十年，人堪幾回别」者，顧況詩也。而舒王亦用此法曰：「一日君家把酒杯，六年波浪與塵埃。不知烏石岡邊路，到老相尋得幾回。」

換骨句法

春日［一］

有情芍藥含春淚，無力薔薇臥曉枝。

又

白蟻撥醅官酒熟，紫綿揉色海棠開。前少遊詩，後山谷詩。夫言花與酒者，自古至今，不可勝數，然皆一律。若兩傑，則以妙意取其骨而换之。

【校】

〔一〕「春日」原本無，據明正德本改。

遺音句法

扇

玉斧修成寶月團，月邊仍有女乘鸞。青冥風露非人世，鬢亂釵横特地寒。

宿東林寺

溪聲便是廣長舌，山色豈非清淨身。夜來八萬四千偈，他日如何舉似人。

前舒王作，後東坡作。此所謂讀之令人一唱而三歎，譬如朱弦發越，有遺音者也。秦少遊欲效之，作一首曰：「獼猴鏡裏三身現，龍女珠中萬像開。爭似此堂人散後，水光清泛月華來。」終若不及也。

東坡曰：「善畫者畫意不畫形，善詩者道意不道名。」故其詩曰：「論畫以形似，見與兒童鄰[一]。作詩必此詩[二]，定知非詩人[三]。」借如賦山中之境，居人清曠，不過稱之深[四]，稱住山之久，稱其閑逸，稱其寂默，稱其高遠。能道其意者，不直言其深，而意中見其深[五]。如文靚詩曰：「松陰行不盡，踈雨下無時。世事幾興廢，山中人未知。」

又不直言其住山之久，而意中見其久。如賈島詩曰：「頭髮梳千下，休糧帶病容。養雛成大鶴，種子作高松。白石通宵煮，寒泉盡日舂。不曾離隱處[六]，那得世人逢。」

又不直言其閑逸，而意中見其閑逸。如王維詩曰：「中歲頗學道[七]，晚家南山陲。興來獨自往[八]，事勝心自知[九]。行到水窮處，坐看雲起時。偶然值林叟，語笑無還期[一〇]。」

又不直言其寂默，而意中見其寂默。如畫公詩曰[一一]：「月色靜中見，泉聲幽處聞。影孤長不出，行道在深雲。」

又不直言其高遠，而意中見其高遠。如王維詩曰：「山中多法侶，禪誦自成群。城郭遙相望，唯應見白雲。」

【校】

[一]「與」明正德本作「比」。

[二]「此詩」明正德本作「如此」。

〔三〕「定知非」明正德本作「定非知」。
〔四〕「稱」下明正德本多「山」字。
〔五〕「深」下明正德本多「也」字。
〔六〕「處」原本作「居」，誤，據明正德本及五山本改。
〔七〕「學」明正德本作「好」。
〔八〕「獨自往」明正德本作「每獨往」。
〔九〕「事勝」明正德本作「勝事」。
〔一〇〕「語笑」明正德本作「談嘯」。
〔一一〕《全唐詩》卷八百十作靈徹句。

詩家尤貴遺詞頓挫，舒王常擊節賞歎東坡《日月出東門詩》〔一〕。其略曰：「百年寓華屋，千載歸山丘〔二〕。何事羊公子，不肯過西州〔三〕。」此遺詞頓挫也。

杜子美詩，言山間野外，意在譏刺風俗。如《三絶句》詩曰：「楸樹馨香倚釣磯，斬新花蘂未應飛。」言後進爆貴〔四〕，可榮觀也。「不如醉裏風吹盡，可忍醒時雨打稀。」言其恩重才薄，眼見其零落，不若未受恩眷之時。雨比天恩，以雨多，故致花易壞也。「門外鸕鷀久不來，沙頭忽見眼相猜。」言貪利小人，畏君子之譏其短也。「自今以後知人意〔五〕，一日須來一百回。」言君子以義〔六〕

養正，瑜瑾匿瑕，山藪藏疾，不發其惡。而小人未[七]革面，諂諛不能媿恥也。「無數春筍滿林生，柴門密掩斷人行。會須上番看成竹，客到從嗔不出迎。」言唯守道爲歲寒也。

前輩多法其意作，如韓稚圭詩曰：「風靜曉枝蝴蝶鬧，雨匀春園桔槔閑。」亦以雨比天恩。又蔡持正詩曰：「風搖熟果時聞落，雨滴餘花亦自香。」亦以雨比天恩也。「桔槔」比宰相功業之就，已退閑矣[八]，時公在相州作帥[九]。「熟果」比大臣時黜落，時公在安州。

〔校〕

〔一〕下一「日」字明正德本無。
〔二〕「山丘」明正德本作「丘山」。
〔三〕「州」明正德本作「川」。
〔四〕「爆」明正德本作「鼎」。
〔五〕「以」明正德本作「已」。
〔六〕「義」明正德本作「蒙」。
〔七〕「未」原本作「來」，誤，據明正德本改。
〔八〕「閑矣」二字明正德本無，另多「蓋是」二字。
〔九〕「帥」原本作「師」，誤，據明正德本改。

律詩拘於聲律，古詩拘於句語，以是詞不能達。夫謂之「行」者，達其詞而已，如古文而有韻者耳。唐陳子昂一變江左之體，而歌行暴於世，作者輩能守其法，不失爲文之旨，唯杜子美、李長吉。今專指二人之詞以爲證。夫謂之「歌」者，哀而不怨之詞，有豐功盛德則歌之，詭異希奇之事則歌之。其詞與古詩無以異，但無鋪叙之語，奔驟之氣。其遺語也，舒徐而不迫，峻特而愈工。吟諷之而味有餘，追繹之而情不盡。敘端發詞，許爲雄夸跌蕩之語，及其終也，許置諷刺傷悼之意。此大凡如此爾。

「行」者詞之遺無所留礙，如雲行水流，曲折溶曳，而不爲聲律語句所拘。但於古詩句法中得增辭語耳。如李賀《將進酒》、《致酒行》、《南山田中行》，杜甫《麗人行》、《貧交行》、《兵車行》。

將進酒

琉璃鍾，琥珀濃，小槽酒滴真珠紅[二]。烹龍炮鳳玉脂泣，羅幃繡幕圍香風。吹龍笛，擊鼉鼓，皓齒歌，細腰舞。況是青春日將暮，桃花亂落如紅雨。勸君一飲酩酊歸，酒不到劉伶墳上土。

致酒行

零落棲遲一杯酒，主人奉觴客長壽。主父西遊困不皈，佳人折斷門前柳。吾聞馬周昔作新豐客，天荒地老無人識。空將箋上兩行書[三]，直犯龍顔請恩澤。我有迷魂招不得，雄雞一聲天下白。少年心事當拏雲，誰念幽寒坐鳴呃。

南山田中行

秋野明，秋風白，塘水漻漻蟲嘖嘖[三]。雲根苔蘚山上石[四]，冷紅泣露嬌啼色[五]。荒畦九月稻叉牙，蟄螢低飛隴徑斜。石脈水流泉滴沙[六]，鬼燈如漆照松花。

麗人行

三月三日天氣新，長安水邊多麗人。態濃意遠淑且真，肌理細膩骨肉勻。繡羅衣裳照暮春，蹙金孔雀銀麒麟。頭上何所有？翠微㔩葉垂鬢唇。背後何所見？珠壓腰衱穩稱身。就中雲幕椒房親，賜名大國虢與秦。紫駝之峰出翠釜，水精之盤行素鱗。犀筯饜飫久未下，鸞刀縷切空紛綸。黄門飛鞚不動塵，御廚絲絡送八珍[七]。簫鼓哀吟感鬼神，賓從雜遝實要津。後來鞍馬何逡巡，當軒下馬入錦茵。楊花雪落覆白蘋，青鳥飛去銜紅巾。炙手可熱勢絕倫，慎莫近前丞相嗔。

貧交行

翻手作雲覆手雨，紛紛輕薄何須數。君不見管、鮑貧時交，此道今人棄如土。

兵車行

車轔轔，馬蕭蕭，行人弓箭各在腰。耶孃妻子走相送，塵埃不見咸陽橋。牽衣頓足攔道哭，哭聲直上干雲霄。道旁過者問行人，行人但云點行頻。或從十五北防河，便至四十西營田。去時里正與裹頭，歸來頭白還戍邊。邊庭流血成海水，武皇開邊意未已。君不聞漢家山東二百州，千村萬落生荊杞。縱有健婦把鋤犁，禾生隴畝無東西。況復秦兵耐苦戰，被驅不異犬與雞。長者雖有問，役夫敢伸恨。且如今年冬，未休關西卒。縣官急索租，租稅從何出。信知生男惡，反是生女好。生女猶是嫁比鄰[八]，生男埋没隨百草。君不見，青海頭，古來白骨無人收。新鬼煩冤舊鬼哭，天陰雨濕聲啾啾。

【校】

[一]「真」明正德本作「珍」。
[二]「箋」明正德本作「棧」，誤。
[三]「漻漻」明正德本作「流流」。
[四]「蘚」原本作「蘇」，誤，據明正德本改。
[五]「冷」明正德本作「泠」，誤。「泫」明正德本作「泣」。
[六]「脈」明正德本作「孤」，誤。
[七]「絲絡」明正德本作「絡繹」。
[八]「是」明正德本作「得」。

「歌」者亦古詩之流，但有卓絕之事，可以歌詠者，至節要處，任其詞爲抑揚之語。如李賀《鷩篥歌》、《採玉歌》、《莫舞歌》，杜甫《醉時歌》、《樂遊園歌》、《山水障歌》[一]。

申胡子觱篥歌並序

申胡子，朔客之蒼頭也[二]。客李氏，本亦世家子，得祀江夏王廟。當年踐履失序，遂奉官北郡。自稱學長調、短調，久未知名。今年四月，吾與對舍於長安崇義里，遂將衣質酒，命予合歡[三]。氣熱杯闌[四]，因謂予曰：「李長吉，爾徒能長調，不能作五字歌詩，直強回筆端，與陶、謝詩勢相遠幾里。」吾對後，請撰《申胡子觱篥歌》，以五字斷句。歌成，左右人合譟相唱。朔客大喜，擎觴起立，命花娘出幕，徘徊拜客。吾問所宜，稱善手弄[五]。於是以弊辭配聲，與予爲壽。

顏熱感君酒，含嚼蘆中聲。花娘篸綏妥，休睡芙蓉屏。誰截太平管，烈照排空星。直貫開花風，天上驅雲行。今夕歲華落，令人惜平生。心事如波濤，中坐時時驚。朔客騎白馬，劍弝懸蘭纓。俊健如生猱，肯拾蓬中螢。

老夫採玉歌

採玉採玉須水碧，琯作步搖徒好色[六]。老夫饑寒龍爲愁，藍溪水氣無清白。夜雨崗頭食蓁子，杜鵑口血老夫淚。藍溪之水厭生人[七]，身死千年恨溪水。斜山栢風雨如嘯，泉腳挂繩青裊裊。村寒白屋念嬌嬰，古臺石磴懸腸草。

公莫舞歌

《公莫舞歌》者，詠項伯翼蔽劉沛公也。會中壯士，灼灼於人，故無復書。且南北樂府，率有歌引，賀陋諸家，今重作《公莫舞歌》云。

方花古礎排九楹，刺豹淋血盛銀罌。華筵鼓吹無桐竹，長刀直立割鳴箏[八]。橫楣粗錦生紅緯，日炙錦嫣王未醉[九]。腰下三看寶玦光，項莊掉箾欄前起。材官小臣公莫舞[一〇]，坐上真人赤龍子。芒碭雲瑞抱天迴[一一]，咸陽王氣清如水。鐵杷鐵楗重束關[一二]，大旗五丈撞雙鐶。漢王今日須秦印[一三]，絕臏刳腸臣不論。

醉時歌

諸公衮衮登臺省，廣文先生官獨冷[一四]。甲第紛紛厭粱肉[一五]，廣文先生飯不足。先生有道出羲皇，先生有才過屈、宋。德尊一代常坎坷，名垂萬古知用何。杜陵野客人更嗤，被褐短窄鬢如絲。日糴太倉五升米，時赴鄭老同襟期。得錢即相覓，沽酒不復疑。忘形到爾汝，痛飲真吾師。清夜沈沈動春酌，燈前細雨簷花落。但覺高歌有鬼神，焉知餓死填溝壑。相如逸才親滌器，子雲識字終投閣。先生早賦歸去來，石田茅屋荒蒼苔。儒術於我何有哉，孔丘、盜跖俱塵埃[一六]。不須聞此意慘愴，生前相遇且銜杯。

樂遊園歌

樂遊古園萃森爽，煙綿碧草萋萋長。公子華筵勢最高〔一七〕，秦川對酒平如掌。長生木瓢示真率，更調鞍馬往勸賞〔一八〕。青春波浪芙蓉園，白日雷霆甲城仗〔一九〕。閶闔晴開映蕩蕩，曲江翠幕排銀牓。拂水低回舞袖翻，緣雲清切歌聲上。卻憶年年人醉時，只今未醉已先悲。數莖白髮那抛得，百罰深杯亦不辭。聖朝亦知賤士醜，一物自荷皇天慈。此身飲罷無歸處，獨立蒼茫自詠詩。

奉先劉少府新畫山水障歌

堂上不合生楓樹，怪底江山起煙霧。聞君掃卻赤縣圖〔二〇〕，乘興遣畫滄州趣。畫師亦無數，好手不可遇。對此融心神，知君重毫素。豈但祁岳與鄭虔〔二一〕，筆迹遠過楊契丹。得非玄圃裂，無乃瀟湘翻。悄然坐我天姥下，耳邊已似聞清猿。反思前夜風雨急，乃是滿城鬼神入〔二二〕。元氣淋漓障猶濕，真宰上訴天應泣。野亭春還雜花遠，漁翁暝踏孤舟立。滄浪水深青冥闊，欹岸側島秋毫末〔二三〕。不見湘妃皷瑟時〔二四〕，至今斑竹臨江活。劉侯天機精，愛畫入骨髓。自有兩兒郎，揮灑亦莫比。大兒聰明到，能添老樹巔崖裏。小兒心孔開，貌得山僧及童子。若耶溪，雲門寺，吾獨胡爲在泥滓，青鞋布襪從此始。

〔校〕

〔一〕「歌」明正德本無。

〔二〕「客之蒼頭也」五字原本無，據明正德本補。

〔三〕「歡」明正德本作「飲」。

〔四〕「熱」明正德本作「熟」，誤。

〔五〕「手弄」明正德本作「弄管」。

〔六〕「琯」明正德本作「琢」。

〔七〕「厭」明正德本作「壓」，誤。

〔八〕「鳴」明正德本作「鷄」。

〔九〕「嫣」明正德本作「媽」，誤。

〔一〇〕「材」原本作「林」，誤，據明正德本改。

〔一一〕「瑞」原本作「端」，誤，據明正德本改。

〔一二〕「杷」明正德本作「樞」。

〔一三〕「須」明正德本作「頒」，誤。

〔一四〕「冷」明正德本作「泠」，誤。

〔一五〕「粱」原本作「梁」，誤，據明正德本改。

〔一六〕「跖」明正德本作「蹠」，誤。

[一七]「華」原本作「花」，據明正德本改。

[一八]「往勸賞」明正德本作「狂歡賞」。

[一九]「甲」明正德本作「夾」。

[二〇]「掃」明正德本作「歸」，誤。「赤縣」明正德本作「亦懸」，誤。

[二一]「祁」原本作「祈」，誤，據《全唐詩》改。「虔」明正德本作「處」，誤。

[二二]「滿」明正德本作「蒲」。

[二三]「秋」明正德本作「枝」，誤。

[二四]「湘」明正德本作「相」，誤。

石門洪覺範天廚禁臠卷中終

石門洪覺範天廚禁臠卷下

古詩押韻法

古詩以意爲主，以氣爲客。故意欲完，氣欲長，唯意之往而氣追隨之。故於韻無所拘，但行於其所當行，止於其不可不止[一]。蓋得其韻寬[二]，則波瀾泛入傍韻，乍還乍離，出入回合，殆不可拘以常格。如韓退之《此日足可惜》之類是也。得韻窄，則不復傍出，而因難見巧，愈險愈奇。如韓退之《病中贈張十八》之類是也。歐陽文忠公曰：「予嘗與聖俞論此[三]，以謂譬如善馭良馬者，通衢廣陌，縱横馳逐，惟意所之。至於水曲蟻封，疾徐中節而不蹉跌，乃天下之至工也。聖俞戲曰：『前史言退之爲人木強，若寬韻可自足，而輒傍出；窄韻難獨用而反不出。豈非其拗強而然歟。』」坐客皆大笑之也[四]。

此日足可惜一首贈張籍[五]

此日足可惜，此酒不足嘗。捨酒須相語[六]，共分一日光。念昔未知子，夢君自南方[七]。自矜有所得，言子有文章。我名屬相府，欲往不得驤。思之不可見，百端在中腸。維時月魄死，冬日朝在房。馳驅公事退，聞子適及牆。命車載之至，引坐於中堂。開懷聽其説，往往副所望。孔丘没已遠[八]，仁義路久荒。紛紛百家起[九]，詭怪相披猖。長老守所聞，後生習爲常。少知誠難得，純粹古已亡。譬彼植園木，有根易爲長[一〇]。留之不遣去，館置城西旁。歲時未云幾，浩浩觀湖湘[一一]。衆夫指之笑[一二]，謂我知不明[一三]。兒童畏雷電，魚鼈驚夜光。州家舉進士，選試繆所當。馳辭對我策，章句何煒煌。相公朝服立，工席歌《鹿鳴》。禮終樂亦闋，相送拜於庭。之子去須臾[一四]，赫赫流盛名。竊喜復竊歎，諒知有所成。人事安可恒，奄忽令我傷。聞子高第日，正從相公喪。哀情逢吉語，惝怳難爲雙[一五]。暮宿偃師西，展轉在空床。夜聞汴州亂，繞壁行徬徨。我時留妻子，倉卒不及將。相見不復期，零落甘所丁。嬌女未絶乳[一六]，念之不能忘。忽如在我前，耳若聞啼聲。中途安得返，一日不可更。俄有東來説[一七]，我家免罹殃。乘船下汴水，東去趨彭城。從喪至洛陽，旋走不及停[一八]。假道經盟津，出入行澗崗。日西入軍門，羸馬顛且僵[一九]。主人願少留，延入陳壺觴。卑賤不敢辭，忽忽心如狂。飲食豈知味，絲竹徒轟轟。平明脱身去，決若驚鳧翔。黄昏次汜水[二〇]，欲濟無舟航。號呼久乃至，夜濟十里黄[二一]。中流上沙灘，沙水不可詳。驚波暗合踏[二二]，星宿爭翻芒。馬復乏悲鳴，左右泣僕童[二三]。甲午憩時門，臨泉窺鬭龍。東南出陳、許[二四]，陂澤何茫茫[二五]。道邊草木花，紅紫相低昂。百里不逢人，角角雉雛鳴[二六]。行行二月暮，乃及徐南疆。下馬步堤岸，上船拜吾兄。

誰云經艱難，百口無夭横。僕射南陽公，宅我睢水陽。篋中有餘衣，盎中有餘糧。閉戶讀書史，窗戶清風涼。日念子來遊，子豈知我情。別離未爲久，辛苦多所經。對食每不飽，共言無倦聽。連延三十日，晨坐達五更。我有二三子，宦遊在西京。東野窺禹穴，李翱觀濤江。蕭條千萬里，會合安可逢。淮之水舒舒，楚山直叢叢。子又捨我去，我懷安所窮。男兒不再壯，百歲如風狂[二七]。高爵尚可求，無爲守一鄉。

病中贈張十八

中虛得暴下，避冷臥北窗[二八]。不踏曉皷朝，安眠聽逢逢。籍也處閭里，抱能未施邦。文章自娛戲，金石日擊撞。龍文百斛鼎，筆力可獨扛。談舌久不掉，非君諒誰雙。扶机導之言[二九]，曲節初摐摐。半塗喜開鑿，派別失大江。吾欲盈其氣，不令見魔幢[三〇]。牛羊滿田野，解旆東空杠。傾樽共斟酌[三一]，四壁堆罌缸。玄帷隔雪風，照爐釘明釭。夜闌縱捭闔[三二]，哆口疎眉厖[三三]。勢侔高陽翁，坐約齊橫降。連日挾所有，形軀頓胮肛。將歸乃徐謂，子言得無哤。回軍與角逐[三四]，斫樹收窮龐。雄聲吐款要[三五]，酒壺綴羊腔。君乃崑崙渠，籍乃嶺頭瀧。譬如螘垤微，詎可陵崆峴。幸願終賜之，斬拔枿與椿。從此識歸處，東流水淙淙。

【校】

[一]「不止」之「不」字明正德本無，誤。

[二]「其」字明正德本無。
[三]「俞」原本作「愈」，誤，據明正德本改。
[四]「笑」明正德本作「嘯」。
[五]「籍」明正德本作「藉」，誤。下同。
[六]「須」明正德本作「去」。
[七]「夢」原本作「孟」，誤，據明正德本改。
[八]「遠」原本作「久」，據明正德本改。
[九]「百」明正德本作「伯」，誤。
[一〇]「長」明正德本作「常」，誤。
[一一]「湘」明正德本作「江」。
[一二]「笑」明正德本作「嘯」。
[一三]「知不」明正德本作「不知」。
[一四]「臾」明正德本作「舁」。
[一五]「惝」明正德本作「敞」，誤。
[一六]「女」明正德本作「兒」。
[一七]「東來説」明正德本作「來説我」。
[一八]「旋」明正德本作「還」。

[一九]「羸」明正德本作「羸」，誤。

[二〇]「汜」原本作「氾」，據《全唐詩》改。

[二一]「濟」明正德本作「济」。

[二二]「踏」明正德本作「遝」。

[二三]「童」明正德本作「僮」。

[二四]「陳」原本作「陣」，誤，據明正德本改。

[二五]「何」明正德本作「平」。

[二六]「雉雛」明正德本作「雄雉」。

[二七]「風狂」明正德本作「狂風」。

[二八]「冷」明正德本作「泠」，誤。

[二九]「机」明正德本作「几」。

[三〇]「魔」明正德本作「麾」。

[三一]「樽共」明正德本作「尊與」。

[三二]「捭」明正德本作「押」，誤。

[三三]「龙」，明正德本作「龐」，誤。

[三四]「軍」明正德本作「車」。

[三五]「雄」《全唐詩》作「雌」。

破律琢句法

仰看曉月掛木末，天風吹衣毛骨寒。長江吞空萬山立，白鳥一點微波間。平生擾擾行役苦，譬如磨蟻相循環。

此六句乃七言琢句法也。「仰看曉月掛木末，天風吹衣毛骨寒。」此對十四字，而上下兩字平側皆隔五字。此句法健特[一]。「曉月掛木末」五字是側，而「看」字是平。「天風吹衣寒」五字是平，而「骨」字是側。如「華裙織翠青如葱，金環壓臂搖玲瓏[二]。」此對十四字，而四字是側。然二字側以襯出五字平，則文雄勁。凡律詩一句亦有四字平側者[三]：「無可奈何花落去，似曾相識燕歸來。」然皆照映相間，讀之妥貼，非如古詩側三字四字連殺[四]，平亦如之也。

除風吹黃沙[五]，日暮水光在。孤鴻翻雲影，哀猿聲一再。關河斷音書[六]，客子隔嶺海。

此六句，乃五言琢句法也。

[校]

[一]「句法」明正德本作「其句方」。

[二]「臂」明正德本作「轡」。

[三]「四字」明正德本無。

[四]「側」明正德本作「仄」。「殺」明正德本作「設」。

[五]「除」明正德本作「西」。

[六]「音」明正德本作「昔」，誤。

頓挫掩抑法

野雁見人時，未舉意先改。君從何處見，得此無人態。無乃枯木形，人禽兩自在。

此東坡賦《蘆雁》詩也。欲敘雁閒暇之態，故筆力頓挫如此。又詩曰：「我生本彊鄙，少以氣自擠。孤舟到江海[一]，引手攬象犀。爾來輒自悟[二]，留氣下暖臍。」亦頓挫也。夫言頓挫者，乃是覆卻，使文彩粲然。非如常格詩，但排比句語而成[三]。熟讀之，殊無氣味。如少游詩曰「松江浩無旁，垂虹跨其上。漫然銜洞庭，領略非一狀。恍如陳平野[四]，萬馬攢穹帳。離離雲抹山，窅窅天粘浪。煙中漁歌起，島外征帆颺[五]。逾知宇宙寬，乍覺東南忙」云云[六]，此但排比好句爾[七]，非能使之頓挫也。

[校]

[一] 此蘇軾《贈王仲素寺丞》，「到」蘇集作「倒」。「海」明正德本作「湖」。

[二]「悟」明正德本作「恬」。又此句蘇集作「年來稍自笑」。

[三]「比」原本作「此」，誤，據明正德本改。
[四]「陳」明正德本作「陣」。
[五]「島」明正德本作「鳥」。
[六]「乍」明正德本作「斗」。「忙」明正德本作「壯」。
[七]「爾」字明正德本無。

換韻殺斷法

安西都護胡青驄，聲價欻然來向東。此馬臨陳久無敵[一]，與人一心成大功。功成惠養隨所致，飄飄遠自流沙至。雄姿未受伏櫪恩，猛氣猶思戰場利。腕促蹄高如踣鐵，交河幾蹴層冰裂。五花散作雲滿身，萬里方看汗流血。長安壯兒不敢騎，走過掣電傾城知。青絲絡頭爲君老，何由卻出橫門道。

道人自稱三世將，奪家十年今始壯。玉骨猶含富貴餘[二]，漆瞳已照人天上。去年相見古長干，衆中矯矯始翔鸞[三]。今年過我江西寺，病瘦已作霜松寒。朱顏不辨供歲月，風中膏火湯中雪。好問君家黃面郎，乞取摩尼照生滅。莫學王郎與支遁，臂鷹走馬跨神駿[四]。還君畫圖君自收，不如木人騎土牛。

前杜子美《高都護驄馬詩》[五]，後東坡《贈別雲上人詩》，蓋法杜子美所作也[六]。雲以馬圖餉坡，坡還之。前換三韻，皆四句兼平側韻相間。及將斷，即折四句爲兩韻。若不爾，便不合格。今人信意換韻者，不知此也。

[校]

[一]「陳」明正德本作「陣」。
[二]「含」明正德本作「貪」。
[三]此句明正德本作「衆矯如長翔鸞」，有闕字。
[四]「跨」明正德本作「誇」。
[五]「驄」原本作「駿」，據《全唐詩》改。
[六]「法」明正德本無。「所」明正德本無。

平頭換韻法

天人幾何同一漚，謫仙非謫乃其遊，揮斥八極隘九州。化爲兩鳥鳴相酬，一鳴一止三千秋。開元有道爲少留，縻之不得矧肯求。東望太白橫峨岷[一]，眼高四海空無人。大兒汾陽中令君，小兒天台坐忘身。平生不識高將軍，手涴吾足矧敢嗔，作詩一笑君應聞[二]。

此東坡作《李太白贊》也。自「天人」至「矧肯求」一韻七句，方換頭韻，又是平聲。自「東望」

至「君應聞」一韻又七句。蓋其法不得雙殺，若雙殺者，不得此法也。

【校】

〔一〕「峨岷」明正德本作「岷峨」。

〔二〕「笑」明正德本作「嘯」。

促句换韻法

儀鸞供帳饕虱行，翰林濕薪爆竹聲，風簾官燭淚縱横。木穿石槃未渠透，坐窗不遨令人瘦，貧馬百步逢一豆。眼明見此玉花驄〔一〕，遙思着鞭隨詩翁〔二〕，城西野桃尋小紅。

此詩三句三疊而止，其法不可過三疊。然促兩疊可謂之促句法，以兩疊則俱用平聲〔三〕，或用側聲。如「江南秋色推煩暑，夜來一枕芭蕉雨，家在江南白鷗浦。十年未歸鬢如織，傷心日暮楓葉赤，偶然得句因題壁」。此二疊俱用側聲也。如「蘆花如雪灑扁舟，正是滄江蘭杜秋，忽然驚起散沙鷗。平生生計如轉蓬，一身長在百憂中，鱸魚正美負秋風」。此兩疊俱用平聲也。

【校】

〔一〕「玉」明正德本作「二」。

〔二〕「着」明正德本作「著」。

〔三〕「可謂」以下九字明正德本無。

子美五句法

曲江蕭條秋風高〔一〕，芰荷枯折隨風濤，遊子空嗟垂二毛。白石素沙亦相蕩，哀鴻獨叫求其曹。

即事非今亦非古，長歌激越捎林莽，比屋豪花固難數。吾人甘作心似灰，弟姪何傷淚如雨。自斷此生休問天，杜曲幸有桑麻田，故將移住南山邊〔二〕。短衣匹馬隨李廣，看射猛虎終殘年。

此格即事遣興可作。如題物、贈送之類，皆不可用〔三〕。

〔校〕

〔一〕「蕭條秋風」明正德本作「蕭秋條氣」。

〔二〕「邊」明正德本作「顛」。

〔三〕以上十九字明正德本無。

杜甫六句法

高馬勿唾面，長魚無損鱗。辱馬馬毛焦，損魚魚有神。君看磊落士，不敢易其身〔一〕。

蕩蕩萬斛舡，影若揚白虹。起檣必推牛[二]，掛席集衆功。自非風動天，莫置大水中。列子惡多門[三]，小人自同調。名利苟可取，殺身傍權要。何當官曹清[四]，爾輩堪一笑[五]。此句含譏刺[六]，有謂而作[七]。若法之，但作放言遺興，不可寄贈。山谷亦用此作十餘首，今錄一首於此：「三公未白首，十輩擁朱輪。只有人看好，何益百年身。但願身無事，清樽對故人。」

【校】

[一]「敢」明正德本作「肯」。

[二]「推」明正德本作「槌」。

[三]「子」明正德本作「士」。

[四]「何當」明正德本作「當何」。

[五]「笑」明正德本作「嘯」。

[六]「刺」原本作「利」，誤，據明正德本改。

[七]「謂」明正德本作「爲」。

古意句法

君爲女蘿草，妾作兔絲花。百尺託遠松[一]，纏綿成一家[二]。誰言會合易[三]，各在青山崖。

女蘿發清香，兔絲斷人腸。枝枝相糾結，葉葉競飄揚[四]。生子不知根，因誰共芬芳。中巢雙翡翠，上宿紫鴛鴦[五]。若識二草心，海潮亦可量。

此李白作。寄情于君臣交友之際[六]，必托二物以比況。漢蘇、李已來，作者多如此。山谷作《上東坡》曰：「江梅有佳實，託根桃李場。桃李終不言，朝露借恩光。孤芳忌皎潔，冰雪空自香。古來和鼎實，此物升廟廊[七]。歲月坐成晚，煙雨青已黃。得升桃李盤[八]，以遠初見嘗。終然不可口，擲置官道傍。但使本根在，棄捐果何傷。」又曰：「青松出澗壑[九]，十里聞風聲。上有百尺絲，下有千歲苓。自性得久要[一〇]，爲人制頹齡。小草有遠志，相依在平生。醫和不並世，深根且固蒂。人言可醫國，何用太早計。小大材則殊，氣味固相似。

[校]

[一]「尺」明正德本作「丈」。
[二]「成」原本作「來」，據明正德本改。
[三]「合」明正德本作「面」。
[四]「競」明正德本作「竟」。
[五]此二句原本無，據明正德本補。
[六]「交」明正德本作「朋」。
[七]「廊」明正德本作「堂」。

〔八〕「盤」明正德本作「槃」。

〔九〕「澗」明正德本作「磵」。

〔一〇〕「性」明正德本作「憐」。

四平頭韻法

知章騎馬似乘船，眼花落井水底眠。汝陽三斗始朝天，道逢麴車口流涎，恨不移封向酒泉。左相日興費萬錢，飲如長鯨吸百川，銜杯樂聖稱世賢。宗之瀟灑美少年，舉觴白眼望青天，皎如玉樹臨風前。蘇晉長齋繡佛前，醉中往往愛逃禪。李白一斗詩百篇〔一〕，長安市上酒家眠。天子呼來不上船，自稱臣是酒中仙。張旭三杯草聖傳，脱巾露頂王公前〔二〕，揮毫落紙如雲煙。焦遂五斗方卓然，高談雄辯驚四筵。

此杜甫作《八僊歌》。凡押兩「天」字，兩「眠」字，兩「船」字〔三〕，三「前」字，唯平頭韻可重押〔四〕。若或側韻〔五〕，則不可押。李商隱亦用此體作《九日詩》曰：「羸童瘦馬行荒陂〔六〕，正是龍山落帽時。丹楓殞葉紛隨飛〔七〕，黃花年年負歸期。此生半世走路岐，歸心自逐霜鴻飛〔八〕。故園秋風黍離離，想見父老相追隨〔九〕。乞將問路知何時〔一〇〕，功名未就鬢成絲〔一一〕，解鞍地坐長嗟咨。」

【校】

［一］「百」明正德本作「伯」，誤。

［二］「巾」明正德本作「帽」。

［三］此三字明正德本無。

［四］「韻」明正德本無。

［五］此下明正德本多「平或」二字。

［六］「羸」明正德本作「羸」，誤。

［七］「隨」明正德本作「墮」。

［八］「霜」明正德本作「雙」。

［九］「追」明正德本作「逐」。

［一〇］「將」原本作「漿」，誤，據明正德本改。

［一一］「名」明正德本作「德」。

分布用事法

君不見滹沱流澌車折軸，公孫蒼黄奉豆粥。濕薪破竈自燎衣，饑寒頓解劉文叔。又不見金谷敲冰草木春，帳下烹煎多美人［一］。韭薺豆粥不傳法，咄嗟而辦石季倫。干戈未解身如寄，聲色相纏心已醉[二]。身心顛倒自不知，要識人間有真味。何如江頭千頃雪色蘆，茅簷出没晨煙孤。地碓春秔光似玉，沙瓶煮豆軟如酥。我老此身無著處，賣書來問東家住。臥聽雞鳴粥熟時，蓬頭曳杖君家去。

君不見長安畫手開十眉，横雲卻月爭新奇。遊人指點小顰處，中有漁陽胡馬嘶。又不見王孫青瑣横雙碧，腸斷浮空遠山色。書生性命何足論，坐費千金買消渴。爾來喪亂愁天公，責向君家筆硯中[三]。明窗虚幌相嫵媚[四]，要令曉夢生春紅[五]。維摩居士談空處[六]，結習已空花不住。故令天女御鉛華，千偈翻瀾無一語。

前東坡《豆粥詩》，後眉子《硯詩》也。何謂分布用事法？曰：凡二事比類於前，而後發其宏妙也。

〔校〕

〔一〕「煎」明正德本作「茶」。

〔二〕「纏」明正德本作「傳」。

〔三〕「責」明正德本作「謫」。「筆」明正德本作「書」。

〔四〕「明窗虚幌」明正德本作「小窗書幌」。

〔五〕「要令曉夢」明正德本作「令君曉色」。

〔六〕「維摩」明正德本作「毗耶」。

窠因用事法〔一〕

「陸機二十作《文賦》。」

又曰：「看射猛虎終殘年。」此略提其事之因〔二〕，不聲其所以然。若此者，多如排布用事，非高才博學者莫能也。

〔校〕

〔一〕「因」原本作「目」，據明正德本改。

〔二〕「提」明正德本作「促」。

古詩秀傑之句

高軒過〔一〕

華裙織翠青如葱〔二〕，金環壓臂搖玲瓏〔三〕，馬蹄隱耳聲隆隆。入門下馬氣如虹，云是東京才子、文章鉅公。二十八宿羅心胸，殿前作賦聲摩空。筆補造化天無功，元精炯炯貫當中〔四〕。庞眉書客感秋蓬，誰知死草生華風。我今垂翅附冥鴻，他日不羞蛇作龍。

美人梳頭歌

西施曉夢綃帳寒，香鬟墮髻半枕檀[五]。轆轤咿啞轉鳴玉，驚起芙蓉睡新足。雙鸞開鏡秋水光，解鬟臨鏡立象牀。一編香絲雲撒地，金釵落處無聲膩。纖手卻盤老鴉色，翠滑寶釵簪不得。春風爛熳惱嬌慵，十八鬟多無氣力。妝成鬖髿欹不斜[六]，雲裾數步蹈雁沙[七]。背人不語向何處，下階自折櫻桃花[八]。

金銅仙人辭漢歌

魏明帝青龍元年八月[九]，詔宫官牽車西取漢孝武捧露盤仙人[一〇]，欲立置前殿。宫官既拆盤，仙人臨載乃潸然淚下。唐諸王孫李長吉遂作《金銅仙人辭漢歌》。

茂陵劉郎秋風客，夜聞馬嘶曉無跡。畫欄桂樹懸秋香，三十六宫土花碧。魏官牽車指千里，東關酸風射眸子。空將漢月出宫門，思君清淚如鉛水[一一]。衰蘭送客咸陽路[一二]，天若有情天亦老。攜盤獨出月荒涼，渭城已遠波聲小。

[校]

[一]詩題下明正德本有「李賀」二字。

[二]「裙」明正德本作「裾」。

[三]「臂」明正德本作「轡」。

〔四〕此句《全唐詩》在「二十八宿羅心胸」句下。
〔五〕「隨」明正德本作「墮」。「枕」明正德本作「沈」。
〔六〕「鬖髾」明正德本作「鬖鬢」。
〔七〕「蹈」明正德本作「踏」。
〔八〕此句原本無，據明正德本補。
〔九〕「元」原本作「九」，據《全唐詩》改。
〔一〇〕「宦」明正德本作「宮」。下同。
〔一一〕「思」明正德本作「憶」。
〔一二〕「路」明正德本作「道」。

古詩奇麗之氣〔一〕

洗兵馬

中興諸將收山東，捷書夜報清晝同。河廣傳聞一葦過，胡兒命在破竹中。祇殘鄴城不日得，獨任朔方無限功〔二〕。京師皆騎汗血馬，回紇餧肉蒲萄宮。（郭子儀時任朔方節度使，回紇送兵三千，助唐討賊，賜宴於蒲萄東園中。〔三〕）已喜皇威清海岱，常思仙仗過崆峒。三年笛裏關山月，萬國兵前草木風。成王功大心轉小，（乾元二年徙封叔爲成王。〔四〕）郭相謀深古來少。司徒清鑒懸明鏡，尚書氣與秋天杳。一二三豪俊爲時出，整頓乾坤濟時了。東走無復憶鱸魚，南飛各有安巢鳥[五]。青春復隨冠冕入，紫禁正奈煙花繞。鶴駕通宵鳳輦備，雞鳴問寢龍樓曉。攀龍附鳳世莫當[六]，天下盡化爲侯王。汝等豈知蒙帝力，時來不得誇身强。關中既留蕭丞相，幕下復用張子房。張公一生江海客，身長九尺鬚眉蒼。徵起適遇風雲會，扶顛始知籌策良。青袍白馬更何有，後漢今周喜再昌。寸地尺天皆入貢，奇祥異瑞爭來送。不知何國致白環，復道諸山得銀甕。隱士休歌紫芝曲，詞人解撰清河頌。田家望望惜雨乾，布穀處處催春種。淇上健兒歸莫懶，城南思婦愁多夢。安得壯士挽天河，淨洗甲兵長不用。

戲爲雙松圖歌[七]

天下幾人畫古松，畢宏已老韋偃少。絕筆長風起纖末，滿堂動色嗟神妙。兩株慘裂苔蘚皮，屈鐵交錯迴高枝。白摧朽骨龍虎死，黑入太陰雷雨垂。松根胡僧憩寂寞，庬眉皓首無住着。偏袒右肩露雙腳，葉裏松子僧前落。韋侯韋侯數相見，我有一匹好東絹。重之不減錦繡段，已令拂拭光凌亂，請公放筆爲直幹。

【校】

[一]「句」明正德本作「氣」。

[二]「功」明正德本作「切」，誤。

［三］此注明正德本無。
［四］此注明正德本無。
［五］「各」明正德本作「覺」。
［六］「世」明正德本作「勢」。
［七］「圖」明正德本無。

古詩有醇釃之氣

江畔獨行尋花七絕句［一］

江上被花惱不徹，無處告訴只顛狂。走覓南鄰愛酒伴，經旬出飲獨空床。

稠花亂蘂裹江濱［二］，行步欹危實怕春。詩酒尚堪驅使在［三］，未須料理白頭人。

江深竹靜兩三家，多事紅花映白花。報答春光知有處，應須美酒送生涯。

東望少城花滿煙，百花高樓更可憐。誰能載酒開盆盞［四］，喚取佳人舞綉筵。

黄師塔前江水東，春光懶困倚微風［五］。桃花一簇開無主，可愛深紅更淺紅［六］。

黄四娘家花滿蹊，千朵萬朵壓枝低。留連戲蝶時時舞，自在嬌鶯恰恰啼。

不是愛花即欲死，只恐花盡老相催。繁枝容易紛紛落，嫩葉商量細細開［七］。

【校】

〔一〕「行」明正德本作「步」。

〔二〕「裹」明正德本作「畏」。

〔三〕「在」明正德本在下句「料」字下，誤。

〔四〕「盆」明正德本作「金」。

〔五〕「光」原本作「風」，據明正德本改。

〔六〕「更」明正德本作「映」。

〔七〕「葉」明正德本作「藥」。

石門洪覺範天廚禁臠卷下終

寛文十年龍集庚戌臘月穀旦　銅駝坊長尾平兵衛刊行

明鈔本西清詩話

蔡絛 撰

卷上

一

今上皇帝天縱神聖文武，雖藝文餘事，天下瞻仰如日月星斗，一篇朝出，四海夕傳。自始即位，製《太陵挽詩》五章：「武帳初籌夜，雲軿忽帝鄉。百神朝禹穴，三載服堯喪。北極聯龍衮，西風析雁行。空餘千古事，纘述愧重光。」「姑射仙期早，華胥夢已陳。朝廷繄聖母，基業付沖人。日轉銅壺晝，天移玉座春。九門笳鼓發，悲慟屬車塵。」「睿哲天攸縱，神機智獨謀。塵流藏寶閣，煙鎖受降樓。風急鴒原晚，霜寒雁序秋。遺衣今在寢，猶想未明求。」「每御中天座，猶思玉色溫。瑤階花自落，寶扇影空存。重感天休戚，欽承世及恩。欲階追述志，永紹裕陵尊。」「憶開王邸日，曾駐六龍飛。玉宇春初永，金盤露未晞。荆根方並秀，棣蕚更交輝。今日承基序，追懷往事非。」夷夏已爭諷誦，萬國同聲。又君臣賡載，光絕前古。每賜宰臣詩，流傳至今。獨略載和篇，如《宣和玉宇》詩：「帝心少愒萬機勞，倚壑開門對寂寥。朱拱留雲晴入岫，碧岩寶月夜成瑤。泛桃出水花誰誤，乘鶴飛仙手可招。三十六天今第一，人天相際路非遙。」《西垣紫芝》詩：「華省宣猷合太和，國芝今已見祥多。親承雨露由黄闥，秀發瓊瑤上紫柯。自是堯階先有莢，敢同周畝旅歸禾。從臣休第甘泉頌，雲漢爲章帝作歌。」《和元宵賜高麗》：「樓上珠明晝漏殘，樓前鼓吹半天寒。雲間列曜分千炬，木末行廚走百盤。近報車書通朔漠，好傳燈火到更安。玉霄簾捲天顔近，多少都人舉首看。」《角樓錫燕》：「初元後夜宴慈頒，闕角重來暖卻寒。妙舞蹁躚回鳳鑒，大弦嘈雜落珠盤。路由丹陛人誰到，身在半天心敢安。爛熳春光歌鼓盛，老年今似霧中看。」宣和庚子歲，上將祀方丘，積雨未解。至日，陰雲廓開，鑾輅出郊，都人士女，帷觀夾道，禮儀明備，盛無前此。玉色喜甚，降輅走筆，賜魯公詩曰：「偃武欣逢大有年，祇宫齋祓若冰淵。方虞作解濡青輅，可喜虛蟾湛碧天。多士三千鵷就列，都人百萬錦成川。祖宗基構持盈大，三載坤輿敢怠焉。」且命趣和以進，即應制曰：「鑾輅方丘接九年，帝誠蠲潔契心淵。鬼神雷雨朝中夜，星月旂常戴曉天。朱夏好風臨至日，霽光浮水見因川。聲明文物追千古，革陋承休莫大焉。」仰惟神化之妙，多成於頃刻，獨魯公以耆儒仰副帝澤，上每特出宸章，群臣莫望也。榮耀家庭，傳之無窮。大懼未廣，輒紀其一二，以見君臣相與之盛，詳見家集云。

二

《唐書·列女傳》：王珪微時，母盧氏嘗云：「子必貴，但未見汝與遊者。」珪一日引房玄齡、杜如晦過之。母曰：「汝貴無疑。」所載止此而已。質之少陵詩，事未究也。《送重表侄王砅》云：「我之曾老姑，爾之高祖母。」則珪母杜氏，非盧氏也。又云：「爾祖未顯時，歸爲尚書婦。隋朝大業末，房、杜俱交友。長者來在門，荒年自糊口。家貧無供給，客位但箕帚。俄頃羞頗珍[一]，寂寥人散後。人怪鬒髮空，吁嗟爲之久。自陳剪髻鬟，粥市充杯酒。上云天下亂，宜與英俊厚。向竊窺數公，經綸亦俱有。次問最少年，虬髯十八九。子等成大名，皆因此人手。下云風雲合，龍虎一吟吼。願展丈夫雄[二]，得辭兒女醜。秦王時在坐，真氣驚戶牖。及乎貞觀初，尚書踐台斗。夫人常肩輿，上殿稱萬壽。六宮師柔順，法則化妃后。至尊均嫂叔，盛事垂不朽。」其上下詳諦如此。且一婦人識真主於側微間，事尤偉甚。史缺失而繆誤，獨少陵載之，號詩史，信矣夫！

【校】

[一]「頃」原本作「刻」，據《苕溪漁隱叢話》前集卷十三改。

［二］「雄」原本作「誰」，誤，據《苕溪漁隱叢話》改。

三

熙寧初，張侍郎掞以二府成，詩賀王文公。公和曰：「功謝蕭規慚漢第，恩從隗始詫燕臺。」示陸農師。農師曰［一］：「蕭規曹隨［二］，高帝論功，蕭何第一，皆摭故實。而『請從隗始』，初無『恩』字。」公笑曰：「子善問也。韓退之《鬥雞聯句》『感恩慚隗始』，若無據，豈當對『功』字耶。」乃知前人以用事一字偏枯，爲倒置眉目，返易巾裳［三］，蓋慎之如此。

［校］

［一］「農師」二字原本無，據《苕溪漁隱叢話》前集卷三十五補。

［二］「曹」原本作「曾」，誤，據《苕溪漁隱叢話》改。

［三］「巾」原本作「中」，誤，據《苕溪漁隱叢話》改。

四

張乖崖少時任俠擊劍，心溢六合，將遺世仙去，始與逸人傅霖詩：「寄語巢、由莫相笑，此生終不羨輕肥。」晚歲罷成都，轉守宛丘，有被褐騎驢叩門大呼曰：「語尚書青州傅霖。」閽吏走白。

公曰：「傳先生天下士，汝何人？敢呼姓名！」霖笑曰：「别子一世，尚爾童心，是豈知世間有我哉？」公問何昔隱今出，霖曰：「子將去矣，來報子耳。」公曰：「詠亦自知之。」林曰：「知復何言！」後一月，公薨[一]。出入清都者久矣，及聞傅霖事[二]，然後知其爲真仙無疑。余謂：若子房於黄石公，武侯於龐德公，李藥師於虬髯客，顔魯公於張志和，李太白於賀知章，少陵於司馬子微，文章跨古，功業蓋世，後者未嘗不遇寰宇外士，發發激厲而光華烜赫、悚動千古者，又豈特乖崖而已。世不尚師友而聞道者鮮矣。

[校]

[一] 自「有被褐」以下原本闕文甚多，據《苕溪漁隱叢話》前集卷二十五録其文。

[二] 「聞」字原本闕，以意補之。

五

本朝狀頭入相者，吕文穆公蒙正、王文正公曾、李文定公迪、宋元憲公庠。元憲登庸，知制誥石揚休賀以詩曰：「皇朝四十三龍首，身到黄扉止四人。」元憲大喜，持示同列。樞密副使王伯庸堯臣覽之，矍然色動，徐曰：「何不道『已四人』，而特言『止』，惜哉！」蓋伯庸實繼元憲魁天下士，然未幾薨於位。自慶曆距今，迄未有先多士而後大拜者，異哉！

六

杜子美《宿龍門》詩：「天闕象緯逼，雲臥衣裳冷。」黄魯直校本云：「王荆公言『天闕』當作『天閲』，對『雲臥』爲親切耳。」余嘗讀韋述《東都記》：龍門號雙闕，以與大内對峙，若天闕焉[一]。此《宿龍門》詩也用「闕」字何疑？二公言詩固不同，於同處乃復爾耶！

【校】

[一]「天」原本作「大」，誤，據《苕溪漁隱叢話》前集卷八改。

七

歐陽《歸田録》論王建《霓裳詞》「弟子部中留一色，聽風聽水作《霓裳》」[一]，以不曉聽風聽水爲恨。余嘗觀唐人《西域記》云：「龜茲國王與臣庶知樂者，於大山間聽風水之聲，均節成音，後翻入中國，如《伊州》、《涼州》、《甘州》，皆自龜茲至也。」此説近之，但不及《霓裳》耳。鄭嵎《津陽門詩》注：葉法善引明皇入月宫，聞樂歸，留寫其半[二]。會西涼府楊敬遠進《婆羅門曲》，聲調吻同，按之便韻[三]，乃合二者製《霓裳羽衣》。則知《霓裳》亦來自西域云。

【校】

［一］「公」字原本無，據《苕溪漁隱叢話》前集卷二十四補。

［二］「留」《苕溪漁隱叢話》作「笛」。

［三］「便」字原本脱，據《苕溪漁隱叢話》補。

八

蔡文忠公齊擢進士第一，以將作丞倅兗，將母之官，少年鋭氣，日沉酣，以酒色廢務。賢良賈公疎罔居郡中，屢謁不得見，因書一絕於屏間云：「聖君寵厚龍頭選，慈母恩深鶴髮垂。君寵母恩俱未報，酒如爲患悔何追。」文忠見之，亟往泣謝，自是終身不飲酒。

九

《唐書·杜甫傳》：與李白、高適同登吹臺，慨然莫測也。質之少陵《昔遊詩》：「昔者與高李［一］，同登單父臺。」則知非吹臺。三人皆詞宗，果登吹臺，豈無雄詞傑唱著後世哉？

【校】

［一］「與」字原本闕，據杜甫詩補。

十

魯公嘗云：應制詩，人罕得體，獨少陵深踐閫域，如「翼亮貞文德，丕承戢武威」。「戢武威」，唐人猶罔能道之，至「丕承」字，何人敢入詩？亦道所不到也。是真得應制體。不在於南金大貝，疊積滿前。前輩亦論，詩家何假金玉而後見富貴。東坡評王禹玉詩是「至寶丹」，何金珠玳瑁之多也。

十一

作詩妙處在以故事敘實事，王文公尤高勝。熙寧中，華山圮，冰木稼[一]。不久，韓魏公薨。公作詩：「木稼嘗聞達官怕，山頽果見哲人萎。」用孔子語「太山其頽乎」。《舊唐史》：寧王臥疾，引諺語曰：「木稼達官怕。」必大臣當之，吾其死矣。已而果然。此故事敘實事也。

【校】

［一］「冰」下《苕溪漁隱叢話》前集卷三十五有「成」字。

十二

嘉祐初，王文公、陸子履同在書林。日者王生一日見兩公，言介甫自此十五年出將入相。顧子履曰：「陸學士無背，仕宦齟齬多難，且壽不滿六十，官不至侍從。」皆如其言。子履死，家人悉夢云：「帝命同宋次道修官制，凡吾平生所著職官書，可盡焚之。」未幾，朝廷果修官制焉。文公在金陵追傷子履詩云：「主張壽祿無三甲，收拾文章有六丁。」用《管輅傳》謂弟辰曰：「吾背無三甲，腹無三壬，不壽之兆。」及退之「仙官勑六丁，雷電下取將」。此亦故事敘實事，而「三甲」、「六丁」，儼若天成也。

十三

陶淵明意趣真古，清淡之宗。詩家視淵明，猶孔門視伯夷也。其集屢經諸儒手校，然有《問來使》篇，世蓋未見，獨南唐與晁文元家二本有之。詩云：「爾從山中來（一作『南山』），早晚發天目。我屋（一作家）南窗下，今生幾叢菊。薔薇葉已抽，秋蘭氣當馥[一]。歸去來山中，山中酒應熟。」李太白《潯陽感秋》詩：「陶令歸去來，田家酒應熟。」其取諸此云。

[校]

[一]「秋」字下《苕溪漁隱叢話》前集卷四注「一作『春』」。

十四

薛許昌《答書生贈詩》：「百首如一首，卷初如卷終。」譏其不能變態也。大抵屑屑較量屬句平匀，不免氣骨寒局，殊不知詩家要當有情致，抑揚高下，使氣宏拔，快字凌紙。又用事能破觚爲圓，剉剛成柔，始爲有功，昔人所謂縛虎手也。蘇子美《窮居和長安帥葉清臣見寄》：「玉帳夜嚴兵似水，茅齋春静草如煙。」東坡嘗作詩：「天邊鴻鵠不易得，便令作對隨家雞[一]。」又有「坐驅猛虎如群羊。[二]」真佳語也。

【校】

[一]「隨家雞」三字原本闕，據《苕溪漁隱叢話》前集卷三十二補。

[二]「坐」字原本闕，據《苕溪漁隱叢話》補。

十五

二宋俱爲晏元獻門下士，兄弟雖甚貴顯，爲文必手抄寄公，懇求雕潤。嘗見景文寄公書曰：「莒公兄赴鎮圃田，同遊西池，作詩『長楊獵罷寒熊吼，太一波閑瑞鵠飛』，語意驚絶。因作一聯云：『白雪久殘梁複道，黄頭閑守漢樓船。』仍注『空』字於『閑』之旁，批云：『二字未定，更望指示。』晏公書其尾云：『『空』優於『閑』。且見雖有船不御之意，又字好語健。』蓋前輩務求博約，情實純至如此[一]。

【校】

［一］「求博約情」四字原本無，據《苕溪漁隱叢話》前集卷二十六補。

十六

李太白歷見司馬子微、謝自然、賀知章，或以爲可與神遊八極之外，或以爲謫仙人，其風神超邁英爽可知。後世詞人狀者多矣，亦間於丹青見之，俱不若少陵云：「落月滿屋梁，猶疑照顔色。」熟味之，百世之下，想見風采，此與李太白傳神詩也。

十七

元豐中，王文公在金陵，東坡自黄北還，日與公遊，盡論古昔文字，閑即俱味禪悦［一］。公歎息謂人曰：「不知更幾百年，方有如此人物。」東坡渡江至儀真，《和遊蔣山詩》寄金陵守王勝之益柔，公亟取讀，至「峰多巧障日，江遠欲浮天」，乃撫几曰：「老夫平生作詩，無此二句。」又在蔣山時，以近製示東坡，東坡云：「若『積李兮縞夜，崇桃兮炫晝』，自屈、宋没世，曠千餘年，無復《離騷》句法，乃今見之。」荆公曰：「非子瞻見諛，自負亦如此，然未嘗爲俗子道也。」當是時，想見俗子掃軌矣。

【校】

［一］此句原本無，據《苕溪漁隱叢話》前集卷三十五補。

十八

古人濡筆弄翰者，不貴雕文織采，過爲精緻，必先識題，則可議當否。知此乃可究工拙，不然，破的者鮮矣。嘗侍魯公燕居，顧爲某曰：「汝學詩，能知歌、行、吟、謠之别乎？近人昧此，作歌而爲行，製謠而爲曲者多矣。且雖有名章秀句，若不得體，如人眉目娟好而顛倒位置，可乎？」余退讀少陵諸作者，默有所契，惟心語口，未嘗爲人語也。

十九

人之好惡，固自不同。子美在蜀作《悶詩》曰：「捲簾唯白水，隱几亦青山。」若使余居此，應從王逸少語「吾當卒以樂死［一］」，豈復更有悶耶？

【校】

［一］「卒」字原本無，據《苕溪漁隱叢話》前集卷七補。

二十

王君玉琪詩務刻琢，而深淳獨至，高視古今。每云：「初學詩，易於形狀寫物，而難於題贈，至成一家言，則反此。」君玉《秋後蓮實詩》：「蠶寒冰繭瘦，蜂老露窠欹[一]。」比興曲盡其妙也。他詩數百千首，字字清峙，讀之如咀冰嚼雪。若「寒魚不食清池釣，靜鷺頻驚小閣棋」，《聞角》詩「隴雁半驚天在水，征人相顧月如霜」之類是也。

【校】

[一]「窠欹」《苕溪漁隱叢話》前集卷二十六作「房空」。

二十一

王君玉謂人曰：「詩家不妨間用俗語[一]，尤見工夫。」雪止未消者，俗謂「待伴」。嘗有《雪詩》：「待伴不禁鴛瓦冷，羞明常怯玉鈎斜。」「待伴」、「羞明」皆俗語，而採拾入句，了無痕纇，此點瓦礫爲黄金手也。

【校】

[一]「間」原本作「閑」，據《苕溪漁隱叢話》前集卷二十六改。

二十二

王仲至欽臣能詩，短句尤秀絶。初試館職，有詩云：「古木陰森白玉堂，長年來此試文章。日斜奏罷長楊賦，閑拂塵埃看畫牆。」王文公見之，甚歎愛，爲改爲「奏賦長楊罷」，且云「詩家語如此乃健」。是知妙手斡旋，不煩繩削而自合矣。

二十三

藥名詩，世云起自陳亞，非也。東漢已有「離合體」，至唐始著「藥名」之號，如張籍《答鄱陽客》「江皐歲暮相逢客，黄葉霜前半夏枝。子夜吟詩向松桂，心中萬事喜君知」是也[一]。

[校]

[一]「喜」《苕溪漁隱叢話》前集卷二十七作「豈」。

二十四

集句自國初有之，未盛也。至石曼卿，人物開敏，以文爲戲，然後大著。嘗見手書《下第偶成》：「一生不得文章力，欲上青雲未有因。聖主不勞千里召，嫦娥何惜一枝春。鳳凰詔下雖霑命，豺虎叢中也立身。啼得血流無用處，着朱騎馬是何人？」又云：「年去年來來去忙，爲他人作嫁衣裳。仰天大笑出門去，獨對東風舞一場。」至元豐間，王文公益工於此。人言起自公，非也。

二十五

丹陽焦山斷崖石《瘞鶴銘》，字雄強如倚劍戟，書之冠冕也。或傳爲王逸少。自晉迄唐，論書者未嘗及之，而碑言華陽真逸撰。歐陽文忠公《集古跋》云：「顧況道號。」蘇子美詩：「山陰不見換鵝經，京口空傳《瘞鶴銘》。」真作右軍書矣。余讀《道藏·陶隱居外傳》：隱居號華陽真人，晚號華陽真逸。道書言華陽金壇之地，第八洞天，東北門在潤州境也。丹陽與茅山地相犬牙。又三茅，陶故居，則《瘞鶴銘》爲隱居不疑。歐陽公精識絕世，於是正尤審，一質以意乃誤，是以君子慎於傳疑也。又碑旁小碣刻詩云：「江外水不凍，今年寒苦遲。三山在何許？欲到風引歸。」後題「丹陽掾王瓚作」。近時發地，復得一小石云：「縱步不知遠，夕陽猶未回。好花隨意發，流水趁人來。」二碑字類《瘞鶴銘》，殊不可考。余嘉其清綺，並錄之云。

二十六

《樹萱錄》云：「杜子美自負其詩，鄭虔妻病瘧，過之云：當誦予詩，瘧鬼自避。初云『日月低秦樹，乾坤繞漢宫』；不愈，則誦『子章髑髏血模糊，手提擲還崔大夫』；又不愈，則誦『虯鬚似太宗，色映塞外春』。若又不愈，則盧、扁無如之何。」此唐末俗子之論。少陵與虔結交，義動死生。若此乃昨暮小兒語耳，萬無此理。「虯鬚似太宗」，乃《八哀詩》謂汝陽王璡也。璡雖死先於虔，而《八哀詩》乃鄭虔輩没後同時作，則虔不及見此詩明矣〔一〕。

【校】

〔一〕「詩」字原本無，據《苕溪漁隱叢話》前集卷十一補。

二十七

詩之聲律，至唐始成。然亦多原六朝旨意，而造語工夫，各有微妙。何遜《入西塞詩》：「薄雲岩際出，初月波中上。」至少陵《江邊小閣》則云：「薄雲岩際宿，孤月浪中翻。」雖因舊而益妍，此類獺髓補痕也。《玉臺集序》：「金星將婺女爭華，麝月與嫦娥競爽。」北齊碑云：「浮雲共嶺松張蓋，秋月與岩桂分叢。」庾子山《馬射賦》：「落花與芝蓋齊飛，楊柳共春旗一色。」王勃《滕王閣記》：「落霞與孤鶩齊飛，秋水共長天一色。」薛逢云：「原花將晚照爭紅，怪石與寒流共碧。」「銀章與朱紱相輝，熊軾共隼旟爭貴。」語意互相剽竊，所謂左右拔劍，彼此相笑，於少陵精粗有間矣。學者當知古人所謂須機杼自成一家風骨，不可與人同生共活也。

二十八

杜少陵云：「作詩用事，要如釋氏語：水中着鹽，飲水乃知鹽味。」此説詩家密藏也。如「五更鼓角聲悲壯，三峽星河影動摇」。人徒見凌轢造化之氣，不知乃用事也。《禰衡傳》：「撾漁陽摻，聲悲壯。」《漢武故事》：「星辰影動摇，東方朔謂民勞之應。」則善用故事者，如繫風捕影，豈有迹耶？此理追不容聲，余乃顯言之，已落第二矣。

二十九

都人劉克者，窮該典籍，人有僻書疑事，多從質之。嘗注杜子美、李義山集，與客論云：「子美《人日詩》[一]：『元日至人日，未有不陰時。』人不能知。四百餘年來，唯子美與克會耳。」因取書示客曰：「此方朔占書也。歲旦至八日：一雞、二犬、三豕、四羊、五牛、六馬、七人、八穀。其日晴，所主之物育，陰則災。少陵意謂天寶流離，四方雲擾幅裂[二]，人物歲歲俱災[三]，此豈《春秋》書『王正月』意耶？」深得古人用心如此。

［校］

［一］此句原本無，據《苕溪漁隱叢話》前集卷九補。

〔二〕「幅裂」二字原本無，據《苕溪漁隱叢話》補。
〔三〕「歲俱」二字原本無，據《苕溪漁隱叢話》補。

三十

作詩者，陶冶物情，體會光景，必貴乎自得。蓋格有高下，才有分限，不可強力至也。譬之秦武陽氣蓋全燕，見秦王則戰掉失色；淮南王安，雖爲神仙，謁帝猶輕其舉止。此豈由素習哉？余以謂少陵、太白，當險阻艱難，流離困躓，意欲卑而語未嘗不高；至於羅隱、貫休，得意偏霸，誇雄逞奇，語欲高而意未嘗不卑。乃知天稟自然，有不能易者也。

三十一

李義山《雜纂》，品目數十，蓋以文滑稽者。其一曰「殺風景」，謂清泉濯足、花上曬褌、背山起樓、燒琴煮鶴、對花飲茶、松下喝道。晏元獻慶曆中罷相守潁，以惠山泉烹茶注，從容置酒，賦詩曰：「稽山新茗綠如煙，靜挈都藍煮惠泉。未向人間殺風景，更持醪醑醉花前。」王文公元豐末居金陵，蔣大漕穎叔夜謁公于蔣山〔一〕，騶從甚都。公取「松下喝道」語戲之：「扶衰南陌望長楸〔二〕，燈火如星滿地流，但怪傳呼殺風景，豈知禪客夜相投。」自此「殺風景」之語頗著於世〔三〕。

［校］

［一］「穎叔」《苕溪漁隱叢話》前集卷二十二作「之奇」。

［二］「楸」原本作「秋」，據《苕溪漁隱叢話》改。

［三］「自此」原本作「此是」，據《苕溪漁隱叢話》改。

三十二

讀書天下難事，著功有淺深耳。唐人以詩爲專門之學［一］，雖名世善用古事者，或未免小誤。如王摩詰詩：「衛青不敗由天幸，李廣無功緣數奇。」「不敗由天幸」，乃霍去病，非衛青也。《去病傳》云：「其軍嘗先大將軍，亦有天幸，未嘗困絕。」意有「大將軍」字，誤指去病作衛青爾。李太白「山陰道士如相訪，爲寫《黃庭》換白鵝。」乃《道德經》，非《黃庭》也。逸少嘗寫《黃庭》與王修，故二事相紊。杜牧之尤不勝數。前輩每云：「用事雖了在心目間［二］，亦當就時討閱，則記牢而不誤。」端名言也。

［校］

［一］「人」字原本無，據《苕溪漁隱叢話》前集卷四十補。「之」字原本無，據《苕溪漁隱叢話》補。

［二］「了」字原本無，據《苕溪漁隱叢話》補。「間」字原本無，據《苕溪漁隱叢話》補。

三十三

丹青吟詠，妙處相資。昔人謂「詩中有畫，畫中有詩」者，蓋畫手能狀，而詩人能言之。唐有《盤車圖》，畫重崗複嶺，一夫驅車山谷間。歐陽賦詩：「坡長阪峻牛力疲，天寒日暮人心速。」又南唐畫號《四暢圖》，其一剔耳者，曲肘仰面作挽弓勢；一搔首者〔一〕，使小青理髮，趺坐頫首，兩手置膝作輪指狀。魯直題云：「剔耳厭塵喧，搔頭數歸日〔二〕。」且畫工意初未必然，而詩人廣大之。乃知作詩者徒言其景不若盡其情，此題品之津梁也。

〔校〕

〔一〕此下至「厭塵喧」二十九字原本脱，據《苕溪漁隱叢話》前集卷三十補。

〔二〕「歸」原本作「仞」，誤，據《苕溪漁隱叢話》前集改。

三十四

唐人吊杜子美：「賦出三都上，詩須二雅求。」蓋少陵遠繼周詩法度。余嘗以經旨箋其詩云：『與奴白飯馬青芻』，雖不言主人，而待奴、馬如此，則主人可知。與《詩》所謂『言刈其楚，言秣其馬〔一〕』；『言刈其蔞，言秣其駒』同意。又『小城萬丈餘，大城鐵不如』，則小城難爲高、大城難爲堅故也。正得古人著書互相備意。」

【校】

〔一〕「秣」原本作「抹」，誤，據《苕溪漁隱叢話》前集卷十四改。下同。

三十五

歐陽文忠公曰：「爲文要當做不盡，乃有餘味。」又曰：「爲文之體，初欲奔放，抗志氣於八極之表，久當收節，使簡嚴正，或時肆發以自舒，勿拘一體，則盡善矣。」其論梅聖俞詩曰：「譬如妖韶女，老自有餘態。又如食橄欖，真味久愈在。」公文章周流天壤，斯文主盟，信不誣已。

三十六

黃魯直嘗語嗜學者：「少陵論吳道子畫云：『前輩吳生遠擅場。』蓋古人於能事不獨近跨時輩，要須於前輩中擅場耳。」

三十七

晏元獻守汝陰，梅聖俞自都下特往見之，劇談古今作詩體製。聖俞將行，公置酒潁河上，因言古今章句中全用平聲，製字穩帖，若神施鬼設者，如「枯桑知天風」是也，恨未見側字詩。聖俞既引舟，遂作五側體寄公：「月出斷岸口，影照別舸背。且獨與婦飲，頗勝俗客對。月漸上我席，瞑色亦稍退。豈必在秉燭，此景已可愛[一]。」此詩家一種事也。

【校】

[一] 自「月漸」以下二十字原本無，據《苕溪漁隱叢話》前集卷三十一補。

三十八

少陵《飲中八仙歌》用韻，「船」字、「眠」字、「天」字各二用，「前」字凡三，於古未見其體。余嘗質之叔父文正，曰：「此歌分八篇，人人各異，雖製重韻無害，亦周詩分章意也。」握牘吮墨者，可不知乎。

三十九

三吳僧義海，朱文濟孫，以琴世其業，聲滿天下。歐陽文忠公嘗問東坡：「琴詩孰優？」坡答以退之《聽穎師琴》[二]。公曰：「此祇是聽琵琶爾。」或以問海，曰：「歐陽公一代英偉，何斯人而斯誤也。『昵昵兒女語，恩怨相爾汝』，言輕柔細屑，真情出見也；『劃然變軒昂，勇士赴敵場』，精神餘溢，竦觀聽也；『浮雲柳絮無根蔕，天地闊遠隨飛揚』，縱横變態，浩乎不失自然也；『喧啾百鳥群，忽見孤鳳凰』，又見穎孤絕，不同流俗下俚聲也；『躋攀分寸不可上，失勢一落千丈強』，起伏抑揚，不失故常也[二]。皆指下絲聲妙處，惟琴爲然。琵琶格上聲，烏能爾耶？退之深得其趣，未易譏評也。」東坡後有《聽賢師琴詩》：「大弦春溫和且平，小弦廉折亮以清。平生不識宫與角，但聞牛鳴盎中雉登木。門前剝啄誰扣門？山僧未閑君勿瞋。歸家且覓千斛水，洗淨從來箏笛耳。」詩成，欲寄歐公而公亡，每以爲恨。客復問海，海曰：「東坡詞氣，倒山傾海，然亦未知琴。『春溫和且平，廉折亮以清』，絲聲皆然，何獨琴也；又特言大小琴聲，不及指下之韻。『牛鳴盎中雉登木』，概言宫角耳，八音宫角皆然，何獨絲也。」聞者以海爲知言。余嘗考今昔琴譜，謂宫者非宫，角者非角。又五調疊犯，特宫聲爲多，與五音之正者異，此又坡所未知也。

［校］

［一］「師」字原本無，據《苕溪漁隱叢話》前集卷十六補。

［二］「失」《苕溪漁隱叢話》作「主」。

四〇

東漢之士尚名節，不以死生易其節，顧豈同小夫以利害錙末動心？風教之善，歆豔後世。

余謂嚴子陵有以激厲其端也。權德輿作《嚴子陵》詩曰：「潛驅東漢風，日使薄者淳。」此語典刑可嘉。

卷中

一

王文穆欽若未第時，寒窘，依幕府家。時章聖以壽王尹開封，一日晚，過其舍。左右不虞王至，亟取紙屏障風。王顧屏間一聯「龍帶晚煙離洞府，雁拖秋色入衡陽」，大加賞愛，曰：「此語落落有貴氣，何人詩也？」對曰：「某門客王欽若。」王遽召之，見其風度[一]。其後信任頗專，致位上相。風雲之會，實基於此焉。

【校】

[一]「見其風度」《苕溪漁隱叢話》前集卷二十五作「一見，欽其風素」。

二

魯公在玉堂七年，屢草大典册，余近類比，逮歲餘方成編，薦紳類能傳頌。如《春帖子》：「三十六宮人第一，玉樓春困夢熊羆。」「龍燭影中猶是臘，鳳簫聲裏已吹春。」世傳蔣穎叔之作，殆非也。

三

宋元憲公始拜内相，望重一時，且大用矣。同列譖其姓宋而郊名，非便。公奉詔更名庠，意殊怏怏不滿。會用新名移書葉道卿清臣，仍呼同年。葉戲答公曰：「清臣，宋郊榜第六中選。遍閲《小録》，無宋庠者，不知何許人。」公因寄一絶自解：「紙尾勤勤問姓名，禁林依舊玷華纓。莫驚書録題臣向，即是當時劉更生。」

四

韓退之《宿龍門灘》詩：「浩浩復湯湯，灘聲抑更揚。」黄魯直曰：「退之裁聽水句尤工切，所謂浩浩湯湯抑更揚者，非諳客裏夜卧，飽聞此聲，安能周旋妙處如此？」

五

今昔文士不善詩者，唐有李習之、皇甫持正，本朝則尹師魯。習之有《贈藥山惟儼禪師》絶句、《送毛仙翁》詩。後爲鄭州，有《塼渠》詩。而劉貢父不記爲鄭，乃謂自一李翺，非習之。余謂唐固有同姓名者，此真翺詩也。然習之三詩外，獨退之《遠遊聯句》中「韓、孟正並驅，爭先時習之」上一聯云：「前之詎灼灼，此去信悠悠。」乃復更無他語。王深父回嘗戲曰：「度習之聯句，見其思索枯澀，退之必曰：『公道不去矣，不若罷休。』」此前輩雅戲也。

六

杜少陵文自古奥，如「九天之雲下垂，四海之水皆立」。「忽翳日而翻萬象，卻浮空而留六龍」。萬舞淩亂，又似乎春風壯而江海波，其語皆磊落驚人。或言無韻者不可讀，是大不然。東坡《有美堂》詩：「天外黑風吹海立，浙西飛雨過江來[一]。」蓋出此。或謂東坡不喜老杜古文，今復何如？余謂不示人以璞之意。嘗有客遊有美堂，坐上誦此句，或曰：「『風吹海立』，世間豈有是理？」此尤可笑也。

[校]

[一]「西」《苕溪漁隱叢話》前集卷九作「東」。

七

歐陽文忠公語人曰：「修在三峽賦詩：『春風疑不到天涯，二月山城未見花。』若無下句，則上句直不見佳處；並讀之，便覺精神頓出。」文意難評如此，要當著意詳味之耳。

八

張亶誠甫，洛陽人，仕熙寧中，超詣不群。一日，病得愈，夢行太空中，聞天風海濤，聲震林木。徐見海中樓闕金碧，半雲霞中，覺髩髮皆爽氣。頃列瓊裾琅珮者數百人，相與間坐，揖亶，出軸紙請賦。視筆硯，皆碧玉色。且誡曰：「此間文章，要似隱起鸞鳳，當與織女機杼分巧，過是乃人間語耳。」亶成一絕：「天風吹散赤城霞，染出連雲萬樹花。誤入醉鄉迷去路，傍人應笑亦忘家〔一〕。」群仙駢首伸紙爭玩味。一人曰：「子詩佳絕，未免近凡。」酌酒一杯，極甘寒，忽覺身墮千仞之山〔二〕，恍然而寤。

〔校〕

〔一〕「亦忘」《苕溪漁隱叢話》前集卷五十八作「忘還」。

〔二〕「千」《苕溪漁隱叢話》作「萬」。

九

東坡云：「歐公喜古人『竹徑通幽處，禪房花木深』、『柳塘春水慢，花塢夕陽遲』，自言終身學不能到。此固佳句，特鳳凰一毛耳。公之才若垂天之雲，彼何足道？豈厭八珍乃喜螺蛤耶？」

十

國初，宋琪、沈義倫俱在黃閣。時久旱，既雨，復不止。廣陌塗淖，琪厭之，謂義倫曰：「可謂『變成三日雨』。」義倫遽對曰：「調得一城泥。」藝祖知而鄙大臣之不學。楊徽之聞而抵掌曰：「不意中書再生沈、宋。」

十一

張籍《寒食内宴》詩：「朝光瑞氣滿宮樓，絲纛魚龍四面稠[一]。廊下御廚分冷食，殿前香騎逐飛毬。千官盡醉猶教坐，百戲皆呈未放休。共喜拜恩侵出夜[二]，金吾不敢問行由。」乃知唐清明亦宴百官，皆冷食。又見宴設有至夜而罷者。大抵唐人多喜言榮遇故事，此詩是已。

【校】

[一]「絲」《苕溪漁隱叢話》前集卷二十三作「綵」。

[二]「出夜」《苕溪漁隱叢話》作「夜出」。

十二

洞庭天下壯觀，自昔騷人墨客鬥麗搜奇者尤衆，如「水涵天影闊，山拔地形高」，又「四顧疑無地，中流忽有山」。「鳥飛應畏墮，帆遠卻如閑」，皆見稱於世。然未若孟浩然「氣蒸雲夢澤，波動岳陽城」，則洞庭空闊無際，氣象雄張如在目前。至讀杜子美詩，則又不然：「吳楚東南坼，乾坤日夜浮。」不知少陵胸中吞幾雲夢也。

十三

李太白秀逸獨步天下，其遺篇世多傳之，獨近人有見其仙去後詩，略云：「斷崖如削瓜[一]，嵐光破崖綠。天河從中來，白雲漲川谷。玉案勑文字，世眼不可讀。攝身臨青霄[二]，松風拂我足。[三]」又云：「舉袖露條脱，招我飯胡麻。」真雲煙中語也。

〔校〕

[一]「瓜」原本作「爪」，據《苕溪漁隱叢話》前集卷五改。

[二]「臨」《苕溪漁隱叢話》作「淩」。

[三]「拂」《苕溪漁隱叢話》作「吹」。

十四

蘄州黃梅縣峰頂寺，在水中央[一]，環伏萬山，人迹所罕到。曾子山阜爲令時，因事登其上，見梁間一榜，塵暗粉落，蛛絲蒙罥，幾不可讀。滌拂之，乃謫仙詩也：「夜宿峰頂寺，舉手捫星辰。不敢高聲語，恐驚天上人。」世傳楊文公初時詩者，誤矣。

【校】

[一]「水」字原本脱，據《苕溪漁隱叢話》前集卷五補。

十五

國初僧贊寧，鴻博能文，善品藻。評雍陶《鷺鷥篇》「立當青草人先見，行傍白蓮魚未知」，此固佳對，然他語多直滯，雅不相當。大抵詩章妍媸不匀，獨中間隻句警拔，正類兩體夫肩輿，翠中著西施也。

十六

高英秀者，吴越國人，與贊寧爲詩友，口給，好罵滑稽[一]，每見眉目有異者，必嗂短於其後[二]。人號「惡喙薄徒」。嘗譏名人詩病云:「李山甫《覽漢史》:『王莽弄來曾半破,曹公將去便平沉。』定是破船詩。李群玉《詠鷓鴣》:『方穿詰曲崎嶇路,又聽鈎輈格磔聲。』定是梵語詩。羅隱曰:『雲中雞犬劉安過,月裏笙歌煬帝歸。』定是見鬼詩。杜荀鶴曰:『今日偶題題似著,不知題後更誰題。』此蹋子詩也,不然,安有四蹄?」贊寧笑謝而已。

【校】

[一]「好罵」原本作「佞怒罵」,據《苕溪漁隱叢話》前集卷五十五改。

[二]「嘷」原本作「蹲」,據《苕溪漁隱叢話》改。

十七

歐陽公《歸田錄》[一]:「王建《宮詞》,多言唐宮中事。群書缺記者,往往見其詩曰。如:『内中數日無呼喚,傳得滕王《蛺蝶圖》。』滕王元嬰,高祖子,史不著所能,獨《名畫記》言善畫,亦不云工蛺蝶。」所書止此。殊不知《名畫記》自紀嗣滕王、湛然善花鳥蜂蝶[二]。又段成式著《酉陽雜俎》亦云:「嘗見滕王蝶圖,有名江夏班、大海眼、小海眼、菜花子。」此蓋湛然,非元嬰也。孰謂張彦遠不載耶?

【校】

［一］「歸田」二字原本無，據《苕溪漁隱叢話》前集卷二十二補。

［二］自「名畫記」以下十九字原本無，據《苕溪漁隱叢話》補。

十八

王建《宫詞》：「魚藻宫中鎖翠蛾，先皇行處不曾過。如今池底休鋪錦，菱角雞頭積漸多。」或問池底鋪錦事，余答曰：「此見李石《開成承詔録》，文宗論德宗奢靡云：『問得禁中老宫人［一］，每引流泉，先於池底鋪錦。』則知建詩皆摭實，非鑿空語也。」［二］

【校】

［一］「問」，《苕溪漁隱叢話》前集卷二十二作「聞」。

［二］此則《苕溪漁隱叢話》屬上。

十九

王介甫、歐陽永叔、梅聖俞，皆一時聞人。坐上分題賦虎圖，介甫先成，衆服其敏妙。永叔乃袖手。或以問余，余答曰：「此體杜甫《畫鶻行》耳。」問者爲然。大抵前輩多模取古人意，以紓急解紛，此其一也。

二十

王師吊伐江左，城將破。或夢丱角女子行空中，以巨簁簁物，散落如荳，著地皆成人。問其故，曰：「此當死於難者。」後見一貴人，盛冠服，繼墮於地。云：「此徐舍人也。」既寤，聞徐鍇死圍城中[一]。王文公兄弟在金陵《和王徽之晳登高齋》詩，押「簁」字。平甫曰：「當時徐氏擅筆墨，夜圍夢墮空中簁。」此事奇譎，而盤屈強韻中，可謂縛虎手也。

［校］

［一］「鍇」原本作「諧」，誤，據《苕溪漁隱叢話》前集卷三十六改。

二十一

南唐後主圍城中作長短句，未就而城破。「櫻桃落盡春歸去，蝶翻金粉雙飛，子規啼月小樓西。曲瓊[一]金箔，惆悵捲金泥。門巷寂寥人去後，望殘煙草低迷。」余嘗見殘稿點染晦昧，心方危窘，不在書耳。藝祖云：「李煜若以作詩工夫治國事，豈爲吾虜也。」

【校】

〔一〕「瓊」《苕溪漁隱叢話》前集卷五十九作「欄」。

二十二

詩家情致，人自一種風氣。山林鍾鼎與夫道釋流語，有不可易者。如事帶方外，俗謂有蔬筍氣；辭旨凡拙，則謂學究體。范謙叔致虚居方城，有高士館於家，自言昔乃白髮社翁，遇師授以神藥。今年踰下壽，顔渥如丹〔一〕，有孺子色。既久告歸，留一絕，末句云：「莫訝杖藜歸去早，舊山閑卻一溪雲。」此真道人家風格也。

【校】

〔一〕「渥」原本作「溫」，據《苕溪漁隱叢話》前集卷五十八改。

二十三

東坡嘗云：「僧詩要無蔬筍氣。」固詩人龜鑒，今時誤解，便作世網中語〔一〕。殊不知本分風度、水邊林下氣象，蓋不可無。若淨洗去清拔之韻，使真俗同科，又何足尚？要當弛張抑揚，不滯一隅耳。齊己「春深遊寺客，花落閉門僧」，惠崇「曉風飄磬遠，暮雪入廊深」之句，華實相副，顧非佳句耶？天聖間，閩僧可仕頗工章句[二]，有《送僧詩》：「一鉢即生涯，隨緣度歲華。是山皆有寺[三]，何處不爲家。笠重吳天雪，鞋香楚地花。他年訪禪室，寧憚路岐賒。」亦非食肉者能到也。

[校]

[一]「今時誤解，便作世網中語」原本作「然意在釋子語」，據《苕溪漁隱叢話》前集卷五十七改。

[二]「仕」《苕溪漁隱叢話》作「士」。

[三]「山」原本作「中」，據《苕溪漁隱叢話》改。

二十四

王文公見東坡《醉白堂記》，徐云：「此定是韓、白優劣論。」東坡聞之曰：「不若介甫《虔州學記》，乃學校策耳。」二公相誚或如此。然勝處未嘗不相傾慕。元祐間，東坡奉祠西太乙，見公舊題：「楊柳鳴蜩綠暗，荷花落日紅酣，三十六陂春水，白頭想見江南。」注目久之曰：「此老野狐精也。」

二十五

吳越王錢鏐時，宰相皮光業以詩爲己任，嘗得一聯：「行人折柳和輕絮，飛燕銜泥帶落花。」

自負警策，哦示同僚，衆爭歎譽，以謂駢珠疊玉。元帥判官裴光約者，強項之士，抗聲曰：「二句偏枯不爲工，蓋柳當有絮，泥或無花故耳。」此誠詞人膏肓也。

二十六

少陵寓同谷縣，作《七歌》。其四云：「嗚呼四歌兮歌四奏，竹林爲我啼清晝。」乃古本也。後注詩者更作「林猿」，今本皆依之。崇寧間，有貢士自同州來，籠一禽，大如雀，色正青，善鳴。問其名，曰：「此竹林鳥也。」少陵於詩，目必紀其處，以明風俗萬物，詔於後人，豈易改耶？余得之於朋友間云。

二十七

王文公歸金陵，四方種學緝文之士多歸之。一經題品，號爲雲霄中人。嘗有徹名自稱詩客者見公，四坐笑曰：「此罌水詫海漢也。」客云：「某學有年，稿山筆塚矣，恨未耦知者耳。願受一題。」公曰：「古今詠物，獨未有沙詩，生能賦此乎？」乃韻曰「星」。客應聲曰：「茫茫黃出塞，漠漠白鋪汀。鳥散風回篆，潮平日射星。」公厚禮之。

二十八

元厚之生平嗜富貴，不喜處外，而轉徙牧守，意多觖望。比再領長樂，親舊祖道都門，勉以東閩盛府，百僚所聚，且壑源之茗，泉南之甘，烏石之荔子，珍絕天下，溪山風物，足以遊衍。厚之下車，寄詩謝之：「丹荔黄甘北苑茶，勞君誘我向天涯。爭如太液樓邊看，池北池南總是花。」

二十九

名山福地，古來題詠傳諷於世者尤鮮。緱氏王子晉升仙之地，有祠在焉。像設塵昏，奠獻不繼，然宛存山川古色。鄭工部文寶嘗題一絕：「秋陰漠漠秋雲輕，緱氏山頭月正明。帝子西飛仙馭遠，不知何處夜吹笙。」後晏元獻守洛，過見之，取白樂天語書其後云：「此詩在在有神物護持。」

三十

黄魯直自黔南歸，詩變前體，且云：「要須唐律中作活計，乃可言詩。如少陵淵蓄雲萃，變態百出，雖數十百韻，格律益嚴謹，蓋操制詩家法度如此。」余觀魯直《和吳餘干廖明略白雲亭燕集詩》：「江靜明花竹，山空響管弦。風生學士院，雲繞令君筵。百越餘生聚，三吴遠接連。庖霜刀落膾，執玉酒明船。葉縣飛來舄，壺公謫處天。酌多時暴謔，舞短更成妍。唯我孤登覽，觀詩未究宣。空餘五字賞，又似兩京然。醫是肱三折，官當歲九遷。老夫看鏡裏，衰白敢爭先？」直可拍肩挽袂矣。

三十一

黄魯直貶宜州，謂其兄元明曰：「庭堅筆老矣，始悟抉章摘句爲難。要當於古人不到處留意，乃能聲出衆上。」元明問其然，曰：「某近詩『醉鄉閑處日月，鳥語花間管弦』是也。」此優入詩家藩閫，宜其名世如此。

三十二

李邯鄲仁廟朝嘗有題《周朝三陵》詩，其《恭帝陵》云：「弄耜牽車挽鼓催，不知門外倒戈回。荒榛斷隴可三尺，誰道房陵半仗來。」後爲敵家所訐，以誣訕得罪。余外氏徐有仕治平間者，因霖潦戲作賦：「求晴霽而終朝禮佛，放朝參而隔夜傳宣。泥塗盡没於街心，不通車馬；波浪得平於橋面，難渡舟船。」盛傳都下。執政者持以丐罷，徐遂坐貶。崇寧間，徐之侄、邯鄲之孫同舍太學，敘家世，李云：「足下伯父乃爾能賦乎？」徐遽答曰：「令祖尤會作詩。」一坐絶倒，以爲名對。然以此戲，則過矣。

三十三

嘉祐初，歐陽公、王禹玉珪、梅公儀摯、韓子華絳、范景仁鎮，五人名在當世，同掌春闈，有《禮部唱和》傳落華夏。時梅聖俞爲其屬，有《閲進士就試》云：「萬蟻戰酣春晝永，五星明處夜堂深。」舉子戲曰：「主文自目爲星，我輩爲蟻，此試官謙德也。」

三十四

南唐雖僭僞一方，風流特甚，逮今楮墨書畫，皆爲世寶，人物文章，勝妙非特此。至於西蜀歐陽炯、長沙徐仲雅輩，亦不凡也。余嘗愛徐《宮詞》云：「内人曉起怯春寒，輕揭朱簾看牡丹。一把柳絲收不得，和風搭在玉欄杆。」其富貴瀟灑，可謂兩得矣。

三十五

徐州燕子樓直郡舍後，乃唐節度使張建封爲侍兒盼盼者建，白樂天贈詩自誓而死者也。陳彥升嘗留詩，辭致清絶：「僕射荒阡狐兔遊，侍兒猶住水西樓。風清玉簟慵欹枕，月好珠簾懶上鈎。寒夢覺來滄海闊，新愁吟罷紫蘭秋。樂天才似春深雨，斷送殘花一夕休。」後東坡守徐，移書彥升曰：「《彭城八詠》如《燕子樓》篇，直使鮑、謝斂手，溫、李變色也。」

三十六

袁陟世弼，豫章人。韓魏公、歐陽文忠公、劉原父、王文公，皆其知友。丱角時能詩，天才秀穎，有唐人風。嘉祐間，終秘書丞。且死，上《建儲議》，又自誌其墓，爲《哀詞》曰：「青靄千峰暝，悲風萬木呼。其誰挂寶劍，應有奠生芻。皓月終宵隕，長松半壑枯。泉聲吾所愛，能到夜臺無？」讀者深悼惜之。王文公嘗手寫陟《贈郭祥正》詩：「方山憶共泛金船，屈指於今五六年。風送梨花吹醉面，月和溪水上歸韉。浮生聚散應難料，末路窮通盡偶然。欲問故人牢落事，粗裘深入白雲眠。」陟自號遯翁，有集十卷。

三十七

盧秉，元豐間有能詩聲，嘗臥疾夢入古祠。祠有大池，島嶼森列，錦衣繡幘者維馬繽紛數十百人。問之，曰：「未央宮也。」頃一綠衣中使亟召盧。過池，至大殿，坐木土偶數十，率丈餘。丹綠陳落，而笑語高徹。旁一人引盧就坐，給筆札，命賦《宮詞》。既寤，記其半。是向午，復昏絕，又續其夢。中夜而興，乃盡得其詩：「絮撲芙蓉苑，萍開太液波。黄頭吹玉笛，擢影落天河。」「草染天邊碧，花勾日脚紅。須知親帝澤，不必籍春工。」「花萼蜂兒影，簾旌燕子風。遊絲避金葆，吹過紫垣東。」「翠環雙鳳帶，小隊五花蹄。十二龍鈎捲，梨花爛熳時。」「花蒂流金水，知從秘苑來。春風如解意，不敢起纖埃。」「粉蝶非仙骨，隨風過苑牆。穿花不敢採，應怯内家香。」「沉沉雨過宮槐綠，寂寂春殘輦路香。細想人間無此景，夜來魂夢到昭陽。」「迎春新燕尾纖纖，拂柳穿花掠翠簷。聞道蘂宮三十六，美人爭爲捲珠簾。」「蓬萊風蹙水紋斑，月甃風廊四百間。雲外蹕聲穿嶺去，行宮簇馬望驪山。」「落絮濛濛立夏天，樓前槐影葉初圓。傳聞紫殿深深處，便有春風入舜弦。」明年，病夢如昨，聽《霓裳》三獻。覺而語家人曰：「《霓裳》聲絕人世矣。」又云：「三獻，吾能久乎？」已而果卒。余觀前人辭章不正者，類托之夢兆。此特明白怪奇如是，殆不可理推也。

三十八

鍾弱翁傅帥平涼，戎事有間，延賓客。一日，有方士偕衆通謁，幅巾，衣白紵，短不掩骭，氣局廣深，進退從容中度，從牧童牽黄犢立庭下。弱翁異之。指牧童曰：「道人頗能賦此乎？」笑曰：「不煩我語，是兒能之。」牧童方擘牋放筆大書曰：「草鋪横野六七里，笛弄晚風三四聲〔一〕。

歸來飽飯黃昏後，不脱簑衣臥月明。」既去，郡人皆見方士擔兩大甕，長歌出郭，迹之不見。章質聞者，曰：「甕乃兩口，豈洞賓耶？」

【校】

［一］「四」《苕溪漁隱叢話》前集卷五十八作「兩」。

三十九

蜀道山川雄天下，至遂昌，遽見萬峰競秀，如排戶牖而林立矣。家君紹聖初召還成都，盛夏過之，小憩官舍。舍依山，有亭曰寶峰，俯泉石，枕林谷。藹森清泠，洗然忘倦，遂留詩，涉筆立成：「我行畏暑途，遵莽乘夜騖。霞散赤雲朝，雨暝炎風暮。駕言止益昌，陟彼寶峰路。有亭作者誰？□□□□□。逍遥步庭際，天宇在一顧。嘉川指掌平，劍嶺若跬步。執熱欲以濯，涼飈生牖戶。維南面崇崗，曉日披重霧。鳴鼉靜岩壑，好鳥啼幽樹。十年遍四方，嘗懷百憂慮。徜徉散疏襟，邂逅慰羈寓。人生異憂樂，所樂惟所趣。我樂殊未央，不如早歸去。」至今每云，適意處無如此。

四十

歐陽文忠公文章道術爲學者師，始變楊、劉體，不泥古陳。然每用事間鈎深出奇以示學者，如《謝寄牡丹》:「爾來不覺三十年,歲月纔如熟羊胛[一]。」用史載海東有國曰骨利幹,地近扶桑。國人初夜煮羊胛,方熟而日已出,言其疾也[二]。

【校】

[一]「胛」原本作「胃」,據《苕溪漁隱叢話》前集卷三十改。下同。

[二]「疾」原本作「病」,據《苕溪漁隱叢話》改。

四十一

韓偓詩:「鵝兒唼喋雌黃觜[一],鳳子輕盈膩粉腰。」不記「鳳子」定是何物。或問余,姑以「蝶」應之。問者依違而已。退念藏書數萬,不能貯心,亦病也。徐悟乃崔豹《古今注》耳,謂蛺蝶大者爲鳳子。此非幽經僻説,尚爾不記,故知學者要當博讀古今,又能強記,始可言詩耳。

【校】

[一]「雌」《苕溪漁隱叢話》前集卷二十三作「梔」。

卷 下

一

潁陽石唐山一峰，特峙勢雄秀，獨支徑通絕頂，有石室，邢和璞算心處也。治平中，許昌齡安世諸父早得神仙術，杖策來居，天下傾焉。後遊太清宮，時歐陽文忠公守亳社。公生平不肯佛老，聞之，要致州舍，與語，豁然有悟，贈之詩曰：「綠髮青瞳瘦骨輕，飄然乘鶴去吹笙。郡齋獨坐風生竹，疑是孫登長嘯聲。」公集中許道人、石唐山隱者，皆昌齡也。一日，公問道，許告以公屋宅已壞，難復語此，但明了前境，猶庶幾焉，且道公昔遊嵩山見神清洞事。公默有所契，語秘不傳。後公歸汝陰，臨薨，以詩寄之：「石唐仙室紫雲深，潁陽真人此算心。真人已去升寥廓，峨峨岩花自開落。我昔曾爲洛陽客，偶向岩前坐磐石。四字丹書萬仞崖，神清之洞鎖樓臺。雲深路絕無人到，鸞鶴今應待我來。」又嘗手書昌齡詩：「南莊相對北莊居，更入深山十里餘。幽路每尋樵徑上，真心還與世情疏。雲中犬吠流星過，天外雞鳴曉日初。昨日有人相問訊，旋將落葉寫回書。」讀此可想見其人矣。神清洞，世固詳其事，而昌齡尤瑰異，信公真神仙中人也。

二

王黄州禹偁始居濟陽，父本行磨家。時畢文簡公士安爲州從事，元之七歲，一日，代其父輸麵，至公宇，立庭下，應對不懾。文簡方命諸子屬對，云：「鸚鵡能言爭似鳳？」文簡因曰：「童子口舌喧呶，顧能對此乎？」意惡犯分而譏之。元之抗首應聲曰：「蜘蛛雖巧不如蠶。」復涵諷意報文簡。文簡歎曰：「子精神滿腹，將且名世矣。」其後與公接武朝廷焉。

三

宋元憲公鎮河陽，嘗坐麗譙，俯大河，得句云：「舟從底柱過。」咀味口吻間，久不能對。一日再至，望太行諸峰森峙，雲物如湧，遂續云：「雲自太行來。」此皆對景得之，天成混然，爲一篇警策，豈矜持與不用意便有妍媸耶？

四

王文公云：「李漢豈知韓退之，緝其文，不擇美惡。有不可以示子孫者，況垂世乎？」以此語門弟子，意有在焉，而其文迄無善本。蓋鬻書者誇新逐利，牽多亂真，如「春殘葉密花枝少，睡起茶多酒盞疏」;「吾皇英睿超光武,上將威名得隗囂」,皆元之詩也。《金陵獨酌》「西江雪浪來天際[一]」,《寄劉原父》「君不見,翰林放逐蓬萊殿」,王君玉詩也。「臨津豔豔花千樹」,「天末海門橫北固」,「不知朱戶鎖嬋娟」,皆王平甫詩也。此類不勝數。衆所傳諷者,多非公句。余每歎惜於斯云。

〔校〕

〔一〕「雪」原本作「空」,據《苕溪漁隱叢話》前集卷三十四改。

五

魯公文章,世仰雄傑,至裁長短句,兼有昔人風流清婉體趣。嘗有車駕祓禊西池,擬應制曰:「華林芳晝,春水綠漪,金池瓊苑韶景麗。千重錦繡,萬頃玻璃,鋪淨練,長虹跨浪,非煙非霧,一簇樓臺,水面鷁首鞦韆。波舴艋,驚魚潛鷗遠。君王共樂,星列羽衛,修禊豫游水殿。凝望處,珊瑚鞭裊,天驥將軍遵路款。雲鐃迅棹,風旗疊鼓,矯首龍舟出岸。時乘殿外,寶津樓下,見華芝回輦。三斛力引雕弓,百中穿楊神武箭。長空望羽,縹緲雲中落雁。九衢十里花光轉,萬歲聲鼇抃。洛浦人歸,瑤池飲散,有鶯啼蝶戀。」丙申歲閏元宵,應制曰:「閏餘三五輕寒峭,雪過晴雲如掃。天仗下,臨蓬島,正耐鶯花繞。華芝回輦端門道,萬炬燭龍銜耀。樓上風傳語笑,歸似手攜桂影，坐對青山。」凡數十百解，類如此，見本集云。

光寒，雲水浸欄杆。十分正好，寶庭未滿，半砌初殘。家在武陵青嶂下，今共白雲閑。會須他日，

別來松菊應如故，花落花開幾度。惆悵未能歸去，入似桃源誤。」《和人對月》詞：「冰輪透幕，夜

鈎天覺。」又《憶鳳凰家山》云：「幽牕小砌西湖住，青嶂排雲入戶。檻外長江東注，芳草天涯路。

六

歐陽文忠公嘉祐中見王文公詩：「黄昏風雨瞑園林，殘菊飄零滿地金。」笑曰：「百花盡落，獨菊枝上枯耳。」因戲曰：「秋花不比春花落，爲報詩人仔細吟。」文公聞之，怒曰：「是定不知《楚辭》云『飡秋菊之落英』，歐陽公不學之過也。」文人相輕，信自古如此。

七

紅梅清豔兩絶，昔獨盛於姑蘇，晏元獻始移植西崗第中，特珍賞之。一日，貴遊賂園吏，得一枝分接，由是都下有二本。公嘗與客飲花下，賦詩曰：「若更遲開三二月〔一〕，北人應作杏花看。」客曰：「公詩固佳，待北俗何淺耶？」公笑曰：「顧傖父安得不然。」一座絶倒。王君玉聞盜花種事，以詩遺公：「館娃宮北舊精神，粉瘦瓊寒露蘂新。園吏無端偷折去，鳳城從此有雙身。」自爾

名園爭培接，遍都城矣。

【校】

〔一〕「三二」原本作「二三」，據《苕溪漁隱叢話》前集卷二十六改。

八

張文潛耒云：「東坡嘗言：韓退之詩：『長安衆富兒，盤饌羅羶葷。不解文字飲，惟能醉紅裙。』疑若清苦自飾者。至云『豔姬踏筵舞，清眸射劍戟』，則知此老子箇中興復不淺。」文潛戲答曰：「愛文字飲者，與俗人沽酒同科。」

九

劉原甫敞再婚某氏，歐陽永叔以二絕戲之：「平生志業有誰先，落筆文章海内傳。明日都城應紙貴，開簾卻扇見新篇。」「仙家千載一何長，浮世空驚日月忙。洞裏新花莫相笑，劉郎今是老劉郎。」原父不悦。

十

仁廟嘉祐中，開賞花釣魚燕，王介甫以知制誥預末坐。帝出詩示群臣，次第屬和。傳至介甫，日將夕矣，亟欲奏御。得「披香殿」字，未有對。時鄭毅夫獬接席，顧介甫曰：宜對「太液池」。故其詩有云：「披香殿上留朱輦，太液池邊送玉杯。」翌日，都下盛傳：王舍人竊柳詞「太液波翻，披香簾捲」。介甫頗啣之。

十一

王文公、宋次道同爲三司僚佐，次道出家藏詩集，爲刪次，號《百家選》。且敘云：「欲知唐人所作，觀此足矣。」余讀之，見其取張祜《惠山寺詩》「泉聲到池盡，山色上樓多」，而不取《孤山寺詩》「樓臺聳碧岑，一徑入湖心。不雨山長潤，無雲水自陰。斷橋荒蘚澀，空院落花深。猶憶西窗月，鐘聲在北林。」又賈島平生得意句「獨行潭底影，數息樹邊身」復不取，而載「寫留行道影，焚卻坐禪身」。不知意果何如。

十二

許昌西湖展江亭成，宋元憲留題：「鑿開魚鳥忘情地，展盡江湖極目天。」咸以爲曠古未有。然本於五代，馬殷據潭州時，建玲瓏石室，號明月圃，命幕客徐仲雅賦云：「鑿開青帝春風圃，移下嫦娥夜月樓。」[二]且用古語隨意擬，詞人類如此，有勝與否耳。

【校】

［一］「嫦娥」原本作「娥嫦」，兹改之。

十三

東坡謫黄岡，與陳季常慥遊，樂甚。季常自以爲飽禪學，而妻柳氏頗悍忌，季常畏之。客至，或詬駡不已，聲達於外，客不安席，數引去。東坡因詩戲之云：「誰似龍丘居士賢，談空説有夜不眠。忽聞河東獅子吼，拄杖落地心茫然。」

十四

葉致遠濤詩不極工而喜賦詠［一］，嘗有《試茶》詩：「碾成天上龍和鳳，煮出人間蟹與蝦。」好事者戲公云：「此非試茶，乃碾玉匠人嘗南食詩也。」

【校】

［一］「不極」《苕溪漁隱叢話》前集卷四十六作「極不」。

十五

近時傳東坡嶺外詞：「銀濤無際捲蓬瀛，落霞明，暮雲平，曾見青鸞紫鳳下層城。二十五弦彈不盡，空感慨，惜餘情。蒼梧煙水斷歸程，捲霓旌，爲誰迎。空有千行，流淚寄幽貞。舞罷魚龍雲海晚，千古恨，入江聲。」蔚有古意，讀者心動焉。乃葉少藴夢得元符中尉丹徒日作《湘靈鼓瑟詞》，余嘗見其手稿，而世人多不知也。

十六

近人有遊羅浮[一]，越大小石樓，將歸，迫暮，留宿岩谷間。中夜，風薄月素，一人身無衣而紺毛覆體。因念山空月寂，此必仙也。乃再拜問道。異人由然不顧，但長嘯數聲，響振林谷，乃歌一詩而去：「雲來萬嶺動，雲去天一色。長嘯兩三聲，空山秋月白。」讀之使人翛然有絶俗念，不知身在塵埃中。然東坡在羅浮所敍山積，獨遺此，何耶？

【校】

[一]「人有」《苕溪漁隱叢話》前集卷五十八作「有人」。

十七

韓退之作《李干墓誌》，敍李虚中輩以藥敗，且戒人服金石，復躬蹈之。白樂天詩：「閑日一思舊，舊遊如目前。微之煉秋石[一]，未老身溘然。退之服硫黄，一病竟不痊。」又張籍《哭退之》

詩：「中秋十五夜[二]，圓魄天差晴。爲出二侍女，合彈琵琶箏。」《唐語林》云：「二侍妾名柳枝、絳桃。」其《使王庭湊有壽陽驛絶句》：「不見園花兼柳巷，馬頭惟有月團圓。」蓋寄意二姝。逮歸，而柳枝竄去。又有《鎮州初歸詩》：「別來楊柳街頭樹，擺亂東風只欲飛。惟有小園桃李在，留花不發待郎歸。」自是專屬意絳桃矣。文公，鉅儒也，乃以侍兒故敗於藥耶？

【校】

[一]「徽」原本作「徵」，誤，兹改之。

[二]「秋」原本作「夜」，誤，兹改之。

十八

陳傳道嘗於彭門壁間見書一聯：「一鳩鳴午寂，雙燕話春愁。」後以語東坡：「世謂公作，然否？」坡笑曰：「此唐人得意句，仆安能道此？」

十九

石曼卿官册府時，五鼓趨朝，見二舉子繫邏舍，望曼卿號呼請救，因駐馬，召問卒長。曰：「昨夕里閈間有納婦者，二子穴隙以窺，夜分乃被執。」曼卿力爲揮解，卒長勉從之。二子叩頭拜於馬前。曼卿爲按轡口占一絕云：「司空憐汝汝須知，月下敲門更有誰。叵耐一雙窮相眼，得便宜是落便宜。」

二十

東坡在徐，戲參寮曰：「吾師比復飲酒食肉，何耶？」參寮初不悟，嘖曰：「道潛久從公遊，未嘗一日渝齋禁。」坡云：「曷固隱？師飲饌精豐仍甚。」問何從知，曰：「以近詩知之，如『隔林仿佛聞機杼，知有人家住翠微。』大無蔬筍氣也。」

二十一

公卿誕日，以詩爲壽，見於唐末，本朝尤盛，此古今一段雅事〔一〕。魯公秉政，每士大夫傾頌，率以詩獻，年成巨編，妙於形容者多矣，獨周美成邦彥云：「化行禹貢山川外，人在周公禮樂中。」爲一時警策，至今流傳縉紳間。

〔校〕

〔一〕「雅」原本作「難」，誤，茲改之。

二十二

歐陽文忠公謫守滁陽，築醒心、醉翁亭於琅琊幽谷，且命幕客謝某者，雜植花卉其間。謝以狀問名品，公即書紙尾云：「淺深紅白宜相間，先後仍須次第栽。我欲四時攜酒去，莫教一日不花開。」其清放如此。

二十三

南朝李後主歸朝後，每懷江國，且念嬪妾散落，鬱鬱不自聊。嘗作長短句：「簾外雨潺潺，春意將闌。羅衾不暖五更寒。夢裏不知身是客，一餉貪歡。獨自莫憑欄，無限關山。別時容易見時難。流水落花春去也，天上人間。」含思悽惋，未幾下世矣。

二十四

王晉卿謫都尉既喪蜀國，貶均州，姬侍盡逐。有歌者號囀春鶯，色藝兩絕。平居屬念，不知流落何許。後三年，内徙汝陰，道過許昌市傍小樓，聞泣聲甚怨，晉卿異之，問乃囀春鶯也。恨不可復得，因賦一聯：「佳人已屬沙吒利，義士今無古押衙。」晉卿每話此事，客有足其章者，晉卿覽之，尤愴然。其詞云：「幾年流落在天涯，萬里歸來兩鬢華。翠袖香殘空浥淚，青樓雲渺定誰家？佳人已屬沙吒利，義士今無古押衙。回首音塵兩沈絶，春鶯休囀沁園花。」

二十五

余外門徐氏諸祖忻作詩，有唐人風氣。《遊虎丘劍池》曰：「劍去池空一水寒，遊人到此卻憑欄[一]。年來是事消磨盡，只有青山好靜看。」又《和雪詩韻》曰：「著衣輕有暈，入水淡無痕。」其孤峭澄淡而味永[二]，類如此也。

〔校〕

〔一〕「卻憑欄」下原本有「杆」字，《苕溪漁隱叢話》前集卷五十三作「憑欄杆」。

〔二〕「永」原本作「咏」，兹改之。

二十六

黄魯直少警悟，八歲能作詩。《送人赴舉》云：「送君歸去明主前，若問舊時黄庭堅，謫在人間今八年。」此已非髫稚語也。

二十七

晏元獻、李邦穎自爲童子，秀嶷有聲。後真宗聞之，召試翰林院，賦宫沼瑞蓮，賜出身，授奉禮郎。穎聞報，閉書室高卧。家人裹飯呼之，久弗應。折關就視，則已蜕去。旁得書一紙云：「江外三千里，人間十八年。此時誰復見，一鶴上遼天。」時年十八。

二十八

近時詩僧有祖可者，馳譽江南，被惡疾，人號「癩可」。善權者，亦能詩，人物清癯，人目爲「瘦權」。可得之雄爽，權得之清淡。可詩如「清霜群木落，盡見西山秋」；又「谷口未斜日，數峰生夕陰」。皆古今佳句也。自晝[一]公後，獨可高步倫輩耳。

【校】

［一］「晝」原本作「書一」，誤，兹改之。

二十九

世間有才藻擅名而辭間不工者，有不以文藝稱而語或驚人者。近傳《留題華清宫》一絶：

「行盡江南數十程，曉乘殘月入華清。朝元閣上西風急，都入長楊作雨聲[一]。」乃杜常也。又《武昌阻風》一絕：「江上春風留客舟，無窮歸思滿東流。與君盡日閑臨水，貪看飛花忘卻愁[二]。」乃方澤也。此殆不可知矣。

【校】

[一]「楊」原本作「揚」，據《苕溪漁隱叢話》前集卷二十四改。
[二]「看」原本作「卻」，據《苕溪漁隱叢話》改。

三十

朝奉郎丘舜中者，湓陽人，韓魏公客。諸女能文詞，落筆敏妙。每兄弟内集，必聯詠爲樂。其仲嘗作《寄夫詩》：「簾裹孤燈覺曉遲，獨眠留得宿妝眉[一]。珊瑚枕上驚殘夢，認得蕭郎馬過時。」此亦不減班、謝。然所歸流落不耦，豈所志非女子事耶？

【校】

[一]「眠」原本作「妝」，據《苕溪漁隱叢話》前集卷六十改。

三十一

華州狂子張元，天聖間坐累終身。每托興吟詠，如《雪詩》：「戰退玉龍三百萬，敗鱗殘甲滿空飛。[一]《詠白鷹》：「有心待搦月中兔，更向白雲頭上飛。」怪譎類是。後竄夏國，教元昊爲邊患。朝廷方厭兵，時韓魏公撫陝右[二]，有書生姚嗣宗獻《崆峒山》詩云：「踏碎賀蘭石，掃清西海塵，布衣能辨此，可惜作窮鱗。」顧謂僚屬曰：「此人若不收拾，又一張元矣。」因表薦之。

[校]

[一]「空」《苕溪漁隱叢話》前集卷五十四作「天」。

[二]「右」字原本無，據《苕溪漁隱叢話》補。

三十二

東坡在北扉，自以獨步當世，與一時侍從更唱叠和，莫不稱首。曾子開賦《扈蹕詩》，押「辛」字韻，韻窘東而往返絡繹不已，坡厭之，復和之：「讀罷君詩何所似？搗殘姜桂有餘辛。」顧問客曰：「解此否？謂唱首多辣氣故耳。」

三十三

紹聖中，饒陽程氏兄弟俱遊太學。兄卒，旅殯夷門山。後數歲，其弟罷試南宫，當春物駘蕩，出遊郊北，獨酌酒家，遇其兄如平生，若醉夢，不悟已亡也。既敘契闊，弟恍記其死。兄索紙賦詩，揮淚别去。酒保但見隱几而瞑，呼之乃覺，旁得幅紙，了然亡兄筆迹也。猶記其詩：「夷門山下古都門，兄弟相逢一色春。洞裏桃花空自老，長安猶有未歸人。」是歲下第，負兄骨歸葬焉。

三十四

晏元獻初罷政事，守亳社，每歎士風雕落。一日，嘗妓曰劉蘇哥，有約終身不寒盟者〔一〕，方春物暄妍，駿馬出郊，登高塚曠望，長慟遂卒。元獻謂士大夫受人眄睞，隨燥濕變渝如反掌手，曾狂女子不若〔二〕。爲序其事，以詩吊之：「蘇哥風味逼天真，恐是文君向上人。何日九原芳草緑，大家攜酒哭青春。」

〔校〕

〔一〕「不」《苕溪漁隱叢話》前集卷二十六作「而」。

〔二〕「子」字原本無，據《苕溪漁隱叢話》補。

三十五

田端彦子卿，剛介尚氣，亦能詩，不雕琢。任荆渚獄官，與太守爭公事，不屈。守怒曰：「小官敢爾，乃不爲青衫地耶？」端彦遽脱巾裳抵地，拂袖去，誓不復出仕矣。魯公同年，嘗投詩云：

「昔年尊酒每逡巡，此日遥瞻百辟尊。零落羽毛迷鳳穴，退藏鱗甲謝龍門。來非東閣天上客，歸愛武陵花下源。肯學袁絲事遊説，區區來往謾高軒。」《書邢氏湖園》：「春花黄鳥不多情，玉節猶霜瘦萬莖。唯有清風伴明月，滿園吹作鳳凰聲。」《題龍門》：「身世兩閑山共老，塵埃一夢水俱東。」《題歸仁園》：「山翠藏疏牖，泉聲上白雲。」皆清新可愛。

三十六

《吴越記事》：越僧處默賦詩有奇句，嘗云：「到江吴地盡，隔岸越山多。」羅隱見曰：「此我句，失之久矣，乃爲吾師丐得。」識者鄙其偎薄太甚。

三十七

世傳歐陽文忠公掌貢闈，時舉子問堯舜定是幾種事，公曰：「先輩如此，疑事不用使。」此蓋得之惝耳，乃南唐湯悦、楊鸞問答，見鄭文寶《江表誌》。事承誤而後先紛紫者類如此。文寶又載楊鸞詩云：「白日蒼蠅滿飯盤，夜來蚊子又成團。每到更深人静後，定來頭上咬楊鸞。」

三十八

湘潭人羅仲同衛言：熙寧歲辛亥，有武人李某者，官衡州捕盜，深入九疑山，路窮不可上，捨轡民舍，望前嶺，青煙貫空，凝然指問。村民云：「日見之，不知爲何所。」李識其處，歸告舉子李彥高。彥高困場屋久，好奇，去學黄老術。聞之心悦，裹糧，假李同行，卒往。攀緣而上，乘險膽落。忽得平地，草屋數間。排門入，見老人燕坐。驚曰：「子何能至此？此非人可到也！」答以慕道來耳。老人笑，揖之坐。問姓字，「吾唐末人，避世來此。姓邢氏，名則不欲聞世間。」彥高意爲邢和璞問曰，非也。因言聞今國爲宋，不知天子姓氏。彥高告以今熙寧天子傳序年月，老人頷之。彥高詰其他，皆不答。歸，乃益舂糧復至，老人笑勞之。留五日，微授以吐納煉養，語倦，援琴作曲，堂上驚雷怒濤，餘韻不絶也。見環坐天篆古文間朱書如刊讎者。又數日，繼往，老人延如故人無間矣。遂問内事，或云所得，異而秘之。因曰：「吾校天上書，自有程子妨吾事，勿更來，吾亦不久徙去。」彥高顧書曰：「仙矣，猶用此耶？」笑曰：「豈有不知書神仙？此書著自瓊房，系玉籍者分讎，已則歸之，再給也。」裴徊竟别去。出十二詩贈彥高，今記其四。云：「無言隱几閉松扃，萬古襟懷獨自靈。箋契鋪時三篆卷，彈冠常動一簪星。」「青童去櫪南仙仗，野客來尋北帝經。天道不須窺牖見，滿門山嶽自青青。」「世事功名不足論，好乘年少入真門。渾如一夢莊仙蝶，況是千年柱史孫。」「須向黄庭分内外，不教周易秘乾坤。他年陵谷還遷變，家住蓬瀛我尚存。」篆皆古文，煙霏霧結，彦高莫識。後不復再往，討尋其字，十八年始究。彦高頗得道，今往來衡湘間，人無知者。羅語潁人王性之以此[一]，因爲作《邢仙翁記》云。

【校】

［一］「潁」原本作「穎」，兹改之。

三十九

詩至李杜，古今盡廢。退之每敘詩書以來作者，必曰李白、杜甫。又曰：「李杜文章在，光焰萬丈長。」至楊大年億，國朝儒宗，目少陵村夫子[一]。歐陽文忠公每教學者，先李不必杜。又曰：「甫於白得二節耳。天才高放，非甫所能到也。」王文公晚擇四家詩以貽法，少陵居第一，歐陽公第二，韓文公次之，李太白又次之。然歐陽公祖述韓文而説異退之，王文公返先歐公，後退之，下李白，何哉？後東坡每述作，崇李、杜尊甚，獨未嘗優劣之。論説殊紛糾，不同滿世。嗚呼！李、杜著矣，一時之傑，立見如此，況屑屑餘子乎！余謂：譬之百川九河，源流經營，所出雖殊，卒歸於海也。

【校】

［一］「目」原本作「自」，兹以意改之。

朝鮮版唐宋分門名賢詩話

佚名

目録

唐宋分門名賢詩話目錄終

【校】

［一］「遇」原本作「過」，誤。據正文標題改。

第一卷

品藻[一]

一

古人文章，自應律度，未以音韻爲主。自沈約增崇韻學，其論文：欲使宮商相變，低卬殊節，若前有浮聲，則後須切響。一篇之内，音韻盡殊，兩句之中，輕重悉異，妙達此旨，始可言文。自後浮巧之語，體制漸多，始有傍犯[二]、蹉對、假對、雙聲、疊韻之類，詩又有正格、偏格，類例極多。故有三十四格、十九圖、四聲八病之類，如徐陵云：「陪遊馺娑，騁纖腰於結風；長樂鴛鴦，眷新聲於度曲[三]。」又云：「厭長樂之疏鐘，勞中宫之緩箭。」雖兩「長樂」，意義不同，不爲重復，此類爲傍犯。如《九歌》：「蕙肴蒸兮蘭藉[四]，奠桂酒兮椒漿。」當曰「蒸蕙肴」，對「奠桂酒」。今倒用之，謂之蹉對。如「自朱邪之狼狽，致赤子之流離」，不惟「赤」對「朱」、「邪」對「子」，兼「狼狽」「流離」乃獸名對鳥名。又如「廚人具雞黍，稚子摘楊梅」，以「雞」對「楊」，如此類，皆爲假對。如「幾家村草裏，吹唱隔江聞」，「幾家村草」與「吹唱隔江」[五]，皆雙聲。如「月影侵簪冷[六]，江光逼履清」，「侵簪」、「逼履」皆疊韻。詩第二字側入，謂之正格，如「鳳曆軒轅紀，龍飛四十春」是也。第二字平入，謂之偏格，如「四更山吐月，殘夜水明樓」是也。唐名賢輩詩多用正格，如杜甫律詩，用偏格者十無一二。

案：此則出《夢溪筆談》卷十五。

【校】

[一]「品藻」下原本有「上」，衍。據目録刪。

[二]「傍犯」原本無，據《夢溪筆談》補。

[三]「眷」《夢溪筆談》作「奏」。

[四]「藉」原本作「籍」，據《夢溪筆談》改。

[五]「與」原本作「對」，據《夢溪筆談》改。

[六]「月」原本作「丹」，誤。據《夢溪筆談》改。

二

梅聖俞愛嚴維詩，有「柳塘春水慢[一]，花塢夕陽遲」，善則善矣，然細細較之，夕陽遲則繫花，春水慢不須柳也。如杜詩云「深山催短景，喬木易高風」，此了無瑕纇也。又云「蕭條九州内，人少虎狼多。少人慎莫投，多虎信所過。饑有易子食，獸猶畏虞羅」。如此等句，其含蓄深遠，殆不可模仿。

案：此則出《中山詩話》。又見《詩話總龜》前集卷五引。

［校］

［一］「慢」《中山詩話》作「漫」。下同。

三

凡詩以義爲主，文詞次之，或意深義高，雖文詞平易，自是奇作。［一］韓吏部古詩高卓，至律詩雖可稱善，要之有未工者。而好韓詩者，句句稱述，未可謂然也。有詩云：「老翁真個似童兒，汲井埋盆作小池。」此直諧語爲戲耳。永叔、江鄰幾評韓《雪詩》［二］，以「隨車翻縞帶，逐馬散銀盃」爲工［三］，而謂「凹中初蓋底，凸處遂成堆」爲勝，未知真得意否也［四］。永叔嘗云：「知聖俞詩者莫如修。嘗問聖俞舉平生所得句，聖俞所自負者，皆修所不好；聖俞所卑下，皆修所稱賞。」故知心賞音之難如是，其評古人之詩，得無似之乎［五］！

案：此則出《中山詩話》。又見《詩話總龜》前集卷五引。

[校]

[一]此則張鎡《仕學規範》卷三十六、三十八並引之，前者曰「劉貢父云」，注「出《分門詩話》」；後者未注出處。文字皆較此處爲詳。「自是奇作」下多五十一字曰：「世人見古人詩句平易，仿傚之而不得其意義，隨入鄙野可笑。盧仝詩有『不唧嗗鈍漢』，非其篇前後意義，自可掩口笑矣，寧可效之耶？」《中山詩話》同，文字略簡。

[二]「鄰」原本作「璘」，誤，據《中山詩話》改。

[三]「爲」下《中山詩話》有「不」。

[四]「得」下《中山詩話》有「韓」。

[五]此則原本屬上，據《中山詩話》分。

四

熙寧六年，有司言，日當食四月朔，上爲徹膳，避正殿。一夕微雨。明日不見日食，百官入賀，是日有皇子之慶。蔡子正爲樞副，獻詩，前四句曰：「昨夜熏風入舜韶，君王未御正衙朝。陽輝已得前星助，陰沴潛隨夜雨消。」其敘四月一日避正殿、皇子慶誕、雲陰不見日蝕，四句盡之，當時無能過之者[一]。

案：此則出《夢溪筆談》卷十五。

〔校〕

〔一〕「者」字原本無，據《夢溪筆談》補。

五

歐陽文忠嘗愛林逋「草泥行郭索，雲木叫鈎輈」〔一〕，以謂語新而屬對親切。鈎輈，鷓鴣聲也。李群玉詩云：「方穿詰曲崎嶇路，又聽鈎輈格磔聲。」郭索，蟹行貌，楊雄《太玄》曰：「蟹之郭索，用心躁也。」

案：此則出《夢溪筆談》卷十四。又見《詩話總龜》前集卷二引。

〔校〕

〔一〕「陽」字原本脱，據《夢溪筆談》補。

六

杜子美有「紅飯啄餘鸚鵡粒，碧梧棲老鳳皇枝」，此語反而意奇〔一〕。退之《雪詩》：「舞鏡鸞窺沼，行天馬度橋。」亦傚此體，然稍牽強，不若前人之語混成也〔二〕。

案：此則出《夢溪筆談》卷十四。又見《詩話總龜》前集卷五引。

【校】

［一］「奇」《夢溪筆談》作「全」。

［二］「混」《夢溪筆談》作「渾」。

七

退之《城南聯句》：「竹影金瑣碎」［一］。「金瑣碎」乃日光，非竹影也。

案：此則出《夢溪筆談》卷十四。又見《詩話總龜》前集卷五引。

【校】

［一］此句爲孟郊作。

八

唐人作富貴詩，多紀其奉養器服之盛，乃貧眼所驚耳。如貫休《富貴曲》云：「刻成箏柱雁相挨。」此下里鬻彈者皆有之，何足道哉？韋楚老詩云：「十幅紅綃圍夜玉。」十幅紅綃爲幬［一］，方不及四五尺，不知如何伸腳，此所謂不曾近富兒家［二］。

案：此則出《夢溪筆談》卷十四。又見《詩話總龜》前集卷五引。

〔校〕

〔一〕「幬」《夢溪筆談》作「帳」。

〔二〕此則原本屬上，據《夢溪筆談》分。

九

楊大年不喜杜工部詩，謂之村夫子。嘗有鄉人以杜詩強大年，大年不服。鄉人因曰：「公試爲我續杜句。」乃舉「江漢思歸客」，大年亦爲屬對，鄉人復徐舉「乾坤一腐儒」。大年默然，似少屈也。

案：此則出《中山詩話》。又見《詩話總龜》前集卷五引。

十

歐陽永叔亦不甚愛杜詩，而謂韓吏部絶倫。吏部於唐世文章未嘗屈下，獨於李杜稱道不已。歐陽貴吏部而不悅子美，所不可曉也。然於李白則又甚愛賞，將由太白騰趠飛動，易爲感動歟？〔一〕

案：此則出《中山詩話》。又見《詩話總龜》前集卷五引。

〔校〕

〔一〕此則《中山詩話》屬上。

十一

李習之稱孟東野詩：「食薺腸亦苦，強歌聲無歡」；「出門即有礙，誰謂天地寬。」可謂知音矣。今世傳郊詩五卷百餘篇，又有《咸池集》，僅三百篇，其句語尤多寒澀，疑前五卷是名士曾刪取者。東野與退之聯句，宏博壯辯〔一〕，似若不出其一手。王深甫云：退之容有潤色也。

案：此則出《中山詩話》。又見《詩話總龜》前集卷五引。

〔校〕

〔一〕「博壯」《中山詩話》作「壯博」。

十二

張文昌樂府詞清麗深婉，五言律詩亦平淡可喜，至七言詩則質多文少，才各有宜也，不可強文飾。文昌有《謝裴司空馬》詩云：「乍離華廄移蹄澀，初到貧家舉眼驚。」此馬乃一遲鈍不能行而多驚者。詩人文詞微而顯，亦少其比。

案：此則出《中山詩話》。又見《詩話總龜》前集卷五引。

十三

古人詩有「風定花猶落」之句，無人能對。王荆公以對「鳥鳴山更幽」，本宋王籍詩，元對「蟬噪林逾静，鳥鳴山更幽」，上下句只是一意。「風定花猶落，鳥鳴山更幽」，則上句乃静中有動，下句動中有静。

案：此則出《夢溪筆談》卷十四。又見《詩話總龜》前集卷五引。

十四

劉夢得每吟張籍詩云：「新酒欲開期好客，朝衣暫脱見閑身。」又吟王維詩云：「興闌啼鳥唤〔一〕，坐久落花多。」劉嘗言：「白樂天苦好予《秋水詠》曰：『東屯滄海闊，南壤洞庭寬〔二〕。』又《石頭城下作》：『山圍故國周遭在，潮打空城寂寞回。』自知不及韋蘇州『春潮帶雨晚來急，野渡無人舟自横』。」又杜少陵《過洞庭詩》〔三〕，落句曰：「年去年來洞庭上，白蘋愁殺白頭人。」鄙夫之言，有愧杜公也。楊茂卿《過華山》詩云〔四〕：「河勢崑崙遠，山形菡萏秋。」此實爲佳對。

案：此則出《雲溪友議》卷中。又見《詩話總龜》前集卷五引。

[校]

[一]「喚」《雲溪友議》作「换」。

[二]「壤」原本作「讓」，據《雲溪友議》改。

[三] 此句有闕文，《雲溪友議》作「嘗過洞庭，雖爲一篇，静思杜員外甫」。

[四]「茂」《雲溪友議》作「危」。

十五

劉夢得嘗言：「茱萸二字更三詩人道之而有能否，杜公云：『更把茱萸子細看。』王右丞云：『遍插茱萸少一人。』朱仿云：『學他年少插茱萸。』杜君爲優。」

案：此則出《劉賓客嘉話録》。又見《詩話總龜》前集卷五引。

十六

劉夢得曰：柳八駮韓十八《平淮西碑》云「左飧右粥」[一]，何如我《平淮西雅》云「仰父俯子」。柳云：韓碑兼有帽子，使我爲之，便説用兵伐叛矣。劉曰：韓碑柳雅[二]，予爲詩云：「城中晨雞喔喔鳴，城頭鼓角聲和平。」美李尚書愬之入蔡城也，須臾之間，賊無覺者。又落句云：「始知元和十二載，四海重見升平時。」所以言十二載者，以見平淮西之年云。

案：此則出《劉賓客嘉話錄》。又見《詩話總龜》前集卷五引。

【校】

［一］「駮」原本作「駿」，誤。據《劉賓客嘉話錄》改。

［二］「柳」原本作「劉」，誤。據《劉賓客嘉話錄》改。

十七

劉夢得曰：「爲詩用僻字，須有來處。宋考功云：『馬上逢寒食，春來不見餳。』常疑之，因讀毛詩箋吹簫處云：『今賣餳人家物。』六經唯此注中有餳字［一］。吾重陽詩擬押一糕字，思索六經無糕字，遂不敢爲之。嘗訝杜詩有『巨顙拆老拳』，疑老拳無據，及讀《石勒傳》云：『卿既遭孤老拳，孤亦飽卿毒手。』豈虚言哉。」

案：此則出《劉賓客嘉話錄》。又見《詩話總龜》前集卷五引。

【校】

［一］「六」字原本無，據《劉賓客嘉話錄》補。

十八

毗陵士人李氏有女，方十六歲，頗能詩，吳人多得之。有《拾得破錢詩》云：「半輪殘月掩塵埃，依稀猶有開元字。想得清光未破時，買盡人間不平事。」又《彈琴詩》云：「昔年剛笑卓文君，豈信絲桐解悞身。今日未彈心已亂，此心元自不由人。」雖有情致，乃非女子所宜也。

案：此則出《夢溪筆談》卷十四。又見《詩話總龜》前集卷五引。

十九

詩人以詩主人物，故雖小詩，莫不揉埏極工而後已，所謂旬鍛月煉者，信非虛言。小說崔護《題城南詩》[一]，其始云[二]：「去年今日此門中，人面桃花相映紅。人面不知何處去，桃花依舊笑春風。」後以其意未完，語未工，改第三句曰：「人面只今何處在。」至今所傳有兩本。唯《本事詩》作「只今何處在」。唐人工詩，大率如此，雖兩「今」字不恤也。

案：此則出《夢溪筆談》卷十四。又見《詩話總龜》前集卷五引。

[校]

[一]「護」原本作「祜」，誤。據《夢溪筆談》改。

〔二〕「始」原本無，據《夢溪筆談》補。

二十

王維有詩名，然好取人章句。「行到水窮處，坐看雲起時。」《英華集》中詩也。「漠漠水田飛白鷺，陰陰夏木囀黄鸝。」李嘉祐詩也。詩僧惠崇嘗有詩云：「河分崗勢斷，春入燒痕青。」士大夫甚奇之。然皆唐人舊句也。崇有師弟，學詩於崇，贈崇詩曰：「河分崗勢司空曙，春入燒痕劉長卿。不是師偷古人句，古人詩句似師兄。」大都誦古人詩句多，積久或不記，則往往認爲己有，如杜詩有「峽束滄江起，崖排古樹圓。」頃見蘇子美詩，全用「峽束滄江」、「崖排古樹」作七言詩兩句，子美非竊人詩者。

案：此則出《國史補》卷上及《中山詩話》。又見《詩話總龜》前集卷六引。

二十一

管子曰：「事無始終，無務多業。」此言學者貴能成就也。唐人爲詩，皆量己力以致功，常積精思數十年，然後各自名家。今不然，未有小得，已高視前人，自以無敵。然知音之難，萬事悉然。杜工部云：「更覺良工用心苦。」豈特畫手也〔一〕。

案：此則出《中山詩話》。又見《詩話總龜》前集卷十一引。

[校]

[一] 此則原本屬上，據《中山詩話》分。

二十二

陝府唐昭宗有詞云：「安得有英雄，迎歸大内中。」逍遙樓有太宗詩云：「昔乘匹馬去，今驅萬乘來。」氣象不侔矣。

案：此則出《江鄰幾雜誌》。

二十三

元和中，長安有沙門，善病人文章，尤能捉語意相合處，張水部頗恚之。冥搜愈切，或得句曰：「長因送人處，憶得別家時。」往謂僧曰：「此應不合前輩意也。」僧微笑曰：「此有人道來。」籍曰：「何人？」僧曰：「見他桃李樹，思憶後園春。」籍因撫掌大笑。

案：此則出《唐摭言》卷十三。又見《詩話總龜》前集卷六引。

二十四

劉長卿，上元、寶應間詩人也。李杜之後，獨擅騷雅。皇甫持正嘗曰：「詩未有長卿一句，已呼阮籍爲老兵矣。」今觀其詞藻卓然不群，信乎公之一句非他人所能得也。

二十五

王荆公嘗云：「梨花一枝春帶雨」，「桃花亂落如紅雨」，「珠簾暮捲西山雨」，皆警句也[一]。然終不若「院落深沉杏花雨」爲優，言盡而意不盡也。

案：此又見《詩話總龜》前集卷六引。

［校］

［一］「警」原本作「驚」，據《詩話總龜》改。

二十六

宋相好玉谿詩，不愛韋蘇州詩。晏相集詩，老杜取多，太白取少，常取裴説「幸無偏照處，剛有不明時」。次道宋相愛陶詩，往往成誦，顧不喜韋詩何也？酷好小許文章，以爲優於燕公。

案：此又見《詩話總龜》前集卷六引。

二十七

詠牡丹花，不可一一數也。唯羅鄴詩曰：「落盡春紅始見花，幄籠輕日護香霞。買栽池館恐無地，看到子孫能幾家。」議者謂此詩乃詩中虎。

案：此又見《詩話總龜》前集卷六引。

二十八

「黄帕覆鞍呈馬過[一]，紅羅纏項鬥雞回」，晏相改爲「呈過馬」、「鬥回雞」，爲其語不快。

案：此則出《江鄰幾雜誌》。

〔校〕

[一]「過」原本作「了」，據《江鄰幾雜誌》改。

二十九

李太白才逸氣豪，與陳拾遺齊名，其論詩云：「梁、陳以來，豔薄殊極，沈休文又尚以聲律，將復古道，非我而誰。」故陳、李二集，律詩殊少。嘗言興寄深微，五言不如四言，七言又其靡也，況使束於聲調俳優哉！戲杜曰：「飯顆山頭逢杜甫，頭戴笠子日卓午。借問別來太瘦生，總爲從前作詩苦[一]。」

案：此則出《本事詩》。又見《詩話總龜》前集卷六引。

〔校〕

〔一〕「前」原本作「來」，據《本事詩》改。

三十

刺史、縣令故事尤多，士子投獻，尚難得佳句。方諤上廣守詩有「鱷去惡溪韓吏部，珠還合浦孟嘗君」，亦善用故事，議者亦未深許爲清句。有贈邑令云：「琴彈永日得古意，印鎖經秋帶蘚痕。」句意雖美，但印上不是蘚生處也。不若「雨後有人耕綠野，月明無犬吠花村」。此足以見令有教化仁愛之意，民樂耕於野，年豐無寇盜，不見吏之迹也。

案：此則出《翰府名談》（見《詩話總龜》前集卷五引）。

三十一

范希文爲詩，不徒然而作也。有《贈釣者詩》云：「江上往來人，盡愛鱸魚美。看君一葉舟，出沒風濤裏。」又《觀渡》詩：「一棹輕如葉[一]，傍觀亦損神。他時在平地，無忽險中人。」率以教化爲主，非獨風騷之將，抑又文之豪傑歟。

案：此則出《翰府名談》（見《詩話總龜》前集卷一引）。

〔校〕

[一] 此句《翰府名談》作「小艇破濤去」。

三十二

太宗好文，每進士及第，賜聞喜宴，御制詩以賜之，因以爲故事。仁宗在位四十二年，賜詩尤多，景祐元年賜詩，落句有「寒儒逢景運，報國合如何」[一]。論者以謂質厚洪壯，真詔語也。

案：此則出《中山詩話》。

〔校〕

[一] 「國」《中山詩話》作「德」。

三十三

僧文瑩嘗謂，文老不衰者，唯見今大參政元厚之耳。頃在禁林，懷荆南舊遊云：「去年曾醉海棠叢，聞説新枝發舊紅。昨夜夢回花下飲，不知身在玉堂中。」其詞氣略不少衰。

案：此則出《玉壺清話》卷七。

三十四

宋武帝嘗吟謝莊《月賦》，稱歎久之，謂顔延之：「希逸作此[一]，可謂前不見古人，後不見作者，陳思王何足尚也。」延之對曰：「誠如聖旨。然其云『美人邁兮信音絶[二]，隔千里兮共明月』，知之不亦晚乎？」帝以爲然。及見希逸，希逸對曰：「延之詩曰：『生爲長相思，歿爲長不歸。』豈不更加於臣耶！」帝拊掌竟日。

案：此則出《本事詩》。又見《詩話總龜》前集卷六引。

【校】

［一］「作此」《本事詩》作「此作」。

［二］「信音絶」《本事詩》作「音信闊」。

三十五

有《詠試茶詩》曰：「碧玉甌深翠濤起。」或者誚之曰：句則美矣，茶鑒即未也。夫試茶盞貴黑而曰「碧玉甌」，茶色尚白而曰「翠濤起」，是必非盧仝也。

三十六

謝學士吟蝴蝶詩三百餘篇，人呼爲「謝蝴蝶」，其間絕有佳句。如「狂隨柳絮有時見，舞入梨花無處尋」；又「江天春曉暖風細，相逐賣花人過舡」。古詩有「陌上斜飛去，花間倒舞回」。又柳詞有「身似何郎全傅粉，心如韓壽愛偷香」。麗則麗矣，終不若陳句意思幽遠也[一]。

案：此又見《詩話總龜》前集卷六引。

【校】

[一]「陳」《詩話總龜》作「謝」。

三十七

孫少述《栽竹詩》曰：「更起粉牆高百尺，莫令牆外俗人看。」晏臨淄見之曰：「何用粉牆高百尺，任教牆外俗人看。」處士之節，宰相之量，亦各言其志也。

案：此又見《詩話總龜》前集卷六引。

三十八

歐陽文忠公嘗謂：詩，源乎心者也，其貧富愁樂，皆係乎其情焉。江南李氏據富有時，宮中詩曰：「簾日已高三丈透，金爐次第添香獸，紅錦地衣隨步皺。佳人舞點金釵溜，酒惡時將花蕊嗅，别殿微聞簫鼓奏。」與夫「時挑野菜和根煮，旋斫生柴帶葉燒」之詩異矣。

案：此則出《摭遺》（《類説》卷三十四引），又見《詩話總龜》前集卷五引。

三十九

西蜀盧侍郎延讓獻蜀太祖詩卷，中有「栗爆燒氈破，貓跳觸鼎翻」之句。後太祖與潘樞密在内殿評邊事，令宮人煨栗，俄有數栗爆出，燒損繡褥，時太祖多疑，因令徐妃侍茶湯而已。又嘗於爐中燒金鼎，時宮貓相戲，誤觸鼎翻，太祖因舉延讓前詩二聯，歎曰：「乃知先輩裁詩，信無虚境。」

案：此則出《鑒誡錄》卷五。又見《詩話總龜》前集卷四引。

四十

李洞頗爲吴子華所知，子華才力浩大，八面受敵，嘗出百篇示洞，洞曰：「大兄所示百篇中，有一聯絶唱。《題西昌新亭》曰：『暖漾魚遺子，晴遊鹿引麛。』」子華不怒其所鄙，而喜其所許也。

案：此則出《唐摭言》卷十。又見《詩話總龜》前集卷六引。

四十一

杜少陵時有病瘧者，杜謂曰：「誦吾詩可療。」病者曰：「云何？」杜曰：「夜闌更秉燭，相對如夢寐。」其人誦之，瘧猶是也。杜又曰：「更誦吾詩曰：『子章髑髏血模糊，手提擲還崔大夫。』[一]其人如其言誦之，果愈。然則可以感鬼神，信不妄云。

案：此則出《劉賓客嘉話録》。又見《詩話總龜》前集卷四十八引。

〔校〕

〔一〕原本僅「手提髑髏血模糊」一句，有脱誤，據《劉賓客嘉話録》補。

四十二

江鄰幾善爲詩，清淡有古風。蘇子美坐進奏院事謫官，後死吴松[一]。江作詩云：「郡邸獄冤誰與辨，臯橋客死世同悲。」用事精當如此。嘗有古詩云：「五十踐衰境，加我在明年。」論者謂人莫不用事，能令事如己出，天然渾厚，乃可言詩。

案：此則出《中山詩話》。又見《詩話總龜》前集卷六引。

【校】

〔一〕「松」《中山詩話》作「中」。

四十三

錢昭度有《燈詩》云：「繡被夢驚中酒處，朱門人語上朝時。」終未若「舡中聞雁洞庭宿〔一〕，牀下有蛩長信秋」，意格清遠矣。

案：此又見《詩話總龜》前集卷十三引。

【校】

〔一〕「宿」《詩話總龜》作「夜」。

四十四

錢昭度有《聞角詩》曰：「風欲拖高雨厭沉〔一〕，黄昏前後五更深。」議者曰：此又佳句之優者。

案：此又見《詩話總龜》前集卷十三引。

【校】

[一]「拖」《詩話總龜》作「抛」。

四十五

白樂天典杭州，江東進士奔杭取解，時張祜自負詩名，以首冠爲己任。既而徐凝至。會郡宴[一]，樂天諷二子矛楯。祜曰：「僕宜爲解元。」凝曰：「君有何佳句？」祜曰：「《甘露寺》有『日月光先到，山河勢盡來』。又《金山寺》有『樹影中流見，鐘聲兩岸聞』。」凝曰：「善則善矣，奈無野人句『千古長如白練飛，一條界破青山色』。」祜愕然不對，一坐盡傾。

案：此則出《唐摭言》卷二。又見《詩話總龜》前集卷三引。

【校】

[一]「宴」原本作「燕」，據《唐摭言》改。

四十六

元厚之爲童時，侍錢塘府君於荆南，每從學於龍安寺僧舍。後三十年，公以龍閣帥荆南，昔之老僧猶有存者。一日，訪舊齋，而門逕、窗扉、池臺歷歷如昨。公悵感久之，因構巨堂，榜曰「碧落」。手寫詩於堂，有「九重侍從三明主，四紀乾坤一老臣」之句。公時雖老，而男兒雄贍之氣殊未衰歇。未幾，召還翰林，遂參熙寧大政，真可謂乾坤老臣也。[一]

案：此則出《湘山野錄》卷上。又見《詩話總龜》前集卷二十四引。

[校]

[一] 此則原本屬上，據《湘山野錄》分。

四十七

王沂公布衣時，以所業贄呂文穆公蒙正，有早梅詩云：「雪中未問和羹事，且向百花頭上開。」文穆公曰：「此生次第已安排作狀元宰相矣。」後果然。

案：此則出《湘山野錄》卷上。又見《詩話總龜》前集卷三引。

四十八

江外有石，或取破之，其形色皆類乎月，故歐陽公有《月石詩》云：「一耀分爲三」。固爲佳句，尚念未快。子美見之，乃書其詩寄之。子美和云：「我疑此山石，久爲月照着。老蚌嗡月月降胎，水犀望星星入角，彤霞爍石變丹砂，白虹貫岩生美璞。」永叔見之曰：「此奇才，精通物理者也。」

案：此又見《詩話總龜》前集卷六引。

四十九

説者謂王維右丞詠終南山，蓋譏時相也。其詩曰：「太一近仙都，連天接海隅。」言其勢位盤據朝野也；「白雲回望合，青靄入看無。」言其徒有諸表而無諸内也；「分野中峰變，晴陰衆壑殊。」見其恩澤偏也；「欲投人處宿，隔水問樵夫。」言己畏禍之深也。

案：此又見《詩話總龜》前集卷六引。

五十

淳化中，合州貢羅江桃花犬，甚小而性急，常馴擾於御榻之側。每坐朝，犬必掉尾先吠，人乃肅然。太宗不豫，此犬不食。及上仙，號呼涕泗瘦瘠。今上即位，左右引令前道，嗚吠徘徊，意若不忍。上令諭以奉陵，即搖尾飲食如故。詔造大鐵籠，施素茵，置之鹵簿中，行路見者皆流涕。參政李至作《桃花犬歌》，以寄修史錢若水，末句云：「白麟赤鳳且勿喜，願君書此懲浮俗。」

案：此又見《詩話總龜》前集卷一引。

五十一

杜荀鶴嘗有「舊衣灰絮絮，新酒竹蒭蒭」，或稱於韋相國説，韋曰：「我道『印將金鏁鏁，簾用玉鈎鈎』。」然則韋之大拜氣概已見於中矣。

案：此則出《北夢瑣言》卷七。又見《詩話總龜》前集卷六引。

五十二

韋補闕《感懷詩》：「長年方悟少年非，人道新詩勝舊詩。十畝野塘留客釣，一軒春雨對僧棋。花間醉任黄鶯語，亭上吟從白鷺窺。大道不將爐冶去，有心重立太平基。」此詩包括生成，果爲公輔。

五十三

張弘靖三世掌書命，在臺坐，前代未有。楊巨源贈公詩曰：「伊陟無聞祖，韋賢不到孫。」時稱其能爲張家説家風。巨源在元和中，詩韻不爲新語，體律務實，功夫頗深，自旦及暮，吟詠不輟。年老，頭數搖，人謂吟詩多，致習如此。

案：此則出《因話録》卷二。

五十四

李長吉作樂府，多屬意花草蜂蝶間，竟不遠大，文字之作可以定命之優劣。杜牧之有言：長吉若使稍加其理，即可奴僕命騷人也。

案：此則出《因話録》卷三。

五十五

杜太保在淮南，進崔叔清詩三百篇[一]。上謂使者曰：「此惡詩，焉用進！」時人呼準敕惡詩。

案：此則出《國史補》卷中。

【校】

[一]「三」字《國史補》無。

五十六

楚人士徐仲雅詞采富贍，李九皐爲文多引史書，李嫉仲雅才藻，嘗對同列誚之曰：「倡優之詞，皆徐公文章也。正如女子挑指弄粉耳。」仲雅曰：「吾不傚君爲鬻明器者，垛疊死人。」

案：此又見《類説》卷五十六引。

五十七

石曼卿文章、歌詩、筆札皆極其妙，石守道嘗以詩贈之[一]，言曼卿豪於詩，永叔豪於文，杜默豪於歌，號曰三豪。

〔校〕

〔一〕此詩乃石介贈杜默，見《徂徠集》卷二《三豪詩送杜默師雄並序》。

五十八

盧延讓《哭邊將詩》曰：「自是磵沙發[一]，非干礮石傷，牒多身上職，盌大背邊瘡[二]。」人謂是打脊詩也。

案：此則出《北夢瑣言》卷七。又見《類説》卷五十六引。

［校］

［一］「硐」《北夢瑣言》作「礀」。

［二］「盌」《北夢瑣言》作「盎」。

第二卷

鑒誡

一

蔣貽恭《詠蠶詩》：「辛勤得繭不盈筐，燈下繅絲恨更長［一］。着處不知來處苦，但貪衣上繡鴛鴦［二］。」

案：此則出《鑒誡録》卷四。又見《詩話總龜》前集卷一引。

〔校〕

〔一〕「恨更」《鑒誡録》作「怨恨」。

〔二〕「貪」原本作「資」，據《鑒誡録》改。

二

華山鄭雲叟有傷時一絕：「帆力擘開滄海浪〔一〕，馬蹄踏盡亂山青。浮名浮利濃如酒〔二〕，醉得人心死不醒〔三〕。」又《贈霍山秦道士》：「老鶴玄猿伴採芝，有時長歎獨移時。翠娥紅粉嬋娟劍，殺盡世人人不知。」

案：此則出《鑒誡録》卷五。又見《詩話總龜》前集卷一引。

〔校〕

〔一〕「擘」《鑒誡録》作「劈」。

〔二〕「濃如」《鑒誡録》作「過於」。

〔三〕「醒」原本作「惺」，據《鑒誡録》改。

三

宋齊丘，江南二世皆爲右僕射，中主愛其才，然知其不正。一日於華林園試小妓羯鼓，召齊丘同宴。宋即席獻《羯鼓詩》曰：「巧斵牙床鏤紫金[一]，最宜平穩玉槽深。因逢淑景開佳宴，爲出花奴奏雅音。掌底輕璁孤鵲噪，杖頭乾快亂蟬吟。開元天子曾如此，今日將軍好用心。」

案：此則出《湘山野錄》卷下。又見《詩話總龜》前集卷一引。

[校]

[一]「斵」《湘山野錄》作「斫」。

四

文宗嘗謂宰相李石曰：「朕觀晉君臣以夷曠致傾覆，當時卿大夫過邪？」石曰：「然。古詩有之：『人生不滿百，常懷千歲憂。』畏不逢也。『晝短苦夜長。』暗時多也。『何不秉燭遊。』勸鑒照也。臣願捐軀濟國，惟陛下鑒照不惑，則安人強國其庶乎。」

案：此則出《鑒誡錄》。又見《詩話總龜》前集卷一引。

五

唐李日知爲黃門侍郎，時安樂公主池館新成，中宗臨幸，從官預宴賦詩。日知獨存規諫，其卒章云：「所願暫更居者佚[一]，莫使時稱作者勞。」

案：此則出《隋唐嘉話》卷下。又見《詩話總龜》前集卷一引。

〔校〕

[一]「所願暫更」《隋唐嘉話》作「但願暫思」。

六

丘濬寺丞能術數，尤好吟詠，頗多刺評，未嘗徒作也。至山陽郡，郡守倒屣迎之，數召夜飲。翌日，濬上詩曰：「醜卻天下婦人面，正得世間君子心。」郡將他日即不敢呼妓。至儀真，太守亦厚館之，召賞牡丹，抵暮大歡。濬上賞牡丹詩曰：「何事化工情愈重，偏教卉木太夭妍。王孫欲種無餘地，顏巷安貧欠買錢。曉檻竟開香世界，夜欄頻結醉因緣。須知村落農家苦，老叟寒耕婦不眠。」

案：此又見《類説》卷五十六引。

七

寇萊公微時，由汴回梁，以銀百星買得邸，姥女曰倩桃，有美色，公尤愛幸。語言多所裨益。公自相府出鎮北門，有善歌者至庭下，公取金鍾獨酌，令歌數闋。公贈之束綵，歌者未滿意。倩桃自内窺之，立爲詩二章呈公。詩云：「一曲清歌一束綾，美人猶自意嫌輕。不知織女螢窗下，幾度抛梭織得成[一]。」其二：「夜冷衣單手屢呵[二]，幽窗軋軋度寒梭。臈天日短不盈尺，何似妖姬一曲歌[三]。」公和云：「將相功名終若何，不堪急景似奔梭。人間萬事君休問[四]，且向罇前聽豔歌。」倩桃乃俠者也。

案：此則出《翰府名談》（見《詩話總龜》前集卷二十二引）。

〔校〕

[一]「度」原本作「得」，誤，據《翰府名談》改。

[二]「夜冷」《翰府名談》作「風勁」。

[三]「妖」《翰府名談》作「燕」。

[四]「君休」《翰府名談》作「何須」。

八

陳烈先生幼嘗與蔡君謨同硯席，時君謨出鎮福唐，束吏治民，毫髮不容。一日，烈往見之，維舟庭下，聞其嚴察，不往謁之，但留詩於亭曰：「溪山龍虎蟠，溪水鼓角喧。中宵鄉夢破，六月夜衾寒。風雨生殘樹，蛟螭喜怒瀾。殷勤祝舟子，移棹過前灘。」亭吏不敢隱，錄詩呈公。自是公爲之少霽威稜。

案：此則出《翰府名談》（見《詩話總龜》前集卷一引）。

九

盧汪門族甲於天下，舉進士，三十尚不第[一]，人共惜之。嘗有一絶云：「惆悵興亡係綺羅，世人猶自選青娥。越王解破夫差國，一個西施已太多。」

案：此則出《唐摭言》卷十。又見《詩話總龜》前集卷一引。

【校】

[一]「三十尚」《唐摭言》作「二十餘上」。

十

賈島狂狷行薄，久不中第。衆謂執政惡之，故不與選。裴晉公於興化里鑿池植竹，起臺榭島嶼。島遂題其亭壁曰：「破卻千家作一池，不栽桃李種薔薇。薔薇花謝秋風起，荆棘滿庭君始知。」人皆惡其不遜。

案：此則出《本事詩》。又見《詩話總龜》前集卷二十九引。

十一

楊玢，虞卿之曾孫也，隨僞蜀歸後唐，任工部侍郎。致仕歸長安，舊居多爲鄰里所占，子弟欲訴之，以狀白玢，批紙尾曰：「四鄰侵我我從伊，畢竟須思未有時。試上含元殿基望，秋風秋草正離離。」

案：此則出《楊文公談苑》。又見《詩話總龜》前集卷一引。

譏諷

一

胡旦秘監性狷躁，喪明，居襄陽，譏毁郡政。夏英公昔嘗師事之，及公貴達，胡尚以青衿視公。後公出鎮襄陽，時一造焉。一日謂公曰：「讀書乎？」曰：「郡事鮮暇，比有《燕雀詩》。」胡曰：「試舉之。」曰：「燕雀紛紛世亂麻，漢江西畔史君家[一]。空堂自恨無金彈，任爾啾啾到日斜。」胡頗覺之，遂少戢。

案：此則出《湘山野録》卷上。又見《詩話總龜》前集卷三十九引。

【校】

[一]「史」《湘山野録》作「使」。

二

蔡君謨出守福唐時[一]，李遘自建昌攜文訪之。一日，命遘及陳孝廉望海亭早食，時方暮春，籍妓嬉遊後圃，聞太守在此，因聲喏。君謨留之有酒，酒方行，舉歌一拍，陳驚怪，越席攀木踰垣而遁。李即席賦詩云：「七閩山水掌中窺，乘輿登臨到落暉。誰在畫簾沽酒處，幾多鳴櫨趁潮歸。晴來海色依稀見，醉後鄉心積漸微。山鳥不知紅粉樂，一聲檀板便驚飛。」蓋譏其矯也。

案：此則出《湘山野錄》卷下。又見《詩話總龜》前集卷三十九引。

[校]

[一]「出」原本作「世」，據《湘山野録》改。

三

邵安石，連州人，高湘侍郎南遷歸闕，途次連江，安石以所業投獻，因而見知，遂挈至輦下。湘主文，安石擢第[一]。詩人章碣賦《東都望幸詩》刺之云：「懶修珠玉上高臺，眉目連娟恨不開。縱使東巡也無益，君王自帶美人來。」

案：此則出《唐摭言》卷九。又見《詩話總龜》前集卷三十七引。

[校]

[一]「第」原本作「策」，據《唐摭言》改。

四

張獻圖主簿，潁州人，多以嘲謔自娛。累舉不第，會朝廷推恩，老舉人有班行之命，寄書於家曰：「汝作鸞孤，我爲奉職，不忝矣。」又譏州官貪污者云：「棒頭舊血添新血，篋裏黄金壓白金。」

案：此則出《澠水燕談錄》卷十。又見《詩話總龜》前集卷四十引。

五

泗州僧伽塔，人云其下是真身，僧俗爭傳其靈異。塔後有閣，上有碑石，記興國年中初塑僧伽像事甚詳。韓退之詩曰：「火燒水轉掃地空。」則真身之焚久矣。塔本喻都料所建，功巧近世罕及。俗言塔頂爲天門，蘇國老有詩云：「上到天門最高處，不能容物只容身。」蓋譏在位者。[一]

案：此則出《中山詩話》。又見《詩話總龜》前集卷三十七引。

［校］

［一］此則原本屬上，據《中山詩話》分。

六

汪白能爲文[一]，《平糴詩》詞意高古，刺譏中時病云：「穴垣補牆隙，牆成垣亦隳[二]。斷屨組履穿[三]，履完屨已虧[四]。」

案：此則出《中山詩話》。

【校】

[一]「汪」原本作「江」，據《中山詩話》改。

[二]「亦」《中山詩話》作「已」。

[三]「組履穿」《中山詩話》作「補穿履」。

[四]「已」《中山詩話》作「亦」。

七

孫皓爲晉所滅，封歸命侯。武帝問皓曰：「聞南人好作《爾汝歌》，頗能否？」皓被酒舉觴歌曰：「昔與汝爲鄰，今與汝爲臣。勸汝一杯酒[一]，令汝壽萬春。」帝悔之。

案：此則出《世説新語·排調》。又見《詩話總龜》前集卷三十七引。

【校】

[一]「勸」《世説新語》作「上」。

八

吴武陵有文章，而強悍激訐，爲人所畏。嘗以贓敗，勅令廣州幕吏根治。吏少年科第，殊不假貸。武陵不勝其憤，題詩路左亭壁曰[一]：「雀兒來往颶風高，下視鷹鸇意氣豪。自謂能生千里翼，黄昏依舊入蓬蒿。」

案：此則出《本事詩》。又見《詩話總龜》前集卷三十七引。

【校】

［一］「亭壁」《本事詩》作「佛堂」。

九

張曲江與李林甫同列，玄宗以文學精識，深所器重。林甫嫉之，曲江爲《海燕詩》以致意：「海燕何微眇，乘春亦暫來。豈知泥滓賤，祇見玉堂開。繡戸時雙入，華軒日幾回。無心與物競，鷹隼莫相猜。」亦終被退斥。

案：此則出《本事詩》。

十

唐楊收、王鐸皆薛逢同年也。收作相，逢有詩云：「須知金印朝天客，同是沙堤避路人。威鳳偶時皆瑞聖，應龍無水謾通神。」收聞，大銜之。王鐸拜相，逢又有詩云：「昨日鴻毛萬鈞重，今朝山嶽一毛輕。」鐸又怒。

案：此又見《詩話總龜》前集卷三十七引。

十一

范文正公氣節忠勁，知無不言，方仁宗朝，屢獻章疏，數見斥逐，故梅聖俞作《啄木鳥詩》以見意曰：「啄盡林中蠹，未肯出林飛。不識黃金彈，雙翎墮落暉。」

案：此又見《詩話總龜》前集卷一引。

十二

羅隱與桐廬章魯風齊名，錢鏐士豪崛起，陵蔑士人，以魯風善筆札，召爲表奏孔目官。魯風不就，鏐執之。後以隱爲錢塘令，懼而受命，因宴獻公詩云：「一個禰衡容不得，思量黃祖謾英雄。」鏐自是始厚禮之。

案：此又見《詩話總龜》前集卷三十七引。

十三

馮瀛王出鎮南陽，郡中夫子廟壞，酒戶十餘輩相率經府陳狀，願出錢重修。瀛王未及判，有觀察推官睹其狀，題四句於紙尾曰：「槐影參差覆杏壇，儒門弟子盡高官。卻教酒戶重修廟，覺我慚惶也不難[一]。」瀛王覽之，遽罷其請，出己俸重修焉。

案：此又見《詩話總龜》前集卷三十七引。

【校】

[一]「覺」原本作「覓」，據《詩話總龜》改。

十四

僖宗幸蜀還京，羅隱有詩曰：「馬嵬楊柳尚依依，又見鑾輿幸蜀歸，泉下阿蠻應有語，這回休更泥楊妃。」[一]

案：此則出《鑒誡錄》卷八。又見《詩話總龜》前集卷三十七引。

【校】

[一]「泥」《鑒誡錄》作「說」。又此條原本屬上，文義不相關，據《鑒誡錄》分。

十五

江南朱貞白善嘲詠，曲盡其妙。《詠刺蝟》云：「行似氈毬動，眠如栗殼圓。莫欺如此犬，誰敢便行拳。」建帥之子陳德誠罷管沿江水軍掌禁衛，頗患拘束。方宴客，貞白在坐，食螃蟹，命貞白詠之。題曰：「蟬眼龜形腳似蛛，未曾正面向人趨。如今飣在盤筵上，得似江湖亂走無。」嘗謁一貴位，不之禮，遂題其廳事格子屏風云：「道格何曾格，言糊又不糊。渾身都是眼，還解識人無。」

案：此則出《楊文公談苑》（《類苑》卷六十三引）。

十六

李國主與齊王運遊廬山，隱者史虛白鶴氅迎謁。國主勞問：「山中有何所得？」對曰：「近吟得《溪居詩》。」命誦之，曰：「風雨揭卻屋，渾家總不知。」國主色變。是時淮南已爲世宗收下。

案：此則出《江南野史》卷八。

十七

王元之在朝，與執政不相能。作《江豚詩》刺之，譏其肥大也。云「飡啖魚蝦少肥腯。」又云：「江雲漠漠江雨來，天意爲霖不干汝。」俗云：江豚出即風雨。

案：此又見《詩話總龜》前集卷三十七引。

十八

錢若水言，故之善書者鮮得筆法，唐陸希聲得之，凡五字：擫、押、鈎、格、抵。用筆雙鈎，則點畫遒勁而盡妙，謂之撥鐙法。希聲以授僧䛒光[一]，䛒光入長安爲翰林供奉，希聲猶未達，以詩寄䛒光曰：「筆下龍蛇似有神，天池雷雨變逡巡。寄言昔日不龜手，應念江頭洴澼人。」

案：此則出《楊文公談苑》(《宋朝事實類苑》卷五十引)。又見《詩話總龜》前集卷二十六引。

[校]

[一]「䛒」原本作「詧」，誤，據《楊文公談苑》改。下同。

十九

孫瑾給事在永興，暇日多吟詠。時方修玉清昭應宮，孫有「秦氏塚成陳勝起[二]，明皇宮就祿山來」之句，群小傳於禁中，以爲譏訕時政，遂致不還。

案：此則出《歸田錄》卷一。又見《詩話總龜》前集卷三十七引。

〔校〕

〔一〕「秦氏塚成」《歸田錄》作「秦帝墓成」。

二十

李後主作紅羅亭，四面栽紅梅花，作豔曲歌之。韓熙載和云：「桃李不須誇爛熳，已輸了春風一半〔一〕。」時淮南已歸於周。

案：此則出《江鄰幾雜誌》（《五代詩話》卷一引）。又見《詩話總龜》前集三十八引。

〔校〕

〔一〕「春風」《江鄰幾雜誌》作「風吹」。

二十一

英公慶曆中欲真拜，言者抨罷除使相，知南京，到任，以二詩寄執政：「造化平分荷大鈞，腰間新佩玉麒麟。南湖不任栽桃李，擬狎沙禽住十春〔一〕。」又「海雁橋邊春水深，略無塵土到花陰。

忘機不管人知否[二]，自有江鷗信此心。」後徙西京。時張昪知諫院，以詩寄之曰：「弱羽傷弓尚未完，孤飛誰敢擬鴛鴦[三]。明珠自有千金價，肯爲遊人作彈丸。」昪卒不敢一言及之。

案：此又見《詩話總龜》前集卷一引。

[校]

[一]「住」《詩話總龜》作「過」。

[二]「管」《詩話總龜》作「取」。

[三]「擬」原本作「礙」，據《詩話總龜》改。

第三卷

嘲謔

一

王丞相好嘲謔，初執政，對客悵然，因曰：「投老欲依僧[一]。」再三言之，客應之曰：「急則抱佛腳[二]。」丞相善之。復曰：「『投老欲依僧』是古人一句詩。」客曰：「『急則抱佛腳』亦是俗諺[三]，全句上去『投』[四]，下去『腳』，豈非的對？」丞相大笑。

案：此則出《中山詩話》。又見《詩話總龜》前集卷四十引。

【校】

[一]「投」字原本脱，據《中山詩話》補。

[二]「腳」原本作「頭」，誤，據《中山詩話》改。

[三]「急」原本作「款」，誤，據《中山詩話》改。

[四]「去」原本作「云」，「投」原本作「頭」，誤，據《中山詩話》改。

二

秘書省之東即右威衛，荒蕪摧毀[一]，其大廳逼校正院，南對御史臺。有人嘲之曰：「門緣御史塞，廳被校書侵。」

案：此則出《因話錄》卷五。又見《詩話總龜》前集四十引。

【校】

[一]「摧」原本作「催」，誤，據《因話錄》改。

三

宋中道少學問，有俊才而身短小，人多戲調之。蘇子美與中道年輩相懸，然甚愛其才，中道亦傾心作詩論交。子美長大魁偉，與中道並立，下視之，笑曰：「交不着。」京師市井語也。號中道爲「錐宋」，爲其穎利而麽麽云。贈之詩曰：「譬如利錐末，所到物已破。」後中道通判洛州[一]，洛本趙地，有毛遂冢。聖俞作詩送行，舉錐處囊事，亦所以戲之也。

案：此則出《中山詩話》。又見《詩話總龜》前集卷四十引。

【校】

[一]「洛」原本作「洺」，據《中山詩話》改。下同。

四

天聖中，錢文僖留守西都，有親知送驢肉，因戲答曰：「廳前捉到須依法，合裹盛來定付廚[一]。」

案：此則出《春明退朝録》卷中。

〔校〕

〔一〕「裹」《春明退朝錄》作「内」。

五

太宗時，進士同年有數人名似姓者，或取以爲詩句云：「郭鄭、鄭東、東野絳〔一〕，馬張、張夏、夏侯璘。」熙寧初，士人有崔度、崔公度、王韶、王子韶，皆的對也。又有章君陳、陳君章，二人求其似者，未之有。唐東方虬欲爲西門豹作對，亦當有好事相與此爲對耳。馬給事字子山，穆王八駿有山子馬，王丞相云：「馬子山騎山子馬，莫有對者。」相傳久之。有姓錢人爲衡水令，罷歸，或取以爲對：「錢衡水盜水衡錢。」此人聞之變色，或者謝曰：「吾正欲作對耳，公非有實也。」

案：此則出《中山詩話》。又見《詩話總龜》前集卷四十引。

〔校〕

〔一〕「絳」原本作「終」，據《中山詩話》改。

六

咸通中〔一〕，上以進士車服僭差，不許乘馬。時場中不下千人，皆跨長耳。或嘲之曰：「今年敕下盡騎驢，短胄長鞦滿九衢[二]。清瘦兒郎猶自可，就中愁殺鄭昌圖。」（相公魁偉，故有此句。）

案：此則出《唐摭言》卷十二。又見《詩話總龜》前集卷四十引。

【校】

[一]「中」《唐摭言》作「末」。

[二]「胄」《唐摭言》作「轡」。

七

薛令之，閩之長溪人，及第遷右庶子。時開元中東宮官僚清淡，令之以詩自悼，書於公署曰：「朝日上團團，照見先生盤。盤中何所有，苜蓿長闌干[一]。飯澀匙難綰，羹稀筯易寬。無以謀朝夕[二]，何由保歲寒。」上幸東宮覽之，索筆題於其旁：「啄木嘴距長，鳳皇羽毛短。若嫌松桂寒，任逐桑榆暖。」令之遂謝病歸。

案：此則出《唐摭言》卷十五。又見《詩話總龜》前集卷三十一引。

【校】

[一]「闌」原本作「欄」，據《唐摭言》改。

[二]「無」原本作「何」，據《唐摭言》改。

八

趙嘏嘗家於浙西，有美姬，嘏甚惑之，洎計偕，以母所阻，不果攜去。會中元節爲鶴林之遊，浙帥見之，遂爲其人奄有。明年，嘏及第歸，因以詩箴之曰[一]：「寂寞堂前日又曛，陽臺去作不歸雲。當時聞説沙吒利，今日青娥屬使君。」帥聞之，遂遣令歸。

案：此則出《唐摭言》卷十五。又見《詩話總龜》前集卷三十八引。

〔校〕

〔一〕「箴」《詩話總龜》引作「感」。

九

顔標咸通中鄭薰下狀元及第，先是徐寇作亂，薰意在激勸勳烈，意標乃魯公之後，故置之巍科。既而詢其廟院，標曰：「寒素京國無廟院。」薰始大悟。有無名子嘲曰：「主司頭腦太冬烘，錯認顔標作魯公。」

案：此則出《唐摭言》卷八。又見《詩話總龜》前集卷三十七引。

十

光啓中，蔣嶠以丹砂授韋中令[一]，吳人張鵠有文而不貧[二]，或嘲之曰：「張鵠只消千馱絹[三]，蔣嶠惟用一丸丹。」

案：此則出《唐摭言》卷十三。又見《詩話總龜》前集卷三十七引。

〔校〕

[一]「砂」原本作「沙」，據《唐摭言》改。

[二]「不」字原本無，據《唐摭言》補。

[三]「絹」原本作「石」，誤，據《唐摭言》改。

十一

景祐初[一]，科場中有嘲詞者，時蕭定基爲殿中侍御史監試，章爲善、王宗道、王博文主文，其詞曰：「章生故國三千里[二]，宗道深宮二十年。殿院一聲何滿子，龍圖雙淚落君前。」蓋章家閩中，王爲宮教，蕭對上唱何滿子，王對上泣下，以年漸高求進用。

案：此則出《東齋記事》卷三。又見《詩話總龜》前集卷三十八引。

[校]

[一]「初」《東齋記事》作「中」。

[二]「章生」《東齋記事》作「仲昌」。

十二

王播少孤貧，常客揚州惠昭寺木蘭院，隨僧齋飡，僧頗厭之。及播至，已飯矣。後二紀，播自重位出鎮是邦，因訪舊遊，向所題以碧紗籠之矣。播題二絕曰：「二十年前此院遊，木蘭花發院初修。而今再到經行處，樹老無花僧白頭。」「上堂已了各西東，慚愧闍梨飯後鐘。二十年來塵撲面，而今始得碧紗籠。」[一]

案：此則出《唐摭言》卷七。又見《詩話總龜》前集卷二十四引。

[校]

[一] 此則原本屬上，據《唐摭言》分。

十三

苗臺符六歲能屬文[一]，十六歲及第。張讀亦幼擅詞賦，年十八及第。同年進士，同佐鄭宣州幕。二人常列題於西明寺之東廡，或竊注之曰：「一雙同進士[二]，兩個阿孩兒。」

案：此則出《唐摭言》卷三。又見《詩話總龜》前集卷三十八引。

［校］

［一］「苗」原本作「黄」，據《唐摭言》改。

［二］「同」《唐摭言》作「前」。

十四

大中十年，鄭顥都尉放榜後，請假往東都省親。生徒餞於長樂驛，俄有紀於屋壁曰：「三十驊騮一閧塵，來時不鏁杏園春。楊花滿地如飛雪，應有偷遊曲水人。」

案：此則出《唐摭言》卷三。

十五

何涓，湘陽人[一]，嘗爲《瀟湘賦》，天下傳習[二]。少遊國學，同時有潘緯者，以《古鏡詩》著名。或曰：「潘緯十年吟古鏡，何涓一夜賦瀟湘。」

案：此則出《唐摭言》卷十。又見《詩話總龜》前集卷四引。

【校】

〔一〕「陽」《唐摭言》作「南」。

〔二〕「習」《唐摭言》作「寫」。

十六

長孫無忌以歐陽詢姿形猥陋，嘲曰：「聳髆成山字，埋肩畏出頭。誰言麟閣上，畫此一獼猴。」詢應酬曰：「索頭連背暖，漫襠畏肚寒。祇緣心渾渾，所以麵團團。」太宗聞之，笑曰：「此嘲殊不畏皇后耶？」〔一〕

案：此則出《本事詩》。

【校】

〔一〕此條原本屬上，據《本事詩》分。

十七

武后朝，左司郎中張元一滑稽，時西戎犯邊，武后欲諸武立功，因行封爵，命武懿宗統兵禦之。寇未入塞，懿宗纔逾邠，畏懦而遁。懿宗短陋，元一嘲之曰：「長弓短度箭，蜀馬臨高騙。去賊七百里，隈牆獨自戰。忽然逢着賊，騎豬向南竄。」則天聞之，初未曉。曰：「懿宗無馬耶？何故騎豬？」元一解曰：「騎豬，夾豕也。」則天大笑。

案：此則出《本事詩》。又見《詩話總龜》前集卷四十引。

十八

開元中，宰相蘇味道、張昌齡俱有詩名，暇日相過[一]，互相嘲誚。昌齡曰：「某詩所以不及相公者，爲無『銀花合』故。」蘇《燈夕詩》有「火樹銀花合」之句。味道曰：「子詩雖無『銀花合』，還有『金銅釘』。」昌齡《贈張昌宗詩》有「昔日浮丘伯，今同丁令威」。遂相與拊掌而笑。

案：此則出《本事詩》。又見《詩話總龜》前集卷四十引。

[校]

[一]「過」《本事詩》作「遇」。

十九

中宗時，韋后頗襲武后風軌，中宗漸畏之[一]。内宴互唱《回波詞》，有優人詞曰：「回波爾時栲栳，怕婦也是大好。外面只有裴談，内裏無過李老。」韋后意色自若[二]，以束帛賜之。

案：此則出《本事詩》。

[校]

[一]「畏」原本作「長」，誤，據《本事詩》改。

[二]「若」《本事詩》作「得」。

二十

唐流俗僧道互爭二教優劣[一]，遞相非斥。總章二年，興善寺爲火所焚，尊像蕩盡。東明觀道士李榮嘲之曰[二]：「道善何曾善，言興又不興[三]。如來燒亦盡，唯有一群僧。」

案：此則出《大唐新語》卷十三。又見《詩話總龜》前集卷四十引。

[校]

[一]「二」原本作「三」，據《大唐新語》改。

[二]「榮」原本作「崇」，據《大唐新語》改。

[三]「言興又」《大唐新語》作「云興遂」。

二十一

晉宋以還，尚書省置員外分判曹事。唐朝彌重是選[一]。舊例，郎中不歷員外選者，謂之「土山頭」。景隆中，趙謙光自彭州司馬入爲大理正，遷戶部郎中，賀陟爲員外，戲嘲之曰：「員外從來美，郎中望最優[二]。誰言粉署裏，翻作土山頭。」謙光酬之曰：「錦帳隨時設[三]，金爐任意薰。唯慚員外置[四]，不應列星文。」

案：此則出《大唐新語》卷十三。又見《詩話總龜》前集卷三十八引。

［校］

［一］「是選」《大唐新語》作「其還」。

［二］「最」《大唐新語》作「不」。

［三］「時」《大唐新語》作「情」。

［四］「置」《大唐新語》作「署」。

二十二

唐租庸使元載重斂，州縣視其簿錄其產而中分之，甚者十八九，時人謂之「白著」，言其厚斂無名。其所著者，皆公然明白無嫌避。渤海高雲有《白著歌》云：「上元官吏務剝削，江淮之民多白著。」

案：此則出《春明退朝錄》卷下。又見《詩話總龜》前集卷三十七引。

二十三

撫人饒餗馳辯逞才，熙寧免解失意，朝廷方議青苗法，沮議交上。大丞相閉閤不視事，饒將出京，以絶句投丞相曰：「又還垂翅下煙霄，歸指臨川去路遥。三畝荒田都賣卻[一]，要錢準備納青苗。」丞相贈之十千[二]。丞相與餗乃同鄉人也。

案：此則出《湘山野録》卷下。

【校】

[一]「三」《湘山野録》作「二」。

[二]「千」下《湘山野録》有「金」字。

二十四

舊制，三班奉職，月俸七百驛券、肉半斤。祥符中，有人題於驛舍曰：「三班奉職實堪悲，卑賤孤寒即可知。七百料錢何日富，半斤羊肉幾時肥。」朝廷聞之曰：「如此何以責廉隅。」遂增全俸。

案：此則出《墨客揮犀》卷一。又見《詩話總龜》前集卷四十引。

二十五

孫魴，南昌人，與沈彬遊李建勳門，爲詩社友。彬爲人口辯，評校人詩句。時魴有《夜坐詩》，爲時輩所稱。建勳先匿魴於齋中，彬至，因問彬曰：「魴之爲詩何如？」彬曰：「魴之言非有風雅之體，乃田舍翁火爐頭之作，何足道哉？」魴聞之〔一〕，突出讓彬曰：「公比魴爲田舍翁，無乃太過乎？」彬答曰：「子有《夜坐》句云：『畫多灰漸冷，坐久席成痕。』非田舍翁而何？」闔坐皆大笑。

案：此則出《江南野史》卷七。

〔校〕

〔一〕「魴」原本作「予」，誤，據《江南野史》改。

二十六

蕭彭年，大中祥符初與晁內翰、王丞相四人同知貢舉，省榜出，其甥不與選中，遂入其第，會彭年未下，於機上得黃勅，題其背曰：「彭年頭腦太冬烘，眼似朱砂鬢似蓬。紕繆幸叨三字內，荒唐徒與四人中〔一〕。放他權勢欺明主，落卻親情賣至公。千百孤寒齊掩淚〔二〕，斯言無路逢堯聰〔三〕。」彭年抱勅入奏真皇，久之，終不之罪。

案：此則出《江南野史》卷七，又見《詩話總龜》前集卷三十七引。

【校】

[一]「徒與」《江南野史》作「仍預」。

[二]「掩」《江南野史》作「灑」。

[三]「逢」《江南野史》作「入」。

二十七

顧況雅以詩名自重，嘗道服攜笻野步。有一士子下馬登峻坡，因口占云：「下馬上山阿。」下句不屬久之，況徐曰：「風來屎氣多。」士子回視叱之曰：「道士不得無禮。」況應曰：「顧況。」士子遂無詞而去。

案：此則出《北夢瑣言》卷七。

二十八

柳棠謁梓帥楊汝士尚書，因赴社宴，楊公逼以魚觥[一]，棠堅不飲，楊公口占一絕曰：「文章謾道能吞鳳，杯盞何曾解吃魚。今日梓州陪社會[二]，定應遭者老尚書。」棠應聲曰：「未向燕臺逢厚禮，幸陪社會接餘歡。一魚吃了終無愧，鯤化爲鵬也不難。」

案：此則出《唐摭言》卷十三。

［校］

［一］「魚鱿」《唐摭言》作「巨杯」。

［二］「會」《唐摭言》作「宴」。

二十九

天聖中修國史，王安簡、謝陽夏、李邯鄲、黄唐卿爲編修官，安簡神情沖淡，唐卿刻意篇詠，謝、李嘗戲爲一聯曰：「王貌閑於鶴，黄吟苦似猿。」

案：此則出《春明退朝錄》卷中。

三十

李商隱員外依彭陽令狐楚，以箋［一］奏受知。後其子綯有韋平之拜［二］，浸疏商隱。重陽日，義山造其廳事，留題云：「十年泉下無消息，九日樽前有所思。」「郎君官重施行馬，東閣無因再得窺。」綯睹之慚恨，扃閉此廳，終身不處。

案：此則出《北夢瑣言》卷七。又見《詩話總龜》前集卷三十八引。

【校】

[一]「箋」原本作「踐」，據《北夢瑣言》改。

[二]「絢」原本作「洵」，誤，據《北夢瑣言》改，下同。

三十一

方干姿態山野而更缺唇，然性好淩侮人。有龍丘李主簿者，偶於相知坐上見干，與之杯酌。龍丘目有翳，干改令以譏之曰：「措大吃酒點鹽，將軍吃酒點醬。只見門外着籬，未見眼中安帳[一]。」龍丘答曰：「措大吃酒點鹽，下人吃酒點鮓(干吃鮓)[二]。只見半臂着欄[三]，未見口唇開胯[四]。」一坐大笑。

案：此則出《唐摭言》卷十三。

【校】

[一]「帳」《唐摭言》作「障」。

[二]「下」原本作「個」，據《唐摭言》改。

[三]「半」《唐摭言》作「手」。

[四]「胯」《唐摭言》作「[巾誇]」。

三十二

裴筠婚蕭楚女，言定未幾，擢進士第。羅隱以一絕刺之云：「細看月輪還有意，信知青桂近嫦娥。」

案：此則出《唐摭言》卷九。又見《詩話總龜》前集卷三十八引。

三十三

文潞公嘗言，洛中有一士人在憂服中游狎者，坐中有一同人嘲之曰：「鴛鴦未老頭先白。」嘲者素患六指，憂服者應聲答曰：「螃蟹緣生足便多。」詩人以爲名對。

案：此又見《詩話總龜》前集卷四十一引。

三十四

崔櫓酒後失禮於虔州陸郎中，以詩謝之曰：「醉時顛蹶醒時羞，麴蘖催人不自由。叵耐一雙窮相眼，不堪花卉在前頭。」

案：此則出《唐摭言》卷十二。又見《詩話總龜》前集卷四十一引。

三十五

林逋傲許洞，洞作詩嘲之，人以爲中的。「寺裏掇齋饑老鼠，林間咳嗽病獮猴。豪民送物鴟伸頸[一]，好客窺門鼈縮頭。」

案：此則出《江鄰幾雜誌》。又見《詩話總龜》前集卷三十八引。

[校]

[一]「鴟」《江鄰幾雜誌》作「鵝」。

三十六

章德象相性簡靜，嘗主文，出《人爲天地心賦》。舉子曰：「先朝開封曾出此題。」章遽別出一題，曰《教猶寒暑》，既非致思，舉子又上請：「題出《樂記》，此教乃樂教也，當用樂否？上在亮陰而用樂事，恐非便。」紛紜不已。無名子嘲之曰：「武成廟裏沽良玉（武成試《良玉不琢》），夫子門前弄簸箕（國學試《良弓之子必學爲箕》）。惟有主司章德象，往來寒暑未曾知。」

案：此則出《江鄰幾雜誌》。又見《詩話總龜》前集卷三十八引。

三十七

閩人黄通累舉不第，後該恩歷官數任，年及耳順，鎖廳應舉，或嘲之曰：「剩員呈武藝，老妓舞《柘枝》。」[一]

案：此又見《詩話總龜》前集卷四十一引。

〔校〕

〔一〕此則原本屬上，據《詩話總龜》分。

三十八

韓浦、韓洎，唐滉之後。浦善聲律，洎爲古文。洎嘗輕浦，語人曰：「吾兄爲文，譬如繩樞草舍，聊可庇風雨。吾之爲文，是造五鳳樓手。」會有人遺浦蜀箋，浦以寄洎，因題一絶云：「十樣花箋出益州，寄來新自浣溪頭。老兄得此全無用，助爾添修五鳳樓。」

案：此則出《楊文公談苑》。又見《詩話總龜》前集卷四十引。

三十九

高宗朝，李義府嘗賦詩曰：「鏤月爲歌扇，裁雲作舞衣。自憐回雪態，好取洛川歸。」有棗強尉張懷慶好竊人文章，有詩曰：「生情鏤月爲歌扇，出性裁雲作舞衣。照鏡自憐回雪態，來時好取洛川歸。」時人爲之語曰：「活剝張昌齡，生吞郭正一。」

案：此則出《大唐新語》卷十三。又見《詩話總龜》前集卷四十一引。

四十

韓吏部作《軒轅彌明傳》云：嘗與文友會宿，有老道士，形貌怪異，自通姓名求宿，言論甚奇。既飲酒，衆度其必不留意於詩，因聯句詠爐中石罌，將以困之。首唱曰：「妙匠琢山骨，刳中事調烹。」至彌明，自云不善俗書，人多不識，乃遣人執筆硯吟曰：「龍頭縮囷蠢，豕腹脹膨脝。」坐客盡驚，會人思竭[一]，不能復續，彌明連足之。坐中有欲吟[二]，其聲淒苦，彌明詠中譏侮之曰：「仍於蚯蚓竅，更作蒼蠅聲。」須臾倚壁睡，而鼻息如雷。坐客異且畏之，各就寢，遂失所在。

案：此則出《本事詩》。又見《詩話總龜》前集卷三十八引。

【校】

[一]「竭」原本作「渴」，誤，據《本事詩》改。

[二]「欲」《本事詩》作「微」。

四十一

南唐徐融《夜宿金山詩》[一]，有「淮舡分蝗點，江市聚蠅聲。」烈祖性嚴忌，宋齊丘譖之，以竹籠沉於京口。

案：此則出《江表志》卷一。又見《詩話總龜》前集卷三十一引。

[校]

[一]「徐融」《江表志》作「嚴球」。

四十二

宋尚書判館事，督諸館職必至，而刁景純或數日不至[一]。宋使人邀之，加之譙讓。王原叔改杜工部《贈鄭廣文詩》云[二]：「景純過官舍，走馬不曾下。驀地趨朝歸[三]，便遭官長罵。」

案：此則出《補夢溪筆談》卷三。又見《詩話總龜》前集卷四十一引。

[校]

[一]「刁」原本作「刀」，據《補筆談》改。

[二]「原」原本作「元」，據《補筆談》改。

〔三〕此句《補筆談》作「忽地退朝逢」。

四十三

「柳州柳刺史，種柳柳江邊〔一〕。柳館依然在，千尋柳拂天。」後南卓中丞至黔南，故人嘲之曰：「黔南南太守，南郡在雲南。閑向南亭畔〔二〕，南風變俗談。」

案：此則出《雲溪友議》卷中。又見《詩話總龜》前集卷四十一引。

【校】

〔一〕此二句原本無，據《雲溪友議》補。

〔二〕「畔」《雲溪友議》作「醉」。

四十四

光化中，羅隱佐兩浙幕，同院沈嵩得新榜封示隱，隱批一絶紙尾曰：「黄土原邊狡兔肥，犬如流電馬如飛〔一〕。灞陵老將無功業，猶憶當時夜獵歸。」

案：此則出《唐摭言》卷十。又見《詩話總龜》前集卷三十八引。

［校］

［一］「犬」《唐摭言》作「矢」。

四十五

兵部李相濤，唐宗室子，自河陽令一舉狀元及第。小字社翁，每於班行中多自名焉［一］，其坦率如此。翰林學士月給内醞，兵部嘗因春社寄翰林一絶云：「社翁今日沒心情，爲乞治聾酒一瓶。惱亂玉堂將欲遍，依稀循到第三廳。」

案：此又見《詩話總龜》前集卷四十一引。

［校］

［一］「班行」原本作「斑竹行」，誤，據《詩話總龜》改。

四十六

貞元元年［一］，太府卿韋渠牟、金吾李齊運、度支裴延齡、京兆尹嗣道，皆承恩寵，薦人多得名位。時劉師老、穆寂皆應科目，渠牟主穆寂，齊運主師老。會齊運朝對，上嗟其羸弱，許以致仕，而師老失據。無名子曰：「太府朝天升穆老［二］，尚書倒地落劉師。」劉禹錫曰：「名場嶮巇如此。」

案：此則出《劉賓客嘉話録》。又見《詩話總龜》前集卷三十八引。

【校】

[一]「元年」《劉賓客嘉話録》作「末」。

[二]「府」原本作「尉」，據《劉賓客嘉話録》改。

四十七

王隨入相而病已甚，尤好釋氏。時獻嘲者曰：「誰謂調元地，翻成養病坊。但見僧盈室，寧知火燎房[一]。」

案：此則出《江鄰幾雜誌》。

【校】

[一]「知火燎」《江鄰幾雜誌》作「憂火掩」。

四十八

顔師古注「霍去病穿城踏鞠」云：鞠以皮爲之，實以毛，蹴踏爲戲也。顔時鞠乃如此，至後唐已不同矣。歸氏子弟嘲皮日休云[一]：「八片尖斜砌作毬[二]，火中燖了水中揉。一包閒氣如常在，惹蹋招拳卒未休。」

案：此則出《中山詩話》。又見《詩話總龜》前集卷四十一引。

【校】

［一］「嘲」原本作「朝」，誤，據《中山詩話》改。

［二］「斜」《中山詩話》作「皮」。

四十九

後唐元宗嗣位，李建勳出帥臨川，歸拜司空，累表乞致仕。自稱鍾山公，詔授司徒，不起。學士湯悅致狀賀之，建勳以詩答曰：「司空猶不許［一］，那敢作司徒。幸有山公號，如何不見呼。」先是，宋齊丘自京口退歸青陽，號九華先生，未期，一徵而起，時論少之。建勳年德尚強，時望方重，或有以宋公比之者，因爲詩曰：「桃花流水須相信，不學劉郎去又來。」

案：此則出《江表志》卷中。又見《詩話總龜》前集卷十八引。

【校】

［一］「許」《江表志》作「受」。

五十

仁廟朝，御試《山海爲天地之藏賦》，放榜日，潭州進士程説[一]，同學究出身[二]，謁鄉人胥偃内翰，因舉其賦，胥曰：「子賦頗佳，但其間鐵故事少耳[三]。」説歸爲詩曰：「紫宸較藝甚英聰[四]，作賦方知尚欠功。事内少他些子鐵[五]，殿前贏得一堆銅。黄紬被下夫人暖，青瑣窗中學士空。寄語友朋須細認[六]，主司頭腦太冬烘。」時都下甚傳其詩。

案：此又見《詩話總龜》前集卷四十一引。

〔校〕

〔一〕「程」《詩話總龜》作「陳」。

〔二〕「學究」《詩話總龜》作「進士」。

〔三〕「鐵」《詩話總龜》作「貼」。

〔四〕「甚」《詩話總龜》作「集」。

〔五〕「事」原本作「賦」，據《詩話總龜》改。

〔六〕「友」《詩話總龜》作「交」。

五十一

潁上常夷甫處士[一]，以行義爲士大夫所推，近臣屢薦之，朝廷命之官，不起。歐陽公晚年治第於潁，久參政柄，將乞身以去潁，未得謝，而思潁之心日切，嘗有詩云：「疏星牢落曉光微，月落蒼龍闕角西。玉勒爭門隨仗入，牙牌當殿報班齊。羽儀雖接鴛兼鷺，情性終同鹿與麋。笑殺汝陰常處士，十年騎馬聽朝雞。」後公既還政，而處士被詔赴闕，爲天章閣待制，日奉朝請。有輕薄子改公詩以戲之曰：「卻笑汝陰常處士，幾年騎馬聽朝雞。[二]」

案：此則出《澠水燕談錄》卷十。

〔校〕

[一]「潁」原本作「穎」，誤，兹改之，下同。

[二]《澠水燕談錄》作「卻笑汝陰歐少保，新來處士聽朝雞」。

五十二

韋蟾左丞至長樂驛亭，見李湯給事題名，索筆題於其側曰：「渭水春山照眼明[一]，希仁何事寡詩情[二]。只應學得虞姬婿，書字才能記姓名。」

案：此則出《唐摭言》卷十三。又見《詩話總龜》前集卷三十八引。

[校]

[一]「春山照眼」《唐摭言》作「秦山豁眼」。

[二]「希仁」《唐摭言》作「笑人」。

第四卷

紀贈

一

魏野《贈萊公詩》云：「有官居鼎鼐，無宅起樓臺。」及上即位，北使至，賜宴，唯兩府預焉。北使歷視坐中，問譯者曰[一]：「孰是『無宅起樓臺』相公？」坐中無答，丁謂令譯者相謂曰：「上初即位，南方須大臣鎮撫，寇公往撫南夏，非久即還。」

[箋] 案：此則出《東軒筆錄》（《類苑》卷十一引）。又見《詩話總龜》前集卷十七引。

［校］

［一］「譯」原本作「驛」，誤，據《東軒筆錄》改。下同。

二

相國王溥二十六歲狀元及第，後六年拜相，時年三十二。又四年，加守司空，年三十六。又六年，以一品守太子少保，時年四十二。歸班猶在具慶下公相府。時座主少保王公仁裕猶在，公以機務少暇，遇休沐，方得候謁，申門生之敬。少保王公嘗有詩寄相國云：「一戰文場拔趙旗，便調金鼎佐無爲。白麻驟降恩何極，黄髪初聞喜可知。校敕按前人到少，築沙隄上馬歸遲。立班始得遙相見，親洽爭如未貴時。」

三

周世宗征淮南，王師圍壽春，翰林學士陶穀使吴越，惟學士王著一人在翰苑。李相時爲主客員外郎知制誥，遂有北門之召，遷屯田正郎。丞相范質、端明殿學士竇儀俱賦詩賀之。范云：「翰苑重徵李謫仙，詞鋒穎利勝龍泉。朝趨津禮霞烘日［一］，夜直承明月印天。聖主重知緣國士，相君多喜爲同年［二］。青春才子金門貴，蜀錦新袍奪目鮮。」竇云：「廄馬牽來歷歷嘶，馬蹄隨步躡雲梯。新銜錦帳連三字，舊制星垣放五題。視草健毫從帝選[三]，受降恩詔待君批。仙才已在神仙地，逢見劉晨爲指迷。」

案：此又見《詩話總龜》前集卷二十七引。

〔校〕

[一]「津」《詩話總龜》作「建」。

[二]「君」《詩話總龜》作「公」。

[三]「帝」《詩話總龜》作「席」。

四

諫議竇禹鈞有子五人，俱進士及第。禹鈞懸車，子儀、儼已居華顯，馮道嘗贈禹鈞詩云：「燕山竇十郎，教子有義方。靈椿一樹老，丹桂五枝芳。」儀終翰林學士、禮部尚書，儼終翰林學士、禮部侍郎[一]，侃終起居郎，偁終左諫議大夫、參知政事，僖終左補闕，時人謂之「竇氏五龍」。

案：此則出《玉壺清話》卷二。又見《詩話總龜》前集卷二十七引。

〔校〕

[一]「禮部侍郎」《詩話總龜》作「吏部尚書」。

五

牛僧孺相赴舉時，嘗投贄於劉禹錫，劉對客展讀，飛筆塗竄其文。居三十餘年[一]，劉守汝州，牛已出鎮漢南，枉道汝水，駐旌信宿，酒酣貽詩於劉：「粉署爲郎二十春[二]，向來名輩更無人[三]。休論世上升沉事，且鬥罇前見在身。珠玉會應成咳唾，山川猶覺露精神。莫嫌恃酒輕言語，曾把文章謁後塵。」劉乃悟往年改其文卷，劉遂承意和答曰：「昔年曾忝漢朝臣，晚歲空餘老病身。初見相如成賦日，後爲丞相掃門人。追思往事咨嗟久，幸喜清光語笑頻。猶有當時舊冠劍，待公三日拂埃塵。」

案：此則出《雲溪友議》卷中。又見《詩話總龜》前集卷十四引。

[校]

[一]「三十」《雲溪友議》作「廿」。

[二]「二」《雲溪友議》作「四」。

[三]「向」《雲溪友議》作「今」。

六

馮當世始試於鄉，會主司庸謬，堅欲黜之而已，綴之榜末。時鄂倅南宮誠監試[一]，當拆封寫名，大不平之，奮臂力爭之，竟以魁選。明年廷試[二]，復第一。釋褐除荆南倅，南宫遷潭倅，公以詩寄謝曰：「常思鵬海隔飛翻，曾得天風送羽翰。恩比丘山何以戴，心同金石欲移難。經年空歎音題絕[三]，千里長思道義歡[四]。每向江陵訪遺治[五]，邑人猶指縣題看。」（江陵縣額即君昔日親迹）

案：此又見《詩話總龜》前集卷二十七引。

【校】

[一]「倅」原本作「卒」，據《詩話總龜》改。

[二]「明」原本作「是」，據《詩話總龜》改。

[三]「題」《詩話總龜》作「書」。

[四]「歡」《詩話總龜》作「寬」。

[五]「治」《詩話總龜》作「迹」。

七

黃覺善詩，梅昌言出鎮並門，覺贈詩曰：「五馬雍容出鎮時，都人爭看好風儀。文章一代喧高價，忠直三朝受聖知。帳下軍容森劍戟，門前行色擁旌旗。雲龍古戍黃榆暗，雪滿長郊白草衰。出去暫開貔虎幕，歸來須占鳳皇池。鬢間未有一莖白，陶鑄蒼生固不遲。」梅雅自修飾，容狀偉如，得詩大喜。

案：此則出《中山詩話》。

八

張介以命術遊公卿間，自京師南歸錢塘，士大夫率贈以詩。呂許公、王沂公時方執政，皆有詩。夏鄭公留守南京，爲詩繼二公曰[一]：「上公詩筆重金籯[二]，逋客歸裝一舸輕[三]。莫到青山更招隱，且留賢哲爲蒼生。」

案：此則出《中山詩話》。

【校】

[一]「繼」《中山詩話》作「寄」。

[二]「重金籯」《中山詩話》作「千斤重」。

[三]「逋」原本作「通」，誤，據《中山詩話》改。

九

王貞白寄鄭谷郎中曰：「五百首新詩，緘封寄去時[一]。祇憑夫子鑒，不要俗人知。火鼠重燒布，冰蠶乍吐絲。直須天上手，裁作領巾披。」

［校］

案：此則出《唐摭言》卷十二。又見《詩話總龜》前集卷二十七引。

［一］「去時」《唐摭言》作「與誰」。

十

鄭還古博士東都閒居，與柳將軍甚熟。柳富有妓樂，鄭往來燕飲，與妓笑語，柳不之怪也。鄭將入京，柳餞之，酒酣，鄭贈妓詩曰：「冶豔出神仙，歌聲勝管弦［一］。眼看白紵曲，欲上碧雲天。未擬生裴秀，如何乞鄭玄。莫教金谷水，橫過墮樓前。」柳見詩甚喜曰：「竢榮歸，當遣充賀劄。」及鄭除國子博士，柳乃遣妓入京，至嘉祥驛而鄭已歿，柳聞之悲悼。

案：此則出《盧氏雜説》（《太平廣記》卷一百六十八引）。又見《詩話總龜》前集卷二十三引。

［校］

［一］「勝」原本作「朦」，誤，據《盧氏雜説》改。

十一

梁周翰在太宗朝爲館職，真宗即位，乃除知制誥。柳開贈之詩曰［一］：「九重城闕新天子，萬卷詩書老舍人。」

案：此則出《中山詩話》。又見《詩話總龜》前集卷二十六引。

[校]

[一] 此句《中山詩話》作「贈柳開詩曰」。

十二

蘇子美《贈秘演大師》有「垂頤孤坐若癡虎，眼吻開合無光精。」演頷額方厚[一]，瞻視徐緩，喉音常若鼾睡。演以濃墨塗去「無」字，改爲「猶光精」。子美詬之，演曰：「吾尚活，豈無光精耶？」又曰：「賣藥得錢只沽酒，一飲數斗猶惺惺。」演又抹去。蘇曰：「吾詩何人敢點竄？」演曰：「君之詩出則傳四海，吾不能斷葷酒，爲浮圖罪人，何堪更爲君暴之耶[二]？」

案：此則出《湘山野錄》卷下。又見《詩話總龜》前集卷二十七引。此則原本屬上，據《詩話總龜》分。

[校]

[一]「頷」原本作「領」，據《詩話總龜》改。

[二]「暴」原本作「恭」，誤，據《詩話總龜》改。

十三

元微之自會稽拜尚書右丞，到京未逾月，出鎮武昌。詩贈夫人裴氏曰：「窮冬到鄉國，正歲別京華。自恨風塵眼，長看遠地花。碧幢還照燿，紅粉莫咨嗟。嫁得浮雲婿，相隨即是家。」裴答：「使門初擁節[一]，御苑柳絲新。不是悲殊命，唯愁別近親。黃鶯啼古木[二]，朱履從清塵[三]。想到千山外，滄江正暮春。」

案：此則出《雲溪友議》卷下。又見《詩話總龜》前集卷十七引。

【校】

[一]「使」《雲溪友議》作「侯」。

[二]「啼」《雲溪友議》作「遷」。

[三]「朱履從」《雲溪友議》作「珠履徒」。

十四

南中丞卓初爲拾遺，與崔棐詹事因諫爭出宰，崔支江令，南松滋令，二諫垣牆矯翼[一]，翩翩無所拘束。南嘗以詩贈副戎等曰：「翺翔曾在玉京天，墮落江南路幾千。從事不須輕縣宰，滿身猶帶御爐煙。」

案：此則出《雲溪友議》卷中。又見《詩話總龜》前集卷二十七引。

〔校〕

〔一〕「牆」字原本無，據《雲溪友議》補。

十五

元微之爲御史，鞫獄梓潼，時白尚書在京，與名輩遊慈恩寺，花下小酌，爲詩寄微之曰：「花時同醉破春愁，醉折花枝當酒籌。忽憶故人天際去，計程今日到梁州。」元果至褒城，亦寄《夢遊詩》曰：「夢君兄弟曲江頭，也向慈恩寺裏遊〔一〕。驛吏喚人排馬去，忽驚身在古梁州。」千里神交，若合符節，朋友之道，不其至歟？

案：此則出《本事詩》。又見《詩話總龜》前集卷二十七引。

〔校〕

〔一〕「寺」《本事詩》作「院」。

十六

開成五年，樂和李公榜，於時上在諒闇，新人遊賞，率常雅飲。詩人趙嘏寄贈曰：「天上高高月桂叢，分明三十一枝風。滿懷春色向人動，遮路亂花迎馬紅。鶴馭回飄雲雨外[一]，蘭亭不在管弦中。居然自是前賢事，何必青樓倚碧空。」

案：此則出《唐摭言》卷三。

【校】

[一]「飄」《唐摭言》作「飈」。

十七

張濆，會昌五年陳商下狀元及第，翰林覆考，落濆等八人。趙渭南貽濆詩曰：「莫向春風訴酒杯，謫仙真個是仙才。猶堪與世爲祥瑞，曾到蓬萊頂上來[一]。」

案：此則出《唐摭言》卷十一。又見《詩話總龜》前集卷二十七引。

【校】

[一]「萊」《唐摭言》作「山」。

十八

開成中，楊汝士以戶部侍郎檢校尚書鎮東川，白樂天即其妹婿也。時樂天以太子少傅分洛，戲代内子賀兄嫂曰：「劉綱與婦共升仙，弄玉隨夫亦上天。何似沙哥領崔嫂，碧油幢引向東川[一]。」(沙哥，汝士小字。)又曰：「金花銀椀饒兄用，罨畫羅裙任嫂裁。嫁得黔婁爲妹婿，可能空寄蜀茶來。」

案：此則出《唐摭言》卷十五。又見《詩話總龜》前集卷二十七引。

【校】

[一]「油」《唐摭言》作「汕」。

十九

劉夢得贈歌妓口號云：「唱得梁州意外聲，舊人唯有采嘉榮。近來年少輕前輩，好染髭鬚事後生。」又嘗於杜司空席上醉中吟一絶云[一]：「高髻雲鬟宫様妝[二]，春風一曲杜韋娘。司空見慣渾閒事，斷盡蘇州刺史腸。」

案：此則出《本事詩》。

【校】

[一]「杜」《本事詩》作「李」。

[二]「高髻雲鬟」《本事詩》作「[髟委]鬌」。

二十

李翺尚書在潭州，席上有舞《柘枝》者，顔色慘怛。侍御殷堯藩即席贈詩曰：「姑蘇太守青娥女，流落長沙舞《柘枝》。滿坐繡衣皆不識，可憐紅臉淚雙垂。」因語之，乃故姑蘇韋中丞愛姬所生女也，亞相爲之吁歎。即命更其舞衣，飾以袿襦，遂於賓榻中選士嫁之。舒元輿侍郎聞之，贈李公曰：「湘江舞罷忽生悲，便脱鸞靴出絳幃[一]。誰是蔡邕琴酒客，魏公懷舊嫁文姬。」

案：此則出《雲溪友議》卷上。又見《詩話總龜》前集卷二十四引。

[校]

[一]「鸞」《雲溪友議》作「蠻」。

二十一

陳致雍有文學，老而懷土，後主從之。授秘書監，南歸之日，卿相以下帳飲爲別。吏部侍郎徐公鉉詩曰：「風滿潮溝木葉飛，水邊行客駐驂騑。三朝恩澤馮唐老，萬里鄉關賀老歸。世路已知前事近，半生還笑此心違。離歌不識高堂慶，特地令人淚滿衣。」

二十二

開成中，溫庭筠才名籍甚，不拘小節，識者鄙之。執政間有奏庭筠攪擾場屋，貶隋州縣尉[一]。庭筠之任，文士爭以詩送，惟紀唐夫得其尤。詩曰：「何事明時泣玉頻，長安不見杏園春[二]。鳳皇詔下雖霑命，鸚鵡才高卻誤身。且飲醁醽消積恨，莫辭黃綬拂行塵。方城若比長沙遠，猶隔千山與萬津。」

案：此則出《唐摭言》卷十一。

[校]

[一]「隋」《唐摭言》作「隨」。

[二]「園」原本作「圍」，誤，據《唐摭言》改。

二十三

元載末年，納薛瑤英爲姬，處以金絲帳、卻塵褥，衣以龍綃衣，一襲無一兩。載以瑤英體輕，不勝重衣，於異國求此服也。唯賈至、楊公南與載友善[一]，往往得見其歌舞。賈至贈詩曰：「舞怯銖衣重，笑疑桃臉開。方知漢成帝，虛築避風臺。」（《拾遺記》：「趙飛燕體輕畏風，成帝爲築避風臺。〔一〕公南亦作歌云：「雪面淡蛾天上女，鳳簫鸞翅欲飛去〔二〕。玉釵碧翠步無塵，楚腰如柳不勝春。」

案：此則出《杜陽雜編》卷上。又見《詩話總龜》前集卷二十七引。

【校】

〔一〕「與」字原本無，據《杜陽雜編》補。

〔二〕「鸞」原本作「燕」，據《杜陽雜編》改。

二十四

高士楊夔嘗著《冗書》三卷，馳名於世。唐末下第長安，優遊江左。鄭谷贈一絕云：「散賦《冗書》高且奇〔一〕，不廉仍有百篇詩〔二〕。江湖休灑春風淚，十軸香於桂一枝〔三〕。」

案：此又見《詩話總龜》前集卷二十七引。

【校】

〔一〕「散賦《冗書》」《詩話總龜》作「三復冗書」。

〔二〕「不廉仍有」《詩話總龜》作「不妨仍省」。

〔三〕「軸」《詩話總龜》作「字」。

二十五

柳公綽、武元衡罷相，出鎮西蜀。公綽與裴度俱爲元衡判官，綽先度入爲吏部郎中，度有詩餞別云：「兩人同日事征西，今日君先捧紫泥。」

案：此又見《詩話總龜》前集卷四十三引。

二十六

都官梁昻，漢乾祐中及進士第，知晉州，不受人一錢。太祖欲令知制誥，時宰沮格。其子昭璉亦舉進士，得杭州從事。王化基送以詩曰：「文章換桂雙枝秀，清白傳家兩地貧。」

二十七

天寶樂工李龜年特承顧遇，後流落江南，每遇良辰勝賞，爲人歌數闋。座客聞之，莫不流涕罷酒。故杜工部嘗有詩贈之云：「岐王宅裏尋常見，崔九堂前幾度聞。正是江南好風景，落花時節又逢君。」崔九即崔僕射湜之弟也。

案：此則出《明皇雜錄》卷下。

二十八

韓魏公自中書出鎮相州，於宅後作狎鷗亭，歐陽永叔以詩寄之曰：「豈止忘機鷗鳥信[一]，鈞陶萬物本無心。」魏公喜曰：「予在中書，進退升黜，未嘗置心於其間。永叔可謂知我也。」

案：此又見《詩話總龜》前集卷十五引。

〔校〕

[一]「鷗」原本作「漚」，據《詩話總龜》改。

二十九

貞元十二年，李摯以大宏詞振名，與李行敏同姓，同年登第，又同甲子，俱是二十五歲，又同門。摯嘗答行敏詩曰：「因緣三紀異，契分四般同。」

案：此則出《唐摭言》卷四。又見《詩話總龜》前集卷十七引。

三十

王文穆罷相知杭州，朝士皆有詩，唯陳從易學士詩可取。其詩云：「千重浪裏平安過，百尺竿頭穩下來。」

案：此則出《江鄰幾雜誌》。

三十一

梅聖俞過揚州，宋公序送鵝，作詩謝云：「嘗遊鳳池上，曾食鳳池苹。乞與江湖去[一]，從教養素翎。」宋得詩不懌。

案：此則出《江鄰幾雜誌》。又見《詩話總龜》前集卷三十九引。

〔校〕

〔一〕「與」原本作「於」，據《江鄰幾雜誌》改。

三十二

景祐末，元昊叛，夏鄭公出鎮長安，梅送詩曰：「亞夫金鼓從天落，韓信旌旗背水陳。」時士大夫詩甚多，鄭公獨刻梅詩於石。

案：此則出《中山詩話》。

三十三

皇祐中，館中詩筆唯石昌言、楊休最得唐人風格，一僧攜琴訪之[一]，以詩謝曰：「鄭衛堙俗耳，正聲追不回。誰傳廣陵操，斫盡嶧陽材[二]。古意爲師復，清風尋我來。幽陰竹軒下，重約月明開。」

案：此則出《湘山野錄》卷下。又見《詩話總龜》前集卷二十七引。

【校】

[一]「一僧」《湘山野錄》作「餘」。

[二]「斫」《湘山野錄》作「老」。

第五卷

知遇

一

太祖收並門，凱旋日，范杲爲縣令，叩回鑾進講聖壽[一]詩，有「千里版圖來浙右，一聲金鼓下河東」之句，上愛之，賜一官。

案：此則出《玉壺清話》卷二。又見《詩話總龜》前集卷四引。

[校]

[一]「壽」字原本無，據《玉壺清話》補。

二

金陵胡恢，坐法失官十餘年，老[一]倒貧困，赴調京師。是時韓魏公當軸，恢獻小詩自達。其一聯：「建業關山千里遠，長安風雪一家寒。」公深憐之，令篆太學石經，因得復官。

案：此則出《夢溪筆談》卷十五。又見《詩話總龜》前集卷五引。

〔校〕

〔一〕「老」《夢溪筆談》作「潦」。

三

楊大年二十一歲爲光祿丞，賜及第，太宗極稱愛。三月，後苑曲宴，未帖職不得與，公以詩貽館中諸公曰：「聞説宮花滿鬢紅〔一〕，上林絲管侍重瞳。蓬萊咫尺無因到，始信仙凡迥不同。」諸公不敢匿，即時進呈。上訝有司不即召，左右以未帖職爲奏，即日直集賢院，免謝，令與晚宴。

案：此則出《玉壺清話》卷四。又見《詩話總龜》前集卷四引。

〔校〕

〔一〕「説」《玉壺清話》作「戴」。

四

太宗親征北虜，師還，途中御制詩有「鑾輿臨紫塞，朔野陣雲飛」之句〔一〕，遂寧令何蒙進《鑾輿臨塞賦》、《朔野雲飛詩》[二]，召待嘉賞[三]，授贊善大夫。詩有「塞日穿痕斷，邊鴻背影飛[四]。縹緲隨黃屋，陰沉護御衣。」

案：此則出《玉壺清話》卷八。又見《詩話總龜》前集卷四引。

【校】

[一]「陣」《玉壺清話》作「凍」。

[二]「遂寧令」《玉壺清話》作「遂令」。

[三]「待」《玉壺清話》作「對」。

[四]「鴻」《玉壺清話》作「雲」。

五

唐蘇瓌初未知頲，常使與僕隸雜作。一日，有客詣瓌，候於廳事，頲方擁篲趨庭，遺下文書，客取視之，乃《詠崑崙奴詩》也。其詞曰：「指頭十挺墨，耳朵兩張匙。」客異之，既見瓌，笑語久之。因詠其詩並頲言貌，問瓌：「何人耶？非足下宗族庶孽耶？此蘇氏令子也。」瓌自是稍親之，適有人獻瓌兔，懸於廡間，瓌令頲題詠之，立呈詩曰：「兔子死闌殫，持來挂竹竿。試將明鏡照，何異月中看。」瓌大驚異，驟加顧禮。及上平内難，一夕間制誥絡繹，皆頲出焉，代稱爲小許公云。

案：此則出《開天傳信記》。

六

楊徽之侍讀，太宗聞其詩名，盡索所著。數百奏御[一]，仍獻詩以謝。卒章曰：「十年牢落今何幸，叨遇君王問姓名。」上選其十聯寫於屏間。梁周翰詩曰：「誰似金華楊學士，十聯詩在御屏中。」其十聯有《江行》云：「犬吠竹籬沽酒客，鶴隨苔岸洗衣僧。」《寒食》云：「天寒酒薄難成醉，地迥臺高易斷魂。」《塞上》云：「戍樓煙自直，戰地雨長腥。」《僧舍》云：「偶題岩石雲生筆，閑繞庭松露濕衣。」《湘江舟行》：「新霜染楓葉，皓月借蘆花。」《哭江爲》云：「廢宅寒塘水，荒墳宿草煙。」《嘉陽川》云：「青帝已教春不老，素娥何惜月長圓。」又：「浮花水入瞿塘峽，帶雨雲歸越嶲州[二]。」《元夜》云：「春歸萬年樹，月滿九重城。」《東林寺》云：「開盡菊花秋色老，落遲桐葉雨聲寒[三]。」僧文瑩嘗謂：「楊公必以天池浩露，滌筆於冰甌雪椀中，則方與公詩神骨相附。」

案：此則出《玉壺清話》卷五。又見《詩話總龜》前集卷三引。

[校]

[一]「百」原本作「日」，誤，據《玉壺清話》改。

［二］「雨」原本作「水」，據《玉壺清話》改。

［三］「遲」《玉壺清話》作「殘」。

七

朱昂字舉之，揚歷清貴逾四十年，晚以工部侍郎懇求歸江陵，踰年方允。時方劇暑，恩旨曲留，詔秋涼啓程。時吳淑《贈行詩》有「漢殿夜涼初閣筆［一］，渚宮秋晚得懸車。」錫燕玉津園中，人傳詔令賦詩爲送，李承旨維有「清朝納祿猶強健，白首還家正太平。」陳文惠堯佐「吏部百銜通爵里［二］，送兵千騎過荊門。」弟協亦時同隱，皆享眉壽。家林相接，謂之渚宮二踈。［三］

案：此則出《澠水燕談錄》卷四。又見《詩話總龜》前集卷四十三引。

【校】

［一］「漢」《澠水燕談錄》作「浴」。

［二］「佐」原本作「佑」，誤，茲逕改。

［三］此則原本屬上，據《澠水燕談錄》分。

八

孟賓于，湖湘連上人，與李昉同年擢第。馬氏歸江南，嗣主以爲塗陽令［一］，因贓罪抵死。會李昉遷翰林，聞其縲絏，以詩寄賓于云：「幼攜書劍別湘潭，金榜標名第十三。昔日聲華喧洛下[二]，近年詩句滿江南[三]。長爲邑吏情終屈，縱處曹郎志未甘。莫學馮唐便歸去，明君晚事未爲慚。」後主見詩，遂貸之。

案：此則出《江南野史》卷八。又見《詩話總龜》前集卷二十六引。

【校】

[一]「塗」《江南野史》作「淦」。

[二]「華」《江南野史》作「塵」。

[三]「句」《江南野史》作「價」。

九

唐文皇令李義府詠烏，義府詠曰：「日裏颺朝采，琴中聞夜啼。上林如許樹，不放一枝棲。」上曰：「與卿全樹，何止一枝。」左右羡之。

案：此則出《小説舊聞》。又見《詩話總龜》前集卷五引。

十

吳越司賓使沈韜文，湖州人，有《遊西湖詩》云：「菰米蘋花似故鄉，不是不歸歸未得，好風清月一思量。」王憫其思鄉，授湖州刺史。

案：此又見《詩話總龜》前集卷四引。

十一

扈蒙爲學士承旨，年七十餘，侍宴苑中，賦詩末句云：「微臣自愧頭如雪，也向鈞天侍紫皇。」[一]

案：此則出《玉壺清話》卷七。

［校］

［一］此條《青箱雜記》卷一作李昉。

十二

呂正惠公端使高麗，遇風濤，帆摧檣折[一]，舟人大恐，公恬然讀書，若在齋館。改戶侍平章事，時首臺呂文穆蒙正告老甚切，上燕後苑，作《釣魚詩》賜公，斷章云：「欲餌金鈎深未下，磻溪須問釣魚人。」欲以首宰屬公，公和進曰：「愚臣釣直難堪用，宜問豪梁結網人。」文穆得詩，果冠臺席。

案：此則出《玉壺清話》卷五。

[校]

[一]「摧」原本作「擁」，誤，據《玉壺清話》改。

不遇

一

李白爲翰林供奉，明皇因賞花作樂，欲新詞，遽命李龜年持金花牋宣賜白立進《清平調》辭三章，白欣然。[一]

案：此則出《松窗雜錄》。又見《詩話總龜》前集卷三十一引。

[校]

[一]此下原本闕。

第六卷

激賞

一

郭曖，升平公主婿也。盛會文士，即席賦詩，公主自帷觀之。李端中宴詩成，有「熏香荀令偏憐少，傅粉何郎不解愁」之句，衆稱妙絕。或爲其宿構，端曰：「願賦一韻。」錢起曰：「請以起姓爲韻。」遂有「金埒銅山」之句，曖大出名馬金帛爲贈，是會端爲擅場。

案：此則出《國史補》卷上。又見《詩話總龜》前集卷二十二引。

二

武宗朝，柳公權在内庭，上嘗怒一宫嬪久之，既而復召，顧謂公權曰：「朕怪此人，若得學士一篇，釋然矣。」公權遽進一絶曰：「不分前時忤主恩〔一〕，已甘寂寞守長門。今朝卻得君王顧，重入椒房拭淚痕。」上大悦。

案：此則出《唐摭言》卷十三。又見《詩話總龜》前集卷十七引。

[校]

[一]「分」《唐摭言》作「忿」。

三

何遜字仲言，八歲能詩，沈約嘗謂之曰：「吾每讀卿詩，一日三復，猶不能已。」其爲名流所稱如此。故李義山詩曰：「寄言何遜休聯句，瘦盡東陽姓沈人。」梁天監中爲水部。

案：此又見《詩話總龜》前集卷二十七引。

四

聖宋祥符中，知制誥余恕與楊億語[一]，因出李義山詩集共讀，酷愛其一絶云：「珠箔輕明覆玉墀，披香新殿門腰支。不須看盡魚龍戲，終遣君王怒偃師。」擊節稱歎曰：「古人措詞寓意如此之深妙，令人感慨不已也。」[二]

案：此則出《楊文公談苑》(《苕溪漁隱叢話》後集卷十四引)。又見《詩話總龜》前集卷四引。

[校]

[一]「余」原本作「陳」，據《楊文公談苑》改。「楊」原本作「揚」，亦據改。

[二] 此則原本屬上，據《楊文公談苑》分。

五

李太白初自蜀至京師，賀知章聞其名，首訪之，請所爲文。白出《蜀道難》以示之，知章揚眉稱歎，謂白曰：「公非人間人，豈非太白星精耶？」於是解金貂換酒，盡醉而歸。又見其《烏棲曲》，歎曰：「此詩可以泣鬼神矣。」其詞曰：「姑蘇臺上烏棲時，吳王宮裏醉西施。吳歌楚舞歡未畢，西山猶銜半邊日。金壺丁丁漏水盡，起看秋月墮江波，東方漸高奈樂何。」或云是《烏夜啼》二篇，未知熟是，故兩錄之。其一篇云：「黄雲城邊烏欲棲，歸飛啞啞枝上啼。機中織錦秦川女，碧紗如煙隔窗語。停梭向人問故夫，欲説遼西淚如雨。」

案：此則出《本事詩》。又見《詩話總龜》前集卷四引。

六

憲宗朝，北虜數寇邊，大臣議和親，有五利而無千金之費。上曰：「比聞一士人能爲詩，而姓氏稍僻爲誰？」宰相對以冷朝陽、包子虛，皆非也。上遂吟其詩曰：「山上青松陌上塵，雲泥豈合得相親。世路盡嫌良馬瘦，唯君不棄臥龍貧。千金未必能移姓，一諾從來許殺身。莫道書生無感激，寸心還是報恩人。」侍臣對曰：「此戎昱也。京兆尹李鑾擬以女妻之，令改姓，昱辭焉。」上悅曰：「朕又記得《詠史》一篇云：『漢家青史上，計拙是和親。社稷任明主，安危托婦人。若能將玉貌，便欲靜胡塵。地下千年骨，誰爲輔佐臣。』」上笑曰：「魏絳之功，何其懦也。此人如在，可與朗州，武陵桃源，足稱其吟詠也。」士林榮之。又蘇郁有詩云：「闕月夜懸青塚鏡，塞雲秋薄漢宮羅。君王莫信和親策，生得胡雛虜更多。」

案：此則出《雲溪友議》卷下。又見《詩話總龜》前集卷四引。

七

雄州按撫都監馬稱宣事云：「虜主好白樂天詩，虜中翻書樂天詩誦之，嘗有詩云：『樂天詩集是吾師。』」

案：此又見《詩話總龜》前集卷十七引。

八

裴虔餘咸通末佐李北門淮南幕，嘗遊江，舟人誤以竹篙濺濕近侍衣〔一〕，一公爲變色。虔餘遽請彩牋，獻詩一絕云：「滿額鵝黃金縷衣，翠翹浮動玉釵垂。從交水濺羅襦濕，疑是巫山行雨歸〔二〕。」公覽之極歡，命謳者傳之詩。

案：此則出《唐摭言》卷十三。又見《詩話總龜》前集卷四引。

〔校〕

〔一〕「侍」《唐摭言》作「座」。

〔二〕「疑是」《唐摭言》作「知道」。

九

張祜有《觀獵詩》四句並宮詞，白傅請之，張三作其《宮詞》曰：「故國三千里，深宮二十年。一聲何滿子，雙淚落君前。」後杜牧舍人守秋浦，與祐爲詩酒友，酷愛祐宮詞，以詩贈之曰：「如何故國三千里，虛唱歌辭滿六宮。」又寄張祐曰：「睫在眼前常不見，道非身外更何求。誰人得似張公子，千首詩輕萬戶侯。」

案：此則出《雲溪友議》卷中。

十

楊祭酒嘗見江表士人項斯詩，贈之詩曰：「度度見君詩總好[一]，及觀標格過於詩。平生不解藏人善，到處相逢説項斯。」由此知名。

案：此則出《尚書故實》。又見《詩話總龜》前集卷四引。

【校】

[一]「度度見君」《尚書故實》作「處處見詩」。

十一

柳公權從幸未央宫苑中，上駐輦謂公權曰：「我有一喜事，邊上衣久不及時，今年二月給春衣訖。」公權稱賀。上曰：「單賀未足，卿可賀我以詩。」宫人迫其口進，公權應聲曰：「去歲雖無戰，今年未得歸。皇恩何以報，春日得春衣。」上悦，激賞久之。

案：此又見《詩話總龜》前集卷十七引。

十二

白樂天初舉，名未振，以歌詩謁顧況，況戲之曰：「長安物貴，居大不易。」及讀至《原上草》云「野火燒不盡，春風吹又生」，況歎曰：「有句如此，居天下何難乎。老夫前言戲之耳。」

案：此則出《唐摭言》卷七。又見《詩話總龜》前集卷四引。

十三

唐盧延遜業詩[一]，凡五舉[二]，方登一第。卷中有「狐冲官道過，犬刺店門開」之句，租庸張相每稱之。又有「餓貓臨鼠穴，饞犬舐魚砧」，成中令亦加激賞。又有「栗爆燒氈破，貓跳觸鼎翻」，王先生甚愛之。盧謂人曰：「平生投謁公卿，不意得貓兒狗子力也。」

案：此則出《北夢瑣言》卷七。又見《詩話總龜》前集卷四十一引。

〔校〕

[一]「遜」《北夢瑣言》作「讓」。

[二]「凡五」《北夢瑣言》作「二十五」。

十四

鍾謨，建安人，事江南中主爲要官。顯德中，遣謨奉表稱臣于周，世宗以爲耀州司馬。謨有詩贈州將云：「翩翩歸盡塞垣鴻，殷殷驚開蟄戶蟲[一]。渭北離愁春色早[二]，江南家事戰塵中。還同逐客紉蘭佩，誰聽縲囚奏土風。多謝賢侯扼吾道，免令搔首泣塗窮。」尋授衛尉卿，放還國。作詩以獻曰：「三年耀武群雄伏，一日迴鑾萬國春。南北通歡永無事，謝恩歸去老陪臣。」世宗覽而悅之。

案：此則出《楊文公談苑》。又見《詩話總龜》前集卷二十四引。

【校】

[一]「驚開」《楊文公談苑》作「寒聞」。

[二]「早」《楊文公談苑》作「裏」。

十五

長慶中，元微之、劉夢得、韋楚客同會樂天舍，論南朝興廢，各賦《金陵懷古詩》。劉滿引一杯飲已，一筆而成曰：「王濬樓船下蜀州[一]，金陵王氣黯然收。千尋鐵鎖沉江底，一片降幡出石頭。荒苑至今生茂草，古城依舊枕寒流。而今四海歸皇化，兩岸蕭蕭蘆荻秋。」白公覽詩曰：「四人探驪，子先獲其珠，所餘鱗爪何用。」三公於是罷唱。

案：此則出《鑒誡錄》卷七。又見《類說》卷五十六引。

〔校〕

〔一〕「蜀」《鑒誡錄》作「益」。

十六

丁謂、孫何齊名，翰林學士王禹偁延譽之，嘗言謂與何便可白衣充修撰，由此聲名籍甚。王嘗贈之詩曰：「三百年來文不振，直從韓、柳到孫、丁。而今便合教修史〔一〕，二子文章似六經。」

案：此則出《涑水紀聞》卷二。又見《詩話總龜》前集卷四引。

〔校〕

〔一〕「而今便合教」《涑水紀聞》作「如今便好令」。

十七

杜紫微覽趙渭南卷《早秋詩》云：「殘星幾點雁横塞，長笛一聲人倚樓。」吟味不已，因目之爲

「趙倚樓」。贈嘏詩曰：「命代風騷將，誰登李杜壇。灞陵鯨海動，翰苑鶴天寒。」「今日訪君還有意，三條冰雪借予看。」

案：此則出《唐摭言》卷七。又見《詩話總龜》前集卷四引。

聰悟

一[一]

（前闕）因，萬里碧霄終一去，不知誰是解縧人。[二]

案：此則出《南楚新聞》（《太平廣記》卷一百七十五引）。又見《詩話總龜》前集卷二引。

［校］

[一] 原本此前闕，姑以現存文字作第一則。

[二] 此則《詩話總龜》引錄較全：「崔鉉相爲童時，隨父謁韓滉，指架上鷹令作詩，曰：『天邊心膽架頭身，欲擬飛騰未有因。萬里碧霄終一去，不知誰是解縧人。』」此下《南楚新聞》載：「滉益奇之，歎曰：『此兒可謂前程萬里也。』」

二

南唐烈祖昔在徐溫家，年尚幼，常有燈詩云：「一點分明直萬金，孤光惟怕冷光侵。主人若也勤挑撥，敢向樽前不盡心。」

案：此又見《詩話總龜》前集卷五引。

三

徐鉉弟鍇[一]，詞藻尤贍，十歲，群從燕集，令賦《秋聲詩》，頃刻而就。略曰：「井梧紛墮砌，塞雁遠横空。雨滴莓苔老[二]，風歸薜荔紅。」盡見秋聲。

案：此則出《玉壺清話》卷八。又見《詩話總龜》前集卷二引。

［校］

[一]「鍇」原本作「錯」，誤，據《玉壺清話》改。

[二]「老」《玉壺清話》作「紫」。

第七卷

豪俊

一

玄宗聞太白才名，召入翰林，以其才藻絶人，器識兼茂，欲以上位處之，故未命以官。嘗行幸宮中，顧謂高力士曰：「對此良辰美景，豈得獨以聲伎爲娱哉？儻得逸才詞人詠出之，可以誇耀後世。」遂命召白。時寧王邀白飲，已醉，既至，拜舞頹然。上謂聲律非白所長，命爲宮中行樂五言律詩十首。白頓首曰：「寧王賜臣酒，今已醉，願陛下賜臣無畏，始可盡臣伎〔一〕。」上曰：「可。」即遣二内臣掖扶之，命研墨濡筆以授之。又命二人張朱絲欄於其前，白援筆抒思，略不停綴。十篇立就，更無加點，律度對偶，靡不精絶。其首篇云：「柳色黄金嫩，梨花白雪香。玉樓巢翡翠，金殿宿鴛鴦。選妓隨雕輦，徵歌出洞房。宮中誰第一，飛燕在昭陽。」文不盡録。後以永王招累謫於夜郎，及放還，卒於宣城。杜子美嘗贈詩二十韻，備敘其事，讀其詩，盡得其故迹云。

案：此則出《本事詩》。

【校】

〔一〕「伎」《本事詩》作「薄技」。

二

張方平尚書器宇高爽，以經濟自許。布衣時，常有詩曰：「有客堂堂空兩手，誰人爲借太阿來。與君上決浮雲破，放出陽光萬丈開。」〔一〕張登茂才異等，又登賢良方正科。國朝以來再登制科者，安道一人而已。

【校】

〔一〕此詩又見南宋汪應辰《文定集》卷二十四，似有誤。

三

長安姚嗣宗詩云：「踏破賀蘭石〔一〕，掃清西海塵。布衣能辨此〔二〕，可惜作窮人〔三〕。」韓魏公安撫關中，薦試大理評事。

案：此則出《續湘山野錄》。又見《詩話總龜》前集卷三引。

【校】

〔一〕「破」《續湘山野錄》作「碎」。

〔二〕「辨此」《續湘山野錄》作「效死」。

〔三〕「人」《續湘山野錄》作「麟」。

四

高越爲書生，嘗遊河朔，有牧伯欲以女妻之，越知其意，因書《鷂子》一絶而去。詩曰：「毛骨英靈體性奇，摩空專待整毛衣。虞人莫便張羅網〔一〕，未肯平原淺草飛。」

案：此則出《江南餘載》卷上。又見《詩話總龜》前集卷三引。

【校】

〔一〕「便」原本作「謾」，據《江南餘載》改。

五

張端公伯玉篇什豪邁，名重一時。過姑熟，見李翰林太白留題十詠，歎味久之。於是周遊泉石間，見一泉清澈可鑒，因詢諸人。對曰：「此名明月泉。」公曰：「太白不留題，必留以待我也。」

遂題曰：「至今千丈松，猶伴數峰雪。不見纖塵飛，寒泉湛明月。」

案：此則出《墨客揮犀》卷四。

六

西方琥，東州人也。幼年俊敏，鄭獬榜成名，因期集，白狀元曰：「榜中琥最年少也，乞作探花郎。」公吏前曰：「琥第三甲，合出鋪地錢二十，於今作探花郎，即不復出錢矣。」琥曰：「願出鋪地錢。」毅夫乃從其請。既又言曰：「某末學晚生，未嘗作探花郎詩，願狀元先爲之，以爲楷式。」毅夫信筆而成，其斷句云：「緑袍不怕露痕濕，走入亂花深處來。」琥見詩帖然心伏，欲爲詩勝之，終不能就。而五日進詩之期迫，復見毅夫曰：「大炬之傍，螢火無所見也。一見雅詩，迄今不敢下筆。翌日當進詩，告公代作，可乎？」毅夫笑，乃代爲之斷句云：「朝來已與碧桃約，留住春風不放歸。」聞者稱賞。

案：此則出《翰府名談》。又見《詩話總龜》前集卷十引。

七

石曼卿登第，有人訟科場，覆考落數人，曼卿在其數。時方期集於興國寺，符至，追所賜敕牒袍靴，餘人皆泣而起，曼卿獨解袍靴還使人，露體戴襆頭，笑語終席而去。次日，被黜者例受三班借職，曼卿詩曰：「無才請作三班借，請俸爭如錄事參。從此免稱鄉貢進，且須走馬東西南。」

案：此又見《詩話總龜》前集卷四十一引。

八

白樂天一舉及第，詩曰：「慈恩塔下題名處，十七人中最少年。」時年二十七。

案：此則出《唐摭言》卷三。又見《詩話總龜》前集卷十七引。

九

盧肇，袁州宜春人，與同郡黄頗齊名。頗富於財，肇幼貧，與頗同賦赴舉，同日首塗，郡守獨餞頗於郵亭[一]。明年，肇狀元及第歸，刺史已下接之，大慚。會延肇看競渡，肇即席賦詩曰：「向道是龍剛不信，果然銜得錦標歸。」

案：此則出《唐摭言》卷三。又見《詩話總龜》前集卷三十八引。

【校】

[一]「郵」《唐摭言》作「離」。

十

大和二年，崔郾侍郎東都放榜，西都過堂。杜紫微第五人及第，詩曰：「東都放榜未花開，三十三人走馬回。秦地少年多釀酒，卻將春色入關來。」

案：此則出《唐摭言》卷三。又見《詩話總龜》前集卷十七引。

十一

短李鎮揚州，請章孝標賦春雪，命題於臺盤上[一]。孝標索筆一揮云：「六出花飛處處飄[二]，黏窗拂砌上寒條。朱門到曉難盈尺，儘是三軍喜氣銷。」

案：此則出《唐摭言》卷十三。

〔校〕

[一]「題」原本作「禮」，據《唐摭言》改。

[二]「花飛」《唐摭言》作「飛花」。

十二

寶曆中，楊嗣復相公具慶下繼放兩榜[一]。時先僕射自東洛入覲，嗣復率生徒迎於潼關。既而大宴於新昌里第，僕射與所執坐於正寢，公與諸生坐於兩序。時元、白俱在，皆即席賦詩，惟刑部楊汝士詩後就，元、白覽之失色。詩曰：「隔坐應須賜御屏，盡將仙翰入高冥。文章舊價留鸞掖，桃李新陰在鯉庭。再歲生徒陳賀宴，一時良史盡傳馨。當年踈傅雖云盛[二]，詎有茲賢醉醁醽[三]。」汝士是日大醉，謂諸子曰：「我今日壓倒元、白。」

案：此則出《唐摭言》卷三。又見《詩話總龜》前集卷十七引。

［校］

[一]「公」字原本無，據《唐摭言》補。

[二]「傳」原本作「傳」，誤，據《唐摭言》改。

[三]「賢」《唐摭言》作「筵」。

十三

何扶，太和九年及第，明年再捷三篇，因以一絕寄舊同年曰：「金榜題名墨尚新，今年依舊去年春。花間每被紅妝問，何事重來祇一人。」

案：此則出《唐摭言》卷三。又見《詩話總龜》前集卷十七引。

十四

杜牧之爲御史分司洛陽，時李司徒罷鎮閒居，聲伎爲當時第一。一日開筵，朝士臻赴，以杜嘗持憲，不敢邀致。杜諷坐客達意，願與斯會。李馳書，杜聞命遽來。時會中女妓百餘，皆絕色殊藝。杜獨坐南行，瞪目注視，滿引三卮，問李曰：「聞有紫雲者，孰是？」李指示之，杜凝睇良久曰：「名不虛得，宜以見惠。」李俯首而笑，諸妓亦皆回首破顔。杜又自引三爵，朗吟而起曰：「華堂今日綺筵開，誰喚分司御史來。忽發狂吟驚滿坐，三行紅粉一時回[一]。」意氣閑逸，旁若無人。

案：此則出《本事詩》。又見《詩話總龜》前集卷三引。

【校】

[一]「三」《本事詩》作「兩」。

十五

牧之登科後三年，飲酒狎遊，爲詩曰：「落魄江湖載酒行[一]，楚腰纖細掌中輕[二]。三年一覺揚州夢，贏得青樓薄倖名。」又吟曰：「觥船一棹百分空，十載青春不負公。今日鬢絲禪榻畔，茶煙輕颺落花風。」

案：此則出《本事詩》。又見《詩話總龜》前集卷三引。

[校]

[一]「魄」《本事詩》作「拓」。

[二]「輕」《本事詩》作「情」。

十六

李澣及第於和凝相榜下[一]，後與同任學士。會凝作相，澣爲丞旨，適當批詔，次日於玉堂開凝舊閣[二]，悉取圖書器玩，留一詩於榻，乃歸。詩云：「座主登庸歸鳳闕，門生批詔立鼇頭。玉堂舊閣多珍玩，可作西齋潤筆酬[三]。」人笑其疎縱。

案：此則出《玉壺清話》卷二。又見《詩話總龜》前集卷三引。

[校]

[一]「澣」《玉壺清話》作「瀚」，下同。

[二]「玉」原本作「五」，誤，據《玉壺清話》改。

[三]「酬」《玉壺清話》作「不」。

十七

韓熙載事江南三主，世謂之神仙中人。然簡介不屈，舉朝未嘗拜一人。嚴續僕射以韓有才名[一]，因請撰父神道碑曰：「稱譽取信於人。」珍貨外，仍綴一歌鬟爲潤筆，韓受姬。及文成，但敘譜系品秩及薨葬哀贈之典而已[二]，續慊之，封還，意其改竄。韓亟以歌姝並珍贖還之，臨登車，只寫一絕於泥金雙帶云：「風柳搖搖無定枝，陽臺雲雨夢中歸。他年蓬島音塵斷，留取樽前舊舞衣。」

案：此則出《湘山野錄》卷下。又見《詩話總龜》前集卷十七引。

[校]

[一]「嚴」原本作「韓」，誤，據《湘山野錄》改。

[二]「哀」《湘山野錄》作「褒」。

輕　狂

一

裴思謙狀元及第，作紅箋名紙十數，詣平康里，因宿於里中。詰旦，賦詩曰：「銀缸斜背解鳴瑺，小語偷聲喚玉郎[一]。從此不知蘭麝氣[二]，夜來新惹桂枝香。」

案：此則出《唐摭言》卷三。又見《詩話總龜》前集卷三引。

【校】

[一]「喚」《唐摭言》作「賀」。

[二]「氣」《唐摭言》作「貴」。

二

鄭合敬及第後，宿平康里，詩曰：「春來無處不閑行，楚、閏相看似有情[一]。好是五更殘酒醒，時時聞喚狀元聲[二]。」

案：此則出《唐摭言》卷三。又見《詩話總龜》前集卷三引。

【校】

[一]「似」《唐摭言》作「別」。

[二]「元」《唐摭言》作「頭」。

三

楊汝士尚書鎮東川，其子及第。汝士開宴相賀，營妓咸集，汝士命人與紅綾一匹。詩曰：

「郎君得意正青春，蜀國將軍又不貧。一曲高歌綾一匹，兩頭娘子拜夫人。」

案：此又見《詩話總龜》前集卷三引。

四

朱勰爲縣令，迹甚踈狂。李嗣主嘗誦勰詩一聯云：「好是晚來香雨裏，擔簦親送綺羅人。」

案：此又見《詩話總龜》前集卷三引。

五

潘閬字逍遙，咸平間有詩名，與錢易、許洞爲友，狂放不羈。嘗爲詩云：「散拽禪師來蹴踘，醉拖遊女上鞦韆[一]。」其自敍之實也。

案：此則出《夢溪筆談》卷二十五。又見《詩話總龜》前集卷三引。

【校】

[一]「拖」《夢溪筆談》作「抛」。

六

詩有語病時忌，當避之。劉子儀嘗贈人詩云：「惠和官尚小，師達祿須干。」全用故事，取《孟子》所謂柳下惠聖之和，不羞小官；仲尼曰：師也達，而子張學干祿。或有寫此二句，減去官、師兩字，示人曰：「是蕃僧也，其名達祿須干。」見者大笑。此偶自諧合，無若輕薄子何，非筆力過也。

案：此則出《中山詩話》。又見《詩話總龜》前集卷三十引。

七

方干，桐廬人，幼有清才，爲徐凝所器重。嘗有詩云：「押得新詩草裏論[一]。」反語云「村裏老」，所以誚凝。

案：此則出《唐摭言》卷十。

【校】

[一]「押」《唐摭言》作「把」。

八

江南江爲酷於詩句，初，李主南幸至落星渚，遂遊白鹿園，見壁題一聯云：「吟登蕭寺旃檀閣，醉倚王家玳瑁筵。」因顧左右曰：「吟此詩者，大是貴族。」爲聞之，遂因傲縱。

案：此則出《江南野史》卷十。

九

章孝標及第後，寄淮南李紳相曰[一]：「及第全勝十改官[二]，金湯渡了出長安[三]。馬頭漸入揚州路[四]，爲報時人洗眼看。」李即答一絶箴之：「假金方用真金鍍[五]，若是真金不鍍金。十載長安得一第，何須空腹用高心。」

案：此則出《唐摭言》卷十三。又見《詩話總龜》前集卷三十引。

[校]

[一]「紳」原本作「伸」，誤，據《唐摭言》改。

[二]「改」原本作「政」，誤，據《唐摭言》改。

[三]「渡」《唐摭言》作「鍍」。

[四]「路」《唐摭言》作「郭」。

[五]「鍍」原本作「渡」，據《唐摭言》改。下同。

十

張祜客淮南，幕中赴宴，時杜紫微爲支使，南座有屬意處，索骰子賭酒，牧之微吟曰：「骰子巡巡裏手拈[一]，無因得見玉纖纖。」祜應聲曰：「但知報道金釵落，仿佛還應露指尖[二]。」

案：此則出《唐摭言》卷十三。又見《詩話總龜》前集卷二十三引。

[校]

[一]「巡巡」《唐摭言》作「逡巡」。

[二]「露」原本作「路」，據《唐摭言》改。

第八卷

遷謫

一

開元末，宰相李適之疎直，時譽所歸。李林甫惡之，排誣罷免。朝客輩雖知其無罪，謁問甚希。適之作詩曰：「避賢初罷相，樂聖且銜杯。爲問門前客，今朝幾個來。」林甫愈怒，竟不免。

案：此則出《本事詩》。

二

劉禹錫自屯田員外郎左遷朗州司馬，凡十年始召還。方春，贈看花者詩曰：「紫陌紅塵拂面來，無人不道看花迴。玄都觀裏桃千樹，盡是劉郎去後栽。」其詩不日傳於都下，好事者白於執政，誣其怨憤。他日見時宰，與坐，慰問久之。既而曰：「近者新詩，未免爲累。」不數日，出連州刺史。其自敍云：「貞元二十一年春，余爲屯田員外郎，時玄都觀未有花。是歲牧連州，至荆南，又貶朗州司馬。居十年，召至京師。人言有道士手植仙桃，滿觀盛開，遂有前篇，以識一時之事。既復出牧，於今十四年，始爲主客郎中。重遊是觀，蕩然無復一樹，唯兔葵燕麥動揺春風。因再題二十八字，以俟後遊，時大和二年三月也。」詩曰：「百畝中庭半是苔，桃花淨盡菜花開。種桃道士今何在，前度劉郎今獨來。」

案：此則出《本事詩》。又見《詩話總龜》前集卷三十一引。

三

鼎州甘泉寺介官道之側，泉甚佳，便於漱酌[一]，行客無不留者。寇萊公南遷，題於寺之東楹曰：「平仲經此，迴望北闕，黯然而行。」未幾，丁晉公又過此，題於西楹曰：「謂之酌泉，禮佛而去。」後范諷補之安撫湖南，留題於寺曰：「平仲酌泉方北望[二]，謂之禮佛向南行。煙嵐翠鎖門前路，轉使高人厭寵榮[三]。」

案：此則出《湘山野錄》卷上。又見《詩話總龜》前集卷十七引。

［校］

［一］「湫」原本作「啾」，誤，據《湘山野錄》改。

［二］「方」《湘山野錄》作「回」。

［三］「人」《湘山野錄》作「僧」。

四

贊皇公再貶朱崖，道中詩有「十年紫殿掌洪鈞[一]，出入三朝一品身[二]。文帝寵深陪雉尾，武皇恩重宴龍津。黑山永破和親虜，烏嶺全坑跋扈臣。自是功高臨盡處，禍來名滅不由人。」又《登朱崖郡城》：「獨上高樓望帝京，鳥飛猶是半年程。青山似欲留人住[三]，百匝千遭繞郡城。」

案：此則出《雲溪友議》卷中。又見《詩話總龜》前集卷二十五引。

［校］

［一］「洪」原本作「決」，據《雲溪友議》改。

〔二〕「二」《雲溪友議》作「三」。
〔三〕「似欲」《雲溪友議》作「欲似」。

五

王元之禹偁因撰太祖玉册、徽號，語涉輕誣，黜黄州。時蘇易簡榜下放孫何等進士三百五十三人，奏曰：「禹偁禁林宿儒，累爲遷客，漂泊可念，臣欲令榜下諸生罷期集，綴馬送於郊。」奏可。送過四短亭，諸生拜别於官橋，元之口占一絶付狀元：「爲我深謝蘇易簡，不暇取筆硯。」其詩云：「綴行相送我何榮，老鶴乘軒愧谷鶯。三入承明不知舉，看人門下放諸生。」時諸友親觀望，不敢私近。惟竇元實執其手，哭於閤門曰：「天乎，得非命歟！」公後以詩謝，略曰：「惟有南宫竇員外，爲予垂淚閤門前。」

案：此則出《玉壺清話》卷四。

六

元宗即位，注意藩邸僚舊。相國馮延巳自元帥府掌書記至中書侍郎，遂登相位，時論以其非才冒寵。御史中丞江文蔚因其弟延魯福州之敗，請從退削，上御筆批曰云云。後延巳出鎮撫州，秩滿還朝。因赴内宴，進詩曰：「青娥阿監應相笑，書記登壇又卻回。」

案：此又見《詩話總龜》前集卷四十四引。

七

李德裕太尉頗爲閑素開路[一]，及南遷，或有詩曰：「八百孤寒齊下淚，一時南望李崖州。」

案：此則出《唐摭言》卷七。又見《詩話總龜》前集卷二十六引。

[校]

[一]「閑素」《唐摭言》作「寒畯」。

八

韓偓，天復初，車駕出幸鳳翔，偓以扈從功。返正初，上面許偓爲相。偓奏云：「陛下運契中興，當復用重德鎮風俗。」因薦右僕射趙崇。時梁祖在京，馳入請見[一]，具言崇長短。上曰：「趙崇是偓薦。」偓時在側，梁祖叱之[二]。奏曰：「臣不敢與大臣爭。」上曰：「遽出。」尋謫官閩中。偓有詩曰：「手風慵展八行書，眼暗休看九局圖。窗裏日光飛野馬，案前筠管長蒲盧。謀身拙爲安蛇足，報國危曾捋虎鬚。滿世可能無默識，未知誰擬試齊竽[三]。」

案：此則出《唐摭言》卷六。

[校]

[一]「入」原本作「人」，誤，據《唐摭言》補。

[二]「齊」《唐摭言》作「秦」。

九

韓熙載責授滁州司馬，會恩赴闕，寓居僧寺。給事中常夢錫贈詩曰：「三十年前在此朝，親觀吾子上丹霄。三春省壁鶯遷榜，一字天津馬過橋。別後郤詵傷桂老，亂來王粲逐蓬飄。如今建業無知己，古寺閑僧伴寂寥。」

十

王元之謫黄州，有詩云：「又爲太守黄州去，依舊郎官白髮生。」論詩者尚其質直。元之先謫滁州，謝上表云：「諸縣豐登，若無公事；一家飽暖，全荷君恩。」元之有畫像在滁，歐陽文忠謫官至滁[一]，謁畫像，取表中語爲詩曰：「諸縣豐登少公事，全家飽暖荷君恩。」

案：此則出《東軒筆錄》卷四。

【校】

［一］「陽」字原本無，兹補之。

十一

徐鉉左宦海州，蒯亮爲録事參軍，多與往還。未幾，蒯受代，徐贈之詩云：「昔時聞有蒯先生，二十年來道不行。抵掌曾談天下事，折腰猶忤俗人情。老還上國風光薄，貧裹歸裝結束輕。遷客臨流重惆悵，晚風黄葉滿孤城。」又《謫居舒州贈彭進士芮》云：「賈生去國已三年，短褐閑吟浣水邊。終日野雲生砌下，有時京信到門前。無人與和投湘賦，愧子來浮訪戴船。滿袖新詩好歸去，莫隨騷客醉林泉。」

閒適

一

方干處士號「缺唇先生」［一］，有司以其缺脣，不可與科名，干遂歸鏡湖。《西島閒居詩》曰：「寒山壓鏡心，此處是家林。梁燕欺春醉，岩猿學夜吟。雲連平地起，月向白波沉。猶自聞鐘鼓[二]，棲身何在深[三]。」又曰：「世人如不容，吾自縱天慵[四]。落葉隨風掃[五]，秋梗任水春[六]。花朝連郭霧，雪夜隔湖鐘。身在能無事，頭宜白此峰。」又《述懷》云：「至業不得力，到今猶苦吟。吟成五個字[七]，用破一生心[八]。」

案：此則出《鑒誡錄》卷八。又見《詩話總龜》前集卷四十六引。

[校]

[一]「缺」《鑒誡錄》作「補」。

[二]「鼓」《鑒誡錄》作「角」。

[三]「何」《鑒誡錄》作「可」。

[四]「縱」原本作「任」，據《鑒誡錄》改。

[五]「隨」《鑒誡錄》作「憑」。

[六]「梗」《鑒誡錄》作「粳」。

[七]「個字」《鑒誡錄》作「字句」。

[八]「用」《鑒誡錄》作「使」。

二

戶部侍郎王仁裕累知貢舉，年已高，數子皆早亡，諸孫幼。每諸生至，必延入中堂。公與夫人偶坐，受諸生拜，一如兒孫禮。然後備酒餚，諸生侍坐，或分題联句，未嘗不盡歡。忽一日，生徒畢集，出一詩版，懸於客次曰：「二百一十四門生，春風初長羽毛成。擲金換得天邊桂，鑿壁偷將榜上名。何幸不才逢聖世，偶將疏網罩群英。衰翁漸老兒孫小，異日知誰略有情。」

案：此則出《先公談錄》。

三

王公終於太子少保，七十後精力猶不衰。每天氣和暖，必乘小駟。門生有在京者多侍行，遇有園亭竹樹之處，必燕賞終日，歡醉而歸。暮春，與門生五六人，登繁臺飲酒題詩，抵夜方散。有詩云：「柳陰如霧絮成堆，又引門生上吹臺。淑景即隨風雨去，芳樽宜命管弦催。謾誇列鼎鳴鐘貴，寧免朝烏夜兔催。爛醉也須詩一首，不能空放馬頭回。」其天才縱逸，風韻閒適，皆此類也。[一]

案：此則出《先公談錄》（《類苑》卷三十九引）。

【校】

[一] 此條原本屬上，據《先公談錄》分。

四

陳堯佐康定元年以太子太師致仕，退居鄭圃，尤好詩什。張士遜判西京，以姚黄魏紫並酒饋之，堯佐以詩答曰：「有花無酒頭慵舉，有酒無花眼懶開[一]。正向西園念蕭索，洛陽花酒一時來。」公凡爲絶句，尤極意思，類皆如此。

案：此則出《雲齋廣録》（《類説》卷十八引）。

［校］

［一］「懶」《雲齋廣録》作「倦」。

五

宋郊嘗曰：「白公有『量大嫌甜酒，才高笑小詩』，其獻臣之謂乎。」

案：此條原本屬上，文意不相貫，故别出。

六

張齊賢以司空致仕歸洛，康寧福壽。得晉公午橋莊，鑿渠周堂，花竹映帶，日與故舊乘小車，攜觴遊釣。榜於門曰：「老夫已毀裂冠冕，或公紱垂訪，不敢迎見。」嘗以詩戲故人云：「午橋今得晉公廬，水竹煙花興有餘。師亮白頭心已足，四登兩府九尚書。」公慕唐李大亮爲人，故字焉。

案：此又見《詩話總龜》前集卷四十六引。

七

文潞公居伊洛日，年七十八。同時中散大夫程眴[一]、朝議大夫司馬旦、司封郎中致仕席汝言[二]，皆七十八，嘗爲同甲會，各賦詩。潞公詩曰：「四人三百十二歲，況是同生丙午年。招得梁園爲賦客，合成商嶺採芝仙。清談亹亹風生席，素髮飄飄雪滿肩。此會從來誠未有，洛中應作畫圖傳。」

案：此則出《夢溪筆談》卷十五。

[校]

[一]「眴」當作「珦」，參見胡道靜《夢溪筆談校證》。

[二]「汝」原本作「泫」，誤，據《夢溪筆談》改。

八

退傅張鄧公士遜晚春乘安輿出南熏門，繚繞都城，遊金明池。抵暮，指宜秋而入。閽吏捧牌請官位，退傅書一絕於牌上：「閑遊靈沼送春回，閽吏何須苦見猜。八十老翁無品秩[一]，昔曾三到鳳池來。」

案：此則出《湘山野録》卷中。又見《詩話總龜》前集卷十七引。

[校]

[一]「老」《湘山野録》作「衰」。

九

白樂天以正卿致仕，時裴晉公夜宴諸致仕官，樂天獨有詩曰：「九燭臺前十二姝，主人留醉任歡娛。飄飄舞袖雙飛蝶，宛轉歌喉一索珠。坐久欲醒還酩酊，夜深臨去更踟躕[一]。南山賓客東山妓，此會人間曾有無。」

案：此則出《唐摭言》卷十五。又見《詩話總龜》前集卷二十二引。

[校]

[一]「去」《唐摭言》作「散」。

十

陳文惠年六十餘才爲知制誥，其後至宰相致仕，時年八十。有詩云：「青雲岐路遊將遍，白髮光陰得最多。」園圃作亭榭，號「佚老」。自後士大夫歸老者，往往名亭多以「佚老」云。

案：此則出《中山詩話》。

十一

有一武士，忘其名，志樂閑放，而家甚貧。忽吟一詩曰：「人生本無累，何必買山錢。」遂投檄去，至今尚康寧。

案：此又見《詩話總龜》前集卷四十六引。

十二

呂文靖詩曰：「賀家池上天花寺，一一軒窗向水開。不用閉門防俗客，愛閑能有幾人來。」世多傳之。

第九卷

登覽

一

明皇幸蜀，回次劍門，左右岩壁峭絶，謂侍臣曰：「劍門天險，自古及今，敗亡相繼，豈非在德不在險耶？」因駐蹕題詩曰：「劍閣横雲峻[一]，鑾輿出狩迴。翠屏千仞合，丹障五丁開。灌木縈旗轉，仙雲拂馬來。乘時方在德，嗟爾勒銘材。」至德二年，普安郡太守賈深勒詩於石壁，至今存焉。

案：此則出《開天傳信記》。

[校]

[一]「雲」《開天傳信記》作「空」。

二

宋之問貶黜放還至江南，遊靈隱寺，夜月極明，長廊行吟曰：「鷲嶺鬱岧嶤，龍宮隱寂寥。」下聯搜奇久之，有老僧燭燈坐禪床，問曰：「少年夜深不寐，而吟諷甚苦，何耶？」之問曰：「弟子欲留題此寺，而興思不屬。」僧曰：「試吟上聯。」之問誦之。曰：「何不道『樓觀滄海日，門對浙江潮』？」之問愕然，遂續終篇曰：「桂子月中落，天香雲外飄。捫蘿登塔遠，刳木取泉遙。霜薄花更發，冰輕葉未凋。待入天台路，看余度石橋。」其聯乃一篇警策。遲明訪之，已不見。寺僧曰：「此駱賓王也。」

案：此則出《本事詩》。又見《詩話總龜》前集卷十三引。

三

趙少師初爲進士，客漣水軍，郡守召置門下。數年，少師以館職知漣水軍，後守因名所居爲豹隱堂。曼卿有詩云：「熊非清渭逢何暮，龍臥南陽去不還。年少客遊今郡守〔一〕，蔚然疑在立談間。」於時士大夫留詩甚多，莫有俱者。

案：此則出《中山詩話》。又見《詩話總龜》前集卷十八引。

[校]

[一]「客」《中山詩話》作「官」。

四

慈恩塔有唐人盧宗回一詩頗佳，唐人諸集中不載。詩云：「東來曉日上翔鸞，西轉蒼龍拂露盤。渭水冷光搖藻井，玉峰晴色墮欄干。九重宫闕參差見，百二山河表裏觀。暫輟去蓬悲不定，一凭金界望長安。」

案：此則出《夢溪筆談》卷十四。又見《詩話總龜》前集卷十五引。

五

河中府鸛雀樓三層，前瞻中條，下瞰大河，唐人留詩極多，惟李益、王之涣、暢諸三篇能狀其景[一]。李益曰：「鸛雀樓高百尺牆，汀洲雲樹共茫茫。漢家簫鼓沉流水[二]，魏國山河半夕陽。事去千年猶恨短，愁來一日即知長。風煙並在思歸處，滿目非春亦自傷。」王之涣：「白日依山盡，黄河入海流。欲窮千里目，更上一層樓。」暢諸：「迥臨飛鳥上，高出世塵間。天勢圍平野，河流入斷山。[三]」

案：此則出《夢溪筆談》卷十五。又見《詩話總龜》前集卷十五引。

【校】

［一］「之」原本作「文」，誤，據《詩話總龜》前集卷十五引改。下同。

［二］「簫」原本作「蕭」，據《夢溪筆談》改。

［三］前兩句原本無，據《夢溪筆談》補。

六

長安慈恩寺塔，自開元止大和，名士留題甚衆。迨文宗朝，元、白、劉唱和千百首傳於京師，所止寺觀、臺閣、林亭，向之詩板潛撤去者不可勝數[一]。一日，元、白傳香於慈恩塔下，忽睹章八元留題，命拂去塵埃，吟諷久之。樂天曰：「不謂嚴維出此弟子。」其詩曰：「十層突兀在虛空，四十門開面面風。卻怪鳥飛平地上，自驚人語半天中。回梯暗踏如穿洞，絕頂初攀似出籠。落日鳳城佳氣合，滿城春樹雨濛濛。」

案：此則出《鑒誡錄》卷七。又見《詩話總龜》前集卷十五引。

【校】

［一］「撤」原本作「徹」，據《鑒誡錄》改。

七

江州琵琶亭，前臨大江，左枕盆城[一]，地尤勝絕。過客多留題，唯夏鄭公、梅公儀最佳[二]。夏云：「年光過眼如車轂，職事羈人似馬銜。若遇琵琶應大笑，何須涕淚滿青衫。」梅云：「陶令歸來爲逸賦，樂天謫宦起悲歌。有弦應被無弦笑，何況臨弦泣最多。」又葉氏女詩云：「樂天當日最多情，淚滴青衫酒重傾。明日滿舡無處問，不聞商婦琵琶聲。」人爲刻石柱云。

案：此則出《中山詩話》。又見《詩話總龜》前集卷十五引。

【校】

[一]「盆城」《中山詩話》作「湓浦」。

[二]「鄭」《中山詩話》作「英」。

八

徐騎省鉉晚年於詩愈工，《遊木蘭亭》云：「蘭橈破浪城陰直[一]，玉勒穿花苑樹深。」《病中》云：「向空咄咄頻書字，與世滔滔莫問津。」《謫居》云：「野日蒼茫悲鵩舍，水風陰濕弊貂裘。」

案：此則出《玉壺清話》卷八。

【校】

［一］「橈」《玉壺清話》作「舟」。

九

李集賢建中恬退［一］，在縉紳有逍遙風，爲詩清淡閒暇如其人。《望湖樓詩》曰：「小艇閑撐處，湘天景亦微［二］。春波無限緑，白鳥自由飛。落日孤鴻遠［三］，輕煙古寺稀。時攜一樽酒，戀到晚涼歸。」又《西湖詩》：「漲煙春氣重，貯月夜痕深。」皆此類也。

案：此則出《玉壺清話》卷一。又見《詩話總龜》前集卷十五引。

【校】

［一］「退」原本作「進」，誤，據《玉壺清話》改。

［二］「亦」《玉壺清話》作「物」。

［三］「鴻」《玉壺清話》作「汀」。

十

僧文瑩頃遊郢中一邑，僧壁尚有鄭公文寶詩，親墨在焉。《新亭詩》云：「每到新亭即厭歸，野香紅雨長松園[一]。四簷山色鎖煩暑[二]，一扃棋聲下翠微。水井角巾簪澗月[三]，錦文泉石甃苔磯[四]。近來學得籠中鶴，回避流鶯笑不飛。」又《寒食訪僧》：「客舍愁經百五春，雨餘溪寺綠無塵。金花何處送鞦鼓[五]，粉頰誰家門草人。水上碧桃流片段，梁間歸燕語逡巡。高僧不飲客攜酒，來勸先朝放逐臣。」[六]

案：此則出《玉壺清話》卷八。又見《詩話總龜》前集卷十六引。

【校】

[一]「紅」《玉壺清話》作「經」。
[二]「煩」《玉壺清話》作「繁」。
[三]「水井」《玉壺清話》作「冰片」。
[四]「泉」《玉壺清話》作「拳」。「甃」《玉壺清話》作「砌」。
[五]「送鞦」《玉壺清話》作「鞦韆」。
[六]此則原本屬上，據《玉壺清話》分。

隱逸

一

楚郎中赴官湘東，泊舟金陵。子弟輩遊茅山忘歸，求寓宿所，遠望隱隱有火光，至則一小庵。

少選一僧至，年八九十，而行步輕疾。見諸子，驚曰：「子何至此？」指諸子此去二三里有寺可宿。及抵寺，已暮夜，以茶果聚話。言及庵僧，衆僧驚曰：「固知有此僧，三十年尋究，未嘗見之。」凌晨同往訪之，至其庵，已無人，但於大松上書一絕曰：「數株松樹食不盡[一]，一沼芰荷衣有餘。剛被傍人相問當[二]，老僧今日又遷居。」

案：此則出《摭遺》，《類説》卷三十四引。

【校】

[一]「樹」《摭遺》作「檜」。

[二]「當」《摭遺》作「訊」。

二

魏野處士有詩名，隱于華山草堂。真皇屢召之，不起，再遣使，野聞之，遂留一聯於壁間遯去云：「洗硯魚吞墨，烹茶鶴避煙。」使還，以壁間詩對。上曰：「野不來矣。」遂不復召。

案：此又見《詩話總龜》前集卷四十六引。

三

陳陶，劍浦人，居南昌之西山，少與水曹任畹郎中相善。寄畹詩云：「好向明時薦遺逸，莫教千古吊靈均。」後主即位，知其運祚衰替，遂絕縉紳之望，以修養爲事。故詩曰：「乾坤見了文章懶，龍虎成來印綬踈。」[一]又云：「蟠溪老叟無人用，閑列真梨講六韜[二]。」又「近來世上無徐庶，誰向桑麻識臥龍。」

案：此則出《釣磯立談》。又見《詩話總龜》前集卷四十六引。

【校】

[一]「綬」《釣磯立談》作「語」。

[二]「真」《釣磯立談》作「柤」。

四

僞蜀辛酉歲，有隱迹于淘沙者，不知所從來。戴破帽，攜鐵把[一]、竹畚，多於寺觀閴處坐臥。有進士文谷，遇之於聖興寺，以禮接之。忽誦谷新吟數篇，又詠其自作數篇。其一曰：「九重城裏人中貴，五等諸侯閫外尊。爭似布衣雲水客，不將名字挂乾坤。」

案：此則出《茅亭客話》卷三。又見《詩話總龜》前集卷四十六引。

【校】

[一]「把」原本作「色」，誤，據《茅亭客話》改。

五

唐末蜀川味江山人唐求，放曠踈逸，方外之士也。於吟詠有所得，則將稿撚爲丸，内之大瓢中。後臥病，投瓢江中曰：「斯文苟不沉没，得之者方知吾苦心耳。」瓢至新渠江，有識者曰：「唐山人詩瓢也。」接得之[一]，十纔二三。其《題鄭處士隱居》云：「不信最清曠[二]，及來愁已空。數點石泉雨，一溪霜葉風。業在有山處，道成無事中。酌盡一樽酒，老夫顔亦紅[三]。」《贈行如上人》：「不知名利苦，念佛老岷峨。衲補雲千片，香焚篆一窠。戀山人事少，憐客道心多。日日齋鐘罷，高懸濾水羅。」《題青城范賢觀》：「數里緣山不厭難，爲尋真訣問黄冠。苔鋪翠點仙橋滑，松織香梢古道寒。晝傍緑畦薅嫩玉[四]，夜開紅竈撚新丹。孤鐘已斷泉聲在[五]，風動瑤花月滿壇。」

案：此則出《茅亭客話》卷三。

[校]

[一]「接」《茅亭客話》作「探」。

[二]「不信」《茅亭客話》作「聞説」。

[三]「老」《茅亭客話》作「病」。

[四]「薅」《茅亭客話》作「鋤」。

〔五〕「孤鐘」《茅亭客話》作「鐘聲」。

六

張忠定少時謁陳圖南，遂欲隱居華山。圖南曰：「他人即不可，如公者吾當分半以相奉。然公方有官職，未可議此。其勢如失火家，待君救之，豈宜不赴也。」乃贈詩曰：「自吴入蜀是尋常，歌舞筵終救火忙。乞得金陵養閒散，也須多謝鬢邊蒼。」

案：此又見《詩話總龜》前集卷三十三引。

第十卷

詠古

一

章碣常題焚書坑云〔一〕：「竹帛煙銷帝業虚，昔年曾是祖龍居。坑灰未冷江東亂，劉、項從來不讀書。」人以爲絶唱。

案：此則出《唐摭言》卷十。又見《詩話總龜》前集卷十六引。

【校】

[一]「碣」原本作「竭」，誤，據《唐摭言》改。

二

舒州祖山因芟薙蘿蔓，於壁間得詩刻，乃杜牧之《金陵懷古》。曰：「玉樹歌翻王氣終[一]，景陽鐘動曙樓空[二]。梧楸遠近千家樹[三]，禾黍高低六代宫。石燕拂雲晴亦雨，江豚吹浪夜還風[四]。英雄一去豪華盡，惟有江山似洛中。」[五]

案：此則出《湘山野錄》卷中。又見《詩話總龜》前集卷十六引。

【校】

[一]「翻」《湘山野錄》作「沈」。

[二]「鐘動」《湘山野錄》作「兵合」。

[三]「樹」《湘山野錄》作「塚」。

[四]「吹」《湘山野錄》作「翻」。

[五]此下《湘山野錄》云：「遍閲集中無之，必牧之之作也。又《薛許昌集》中見之。」此則原本屬上，據《湘山野錄》分。

三

宋范文正謫睦州，過嚴陵祠，會吳俗歲祀，里巫迎神，止歌《滿江紅》詞。公曰：「吾不善歌，吟一絕送神曰：『漢包六合網英豪，一介冥鴻惜羽毛〔一〕。世祖功臣三十六〔二〕，靈臺爭似釣臺高。』」〔三〕

案：此則出《湘山野錄》卷中。又見《詩話總龜》前集卷十六引。

〔校〕

〔一〕「介」《湘山野錄》作「個」。

〔二〕「六」字原本闕，據《湘山野錄》補。

〔三〕此則原本屬上，據《湘山野錄》分。

四

唐杜工部失意遊蜀，往來耒陽，依聶使。一日過江上洲中，飲既醉，宿酒家。是夕江水泛漲，爲水漂溺，不知屍之所在。後明皇還南内，詔天下求之。聶使乃積土於江上，奏以子美爲白酒牛炙脹殺。後人過其祠，必爲之感歎，知其非酒炙而死也。僧圓紹過耒陽有詩曰：「賢人失意古來有，牛炙因傷是也無。」高顒宰耒陽，有詩曰：「詩名天寶大，骨葬耒陽空。」又唐賢詩曰：「一夜耒陽雨，百年工部墳。」

案：此則出《摭遺》（《古今事文類聚》前集卷十七引）。又見《詩話總龜》前集卷四十五引。

五

秭歸縣繁知一聞白樂天將過巫山，先於神女祠粉壁大書曰：「蘇州刺史今才子，行到巫山必有詩。爲報高唐神女道，安排雲雨待清詞[一]。」白公睹詩，邀知一曰：「劉夢得理白帝三年，欲留一詩於此，怯而不爲。罷郡經過，悉去千餘詩，止留四篇而已。蓋古今絶唱也。」沈佺期曰：「巫山高不極，合沓奇狀新。闇谷凝風雨[二]，幽崖若鬼神。月明三峽曉[三]，潮落九江春。爲問陽臺客，應知入夢人。」王無競曰：「神女向高唐[四]，巫山下夕陽。徘徊作行雨，婉孌逐荆王。電影江前落，雷聲峽外長。霽雲無處所，臺館曉蒼蒼。」李端曰：「巫山十二峰[五]，皆在碧虚中。回合雲藏日，霏微雨帶風。猿聲寒度水，樹色暮連空。愁向高唐去，千秋見楚宮。」皇甫冉曰：「巫峽見巴東，迢迢出半空。雲藏神女館，雨到楚王宮。朝暮泉聲落，寒暄樹色同。清猿不可聽，偏在九秋中。」

案：此則出《雲溪友議》卷上。又見《詩話總龜》前集卷十六引。

【校】

［一］「安」《雲溪友議》作「速」。
［二］「凝」《雲溪友議》作「疑」。
［三］「曉」《雲溪友議》作「曙」。
［四］「唐」原本作「堂」，據《雲溪友議》改。
［五］「峰」《雲溪友議》作「重」。

六

祥符、天僖中，楊大年、錢文僖、晏元獻、劉子儀以文章立朝，爲詩皆宗李義山，號西崑體。後進傚之，多竊取義山語句。嘗賜百官宴，優人有爲義山者，衣服敗裂，告人曰：「爲諸館職撏撦至此。」聞者大笑。大年《漢武》詩云：「力通青海求龍種，死諱文成食馬肝。待詔先生齒編貝，忍令乞米向長安。」義山不能過也。

案：此則出《中山詩話》。又見《詩話總龜》前集卷十一引。

七

翠微寺在驪山絶頂［一］，舊離宫也，後寺亦廢。有遊者題云：「翠微寺本翠微宫，樓閣亭臺數十重。天子不來僧又去，樵夫時倒一株松。」太宗嘗避暑於此。

案：此則出《楊文公談苑》。

［校］

［一］「頂」原本作「項」，誤，據《楊文公談苑》改。

八

姑蘇臺在吴縣西南三十里，闔閭十年築，五年乃成。高三百丈，廣八十四丈。陳羽題姑蘇詩曰：「憶昔吴王爭霸日，歌謠滿路上蘇臺。三千宫女看花處，人盡臺崩花自開。」郭西二里有夫差廟，拆姑蘇臺木構成。唐陳羽題詩曰：「姑蘇臺上千年木，刻作夫差廟裏神。冠蓋寂寥塵滿座，不知簫鼓樂何人。」

九

青州龍興寺中殿前廡下［一］，西邊有水臺，臺上以架懸一小鼓，相傳乃孟嘗君故宅，鼓乃集客會食之用。余考究，蓋非是，而鼓南壁上有詩一絶云：「千載遺蹤號鼓樓，不知誰是雍門周。區區此飯徒爲爾，唯有雞鳴粗可酬［二］。」不題姓名，亦不知何人作也。

案：此又見《詩話總龜》前集卷三十引。

【校】

［一］「龍」《詩話總龜》作「隆」。

［二］「粗」《詩話總龜》作「客」。

十

張俞，成都人也，蜀中但以賢良稱之，有詩文四卷行於世。其題武侯廟云：「高光如有嗣，吳魏豈勝誅。」又題御愛山云：「可勝亡國恨，猶有愛山心。」又題洞庭湖云：「萬頃碧波看不盡，一拳孤岫望中明。」此皆佳句也。

案：此又見《詩話總龜》前集卷十三引。

感興

一

文宗大和九年誅王涯［二］、鄭注後，仇士良專權，上頗惡之。或登臨遊幸，往往獨語，左右莫敢進問。因題曰:「輦路生秋草[二],上林花滿枝。憑高何限意,無復侍臣知。」

案:此則出《杜陽雜編》卷中。又見《詩話總龜》前集卷四十四引。

[校]

[一]「九」原本作「元」,誤,據《杜陽雜編》改。

[二]「秋」《杜陽雜編》作「春」。

二

韋莊詠南國詩:「南朝三十六英雄,各逐興亡盡此中。有國有家皆是夢,爲龍爲虎亦成空。殘花舊宅悲江令,落日青山吊謝公。止竟霸圖何物在,石麟埋沒臥秋風。」

三

種放少時有《瀟湘感事詩》曰:「離離江草與江花,往事洲邊歎復嗟。漢傅有才終去國,楚臣無罪亦沈沙。淒涼野浦寒飛雁,牢落汀祠晚聚鴉。無限清忠沉浪底[一],滔滔千頃屬漁家。」[二]真皇西祀回洛陽,欲召之,執政沮格,卒不召。是年遂亡,祥符八年。

案:此則出《湘山野錄》卷上。又見《詩話總龜》前集卷二十五引。

[校]

[一]「沉」《湘山野錄》作「歸」。

[二]此下原本屬另條，據《湘山野錄》合。

四

唐元和十三年，士人下第，多爲詩以刺主文，獨章孝標作《歸燕詩》留獻庾侍郎承宣曰：「舊累危巢泥已落，今年故向社前歸。連雲樓閣無棲處[一]，更傍誰家門戶飛。」又歐陽澥亦作燕詩以獻主司鄭愚侍郎云：「翩翩雙燕畫堂開，送古迎今幾萬回。長向春秋社前後，爲誰歸去爲誰來。」

案：此則出《雲溪友議》卷下。又見《詩話總龜》前集卷二十五引。

[校]

[一]「樓閣」《雲溪友議》作「大廈」。

五

天寶中[一]，玄宗乘月登勤政樓，命梨園弟子歌數闋，有歌李嶠詩云：「富貴榮華能幾時，山川滿目淚沾衣。不見只今汾水上，唯有年年秋雁飛。」時上春秋已高，問：「何人詩？」對曰：「李嶠。」因淒然淚下，不終曲而起，曰：「李嶠真才子也。」

案：此則出《本事詩》。

[校]

[一]「中」《本事詩》作「末」。

六

唐曲江，開元、天寶中，旁有殿宇，安史之亂盡圮廢。文宗因覽杜甫詩云：「江頭宫殿鎖千門，細草新蒲爲誰綠。」遂建紫雲樓、落霞亭，歲時賜宴。

案：此則出《春明退朝錄》卷中。

七

盧氏子垂衣中不中第，步出都門，其日寒甚，投逆旅主人，俄有一人續至，附火吟曰：「學織繚綾功未多，亂臨機杼錯抛梭。莫教宫錦行家見，把此文章笑殺他。」盧憶前詩[二]，乃白尚書者，因詰其姓字。曰：姓李氏，世業織綾錦。離亂前屬東宫錦坊，見以薄藝投本行，皆云而今花樣與前不同，不謂伎倆兒以文采求售，不重於世如此。

案：此則出《盧氏雜説》（《太平廣記》卷二百五十七引）。又見《詩話總龜》前集卷二十五引。

【校】

〔一〕「詩」原本作「時」，誤，據《盧氏雜説》改。

八

元稹題黄明府詩序云：「昔年曾於解縣飲酒，余爲觥録事〔一〕，有客後至，數犯酒令，並飛十數觥，逃席而去。醒後問其人，前虞鄉黄丞也。爾後絶不復知。元和四年三月，奉使東川，十六日，至褒城望驛，有黄明府見迎，問其前銜，即曩日逃席者也。因問坐隅，則褒姒所逃之城在其左，諸葛所征之地在其右。感今懷古，作贈黄明府詩曰：『昔年曾痛飲，黄令困飛觥。席上當時走，馬前今日迎。依稀迷姓字，積漸識平生。故友身皆遠，他鄉眼暫明。便邀連榻坐，兼共摘舡行〔二〕。酒思臨風亂，霜稜拂地平。不看深淺酌，貪愴古今情〔三〕。迤邐七盤路，坡陁數丈城。花迎褒姒笑〔四〕，棧想武侯征。一種埋幽石，空閑千載名〔五〕。』」

案：此則出《本事詩》，又見《詩話總龜》前集卷二十五引。

【校】

〔一〕「觥」原本作「解」，據《本事詩》改。

〔二〕「摘」《本事詩》作「剌」。
〔三〕「貪」《本事詩》作「還」。
〔四〕「迎」《本事詩》作「疑」。
〔五〕「空」《本事詩》作「老」。

九

唐張燕公説寄姚司馬云：「共君春種瓜，本期清夏暑。瓜成人已去，失望將何語。」

十

魏瓘侍郎知廣州，子城一角忽頹〔一〕，得一古塼，有四大字云：「委於鬼工。」是魏字。公感其事，大築新之。罷而召還，仲簡待制代之。未幾，儂賊寇廣州，外城一擊而圮，獨子城堅完，民賴以生者。衆賊退，朝廷以公有前知之備，加諫議，再知廣州二年。公以築城之效，自論久不報，有《感懷詩》曰：「羸羸白髮一衰翁，蹤迹年來類短蓬〔二〕。萬里遠歸雙闕下，一身閑在衆人中。螭頭賜對恩雖厚，雉堞論功事已空。淮上有山歸未得，獨揮清涕灑春風。」又有《五羊書事》云：「誰云嶺外無霜雪，何事秋來亦滿頭。」文潞公采詩進呈，加龍閣，尹京。

案：此則出《湘山野錄》卷中。又見《詩話總龜》前集卷二十五引。

【校】

〔一〕「子」原本作「于」，誤，據《湘山野錄》改。

〔二〕「短」《湘山野錄》作「斷」。

十一

南唐元宗割江之後，金陵對岸即是敵境，因遷都豫章。每北望，忽忽不樂。有詩云：「靈槎恩浩蕩〔一〕，老鶴憶崆峒。」又《廬山駐蹕百花亭刊石詩》云：「蒼苔迷古道，紅葉亂朝霞。」並爲佳句。

案：此則出《江表志》卷中。又見《詩話總龜》前集卷二十五引。

【校】

〔一〕「蕩」《江表志》作「渺」。

十二

初，原州自唐以來，陷於黨項，徙治平涼。繼遷之叛，李繼隆、繼和議城古原州，以保障內屬藩部[一]，並力禦賊[二]，是爲鎮戎軍。以隆、和知軍事[三]，幾七八年，内侍張繼能爲鈐轄，題詩於廳壁曰：「夜聞磧外鈴聲苦，曉聽城頭角調哀。不是感恩心似鐵，誰人肯向此間來。」

案：此則出《楊文公談苑》。

【校】

[一]「藩」原本作「番」，據《楊文公談苑》改。

[二]「賊」原本作「戎」，據《楊文公談苑》改。

[三]「隆」原本作「繼」，據《楊文公談苑》改。

十三

張巡守睢陽，嘗賦詩曰：「接戰春來苦，孤城日漸危。合圍侔月暈，分守效魚麗。屢厭黄塵起，時將白羽揮。裹瘡猶出陣，飲血更登陴。忠信應難敵，堅貞自不移。無人報天子，心計欲何施。」又《夜聞笛》：「岧嶤試一臨，虜騎俯城陰。不辨風塵色，安知天地心。營開星月近，戰苦陣雲深。旦夕更樓上，遥聞横笛吟。」

案：此則出《劉賓客嘉話録》。

跋

右《唐宋詩話》一部，僕嘗得之汗漫間，以資窮愁之覽。然其簡篇脱逸，文句舛訛，乃囑友人之朝京師者求購之，而終未得之也。於是盛徵於文章諸老，亦訪於硯席相往還者，余會而考正之，異僅十之一二。辛亥秋，偶謁成侯士元，侯以僕爲有家世文氣之分，從容閑宴，談及《詩話》，僕收之如右。侯曰：「向也余按嶺南時，會以此編刊行，而以多闕文，卒不果焉。爾後勤求考校，已得十之四五，今以子之所藏，可合於余，庶乎篇完字備，可爲成書矣。」僕喜而歸其藏成侯。余之南來月餘，侯以手書付至曰：「此編粗完，君可入梓，以與好事者共之。」僕受而閲之，侯之所得者二十有六紙，而余之所得者半之。皆謄寫而附其次第。其未得者，五卷之第五、第六簡，而六卷同之。十二卷之第七簡，而二十卷同之。十六卷即如第五、第六卷之簡數，而脱其篇首焉，共凡八紙。乃作烏絲欄，書其卷第，姑入其次，以俟博雅者。若其殘文誤字，皆成侯之所手正也。於是告諸吾廣原相國，乃使吳生抄寫淨本，囑尚州姜牧使用烋繡梓。是歲臈月有日，月城仲鈞識。

明鈔本北山詩話

佚名

一

舜之歌曰：「南風之熏兮，解吾民之慍兮。」漢高帝之歌曰：「大風起兮雲飛揚，威加海內兮歸故鄉。」我太祖皇帝之歌曰：「未離海地千山黑，纔到中天萬國明。」與「夕陽如有意，偏傍小窗明」異矣。

二

昭宗云：「安得有英雄，迎歸大內中。」煬帝云：「此處不留儂，別有留儂處。」後主云：「春江花月夜。」「玉樹後庭花。」亡國之音，百代之龜鑒也。

三

唐子西云：「藉令世乏才，何至用仙客。」深得子美「不聞夏殷衰，中自誅褒妲」之旨。予以謂得如仙客已賢相也，至楊國忠則又甚矣。嗚呼，惜哉！

四

韓偓云[一]：「如今方笑東方朔，惟用詼諧侍武皇。」又云：「長卿衹爲《長門賦》，未識君臣際會難。」以爲《香奩集》皆不經語，非也。

［校］

［一］「偓」原本作「渥」，兹改之。

五

邵堯夫詩最達理，有《詠史》數十篇，其賦十六國云：「衣到弊時饒蟣虱，瓜當爛後足蟲蛆。」可謂切題。

六

師川云：「三百六旬了無事，二十四峰常在門。」《過彭澤》云：「其山乃廬阜，其原乃敷淺。」山谷嘗云：「人心如日月，利欲食之既。」劉原父亦云：「仲尼日月也，薄食爲之既。」真六經之鼓吹也。

七

韓文公《贈玉川子》云：「先生抱才須大用，宰相未許終不仕。」公亦三上宰相書。二公之才尚且不遇，況其杪者。予以爲二公得免於禍，幸矣。

八

魏野云：「何時生上相，明日是中元。」江鄰幾云：「五十踐衰境，加我在明年。」

九

舒王《榴花》云：「嫩綠枝頭紅一點，動人春色不須多。」東坡云：「盡道魏徵多嫵媚，人言盧杞是奸邪。」山谷云：「清鑒風流歸賀八，飛揚跋扈付朱三。」此三聯皆無全篇，爲可恨爾。

十

詩人趣尚，當與流俗異乃佳。自非神仙輩流、地位中人難任此責。陳無己云：「學詩如學仙，時至骨自换。」韓子蒼云：「學詩正如初學禪，未悟且遍參諸方。一朝悟罷正法眼，信手拈出即成章。」可與知者道也。

十一

舒王《在龍舒日不雨》云：「巫祝萬端曾不救，只疑天賜雨工閑。」又云：「天下蒼生待霖雨，不知龍向此中盤。」晚年之作云：「誰似浮雲知進退，纔成霖雨便歸山。」詩言志，於此可見。

十二

前輩多夜間觀書，至無膏燭，則積雪聚螢。昌黎公最知此味，故作《短檠歌》云：「燈火稍可親，簡編可卷舒。豈不旦夕念，爲爾惜居諸。」夜静無賓客之擾、念慮之役，校之日力，誠百之也。

十三

永叔作《狎鷗亭》詩云：「豈獨忘機鷗鳥狎，陶鈞萬物盡無私。」韓公以謂知言。夏英公有云：「忘機不管人知否，自有沙鷗信此心。」

十四

東坡欲遷海神廟，楊康功不從，貽定國云：「移書竟不從，定非磊落人。」陳去非作酒官日題壁云：「想見陶靖節，定是英雄人。」

十五

少遊云：「顧同籍湜輩，終老韓公門。」陳無己云：「此時一瓣香[一]，敬爲曾南豐。」今人背馳者多矣，安能半古人也。

【校】

[一]「瓣」原本作「辨」，據《後山集》卷一改。

十六

王元之云：「三百年來文不振，直從韓柳至孫丁。」鄭毅夫《酬盧載》云：「三百年來無作者，杜陵氣象久焦乾。」予締觀孫、丁、盧公詩文，豈足以繼三公之萬一，溢美甚矣。王、鄭輕脱，於此可見。

十七

貫休《上錢司空》云：「郭尚父莫誇塞北，裴中令休説淮西。」張祜云：「賀知章口徒勞説，孟浩然身更不疑。」已兆於江西派矣。

十八

少陵云：「儒冠多誤身。」師川贈杜十云：「儒冠還誤少陵孫。」東坡云：「陛楯諸郎空雨立，故應慚悔不儒冠。」語意出奇，此正合釋氏所謂轉物之理。

十九

魏野謂：「功名蓋世，少有全者。」故《贈寇萊公》云：「好去上天辭將相，歸來平地作神仙。」

萊公竟以貶死。蒭蕘之言，安可忽諸。

二十

荆公有云：「來遊仁者靜，傳詠正而葩。」後來彭器資云：「山如仁者靜，風是聖之清。」唐子西亦云：「佳月明作哲，好風聖之清。」皆不出荆公之意。

二十一

李頎《上裴尹》云：「交舊與群從，十日一攜手。」韋蘇州云：「九日驅馳一日閑，尋君不遇又空還。」希真云：「十日九出身不閑，三好兩惡病相關。」張巨山云：「九日應容一日歸，出門湖水湛清暉。」休沐之日，訪友朋、遊湖山，可謂偷閒滋味勝常閑也。

二十二

「清如夷則三秋律，美似芙蓉八月花。」「清似釣船聞夜雨，壯於軍壘動秋鼙。」山谷用「直若朱絲繩」之義而出於藍，無以復加。居仁效之云：「酒如震澤三春緑，詩似芙蓉五月紅。」予有云：「清如金掌三秋露，壯似錢塘八月潮。」

「未見桃花面皮，先作杏子眼孔。學海波中老龍，聖人門前大蟲。」詩之罪人也。

二十三

汪彦章云：「何不置之青瑣闥，妙語付以烏絲欄。」陳子高亦云：「置之東觀石渠裏，付以赤明龍漢前。」皆用老杜「美人胡爲隔秋水，焉得置之貢玉堂」之意。

二十四

《北征》云：「皇帝二載秋，閏八月初吉。」又云：「二月六夜春水生。」又云：「七月六日苦炎蒸。」韓公云：「元和三年門插子。」賈島云：「三月正當三十日。」皆詩之實録。後人無佳句副之，故久無此作。

二十五

「詞源倒流三峽水，筆陣獨掃千人軍。」詩之豪放也。「王侯與螻蟻，共盡同丘墟。」詩之達道

二十六

也。「夜闌更秉燭，相對如夢寐。」詩之三昧也。

二十七

潘逍遥《登應天塔》云：「下窺已覺紅塵別，低語猶疑碧落聞。」楊大年《數歲》有云：「且可低聲語，恐驚天上人。」盧贊元效之云：「試展眼看疑地盡，且低聲語怕天聞。」豈非此公胸中有所慊乎？何故怕天聞耶。

二十八

魯直云：「挽之不盈寸，推去輒數尺。」謝無逸云：「我老世所憎，百推無一挽。」幼槃云：「詩魔才挽睡魔推，鼻息俄驚吼怒雷。」山谷之言，真有味也。

二十九

聖俞《懷友》云：「況在白蘋洲，而懷石渠署。」又云：「坐想掖垣人，猶如在寥廓。」其意可見。

三十

退之云：「水作青羅帶，山爲碧玉篸。」子厚「海上群峰若劍鋩，秋來處處割人腸。」東坡以爲名對云：「繫悶恨無羅帶水，割愁還有劍鋩山。」佳則佳矣，但繫字可恨耳。

三十一

荆公云：「髪爲感傷無翠葆，眼因多病有玄花。」東坡云：「幸免趨時須以葆，稍能忍事腹如囊。」詩乃二公餘事，而工如此。才氣相埒，故多同耳。

三十二

子美云：「黄四娘家花滿溪。」後人以爲得托不朽。而退之有云：「阿買不識字，頗能書八分。」侍兒也。吴融云：「五陵年少如相問，阿對泉頭一布衣。」僕也。不知「長鬚不裹頭，赤腳老無齒」，何以「春葱樊素手，楊柳小蠻腰」耶。唐人愛押險韻。吴融云：「已被亂蟬催腕晚，更禁涼雨動䙰褷。」白蓮詩也。劉禹錫云：「筆底心由毒，杯中膽不豩。」答樂天也。「豩」字不見於他書。

三十三

少陵云："落日更見漁樵人。"韓致光云："醉唱落調漁樵歌。"

三十四

李遠云："杜宇呼名語，巴江學字流。"徐師川云："昔聞巴字水，今見吉文波。"

三十五

楊巨源云："爲數麒麟高閣上，誰家父子勒燕然。"子蒼云："細將文士從頭數，幾個麒麟閣上人。"

三十六

陶弘景工於詩，而不見於世。但作讖語云[二]："夷甫任散誕，平叔坐論空。豈悟昭陽殿，遂作單于宫。"一一如其言。

[校]

[一]「懺」疑當作「讖」。

三十七

駱賓王好以數對云：「秦地重關一百二，漢家離宫三十六。」時號筭博士。

三十八

「坐中亦有江南客，莫向樽前唱鷓鴣。」初不曉所謂，及觀師曠《禽經》云：「子規啼必北向，鷓鴣飛必南翥。」用此事。

三十九

徐凝《瀑布》云：「千古常如白練飛，一條界破青山色。」樂天稱之，殊不知凝已用太白句云：「萬里野雲白，一條江練明。」聊爲張祜雪恥。

四十

「詩權」出薛許昌，「詩債」出賈常侍，故有「詩債隔年還」之句。

四十一

「筍根稚子無人見。」古樂府有「雉子班」，蓋「沙上鳧雛傍母眠」，可謂切對。今人以「雉子」爲筍，若爾，「鳧雛」當爲沙也。

四十二

詩之説云，不可蹈襲。且曰字字要有來歷。此皆詩病。自換骨法興，詩體方備，典律精奥。若效「行到水窮處，坐觀雲起時」則不可。温岐卿以「玉跳脱」對「金步搖」，令狐綯問之，岐卿云：「出《齊物論》，非僻書也。冀相公燮理之暇，時宜覽古。」綯怒岐卿，遂左遷。故云「悔讀南華第二篇」。予觀後漢繁欽《定情詩》云：「何以致契闊，繞腕雙跳脱。」玉溪生亦云：「羊權雖得金跳脱，温嶠終虚玉鏡臺。」其實訓也，不出《南華經》明矣。

四十三

天子十二閑馬六種，邦國六閑馬四種。舒王云：「駑駘自飽方爭路，騕褭長饑不在閑。」蔡天啓亦云：「將軍不作貳師費，聊取奇毛奉帝閑。」

四十四

《橄欖》云：「待得微甘回齒頰，已輸崖蜜十分甜。」《淮南子》云：「崖蜜，櫻桃也。」子美逸詩云：「崖蜜松花白。」何耶？豈所傳非子美詩耶？

四十五

「長笛一聲人倚樓。」趙嘏詩，時號「趙倚樓」。後來如「鮑孤雁」、「鄭鷓鴣」、「梅河豚」，皆藉茞得名，聖俞則不幸矣。

四十六

少陵云：「白也詩無敵。」太白云：「飯顆山前逢杜甫。」以名酬贈，何耶？馬異亦云：「馬蹄聲特特，去入天子國。借問去是誰，秀才皇甫湜。」少陵云：「遷轉五州防禦使，起居入座太夫人。」牧之云：「元宰相公曾借筯，憲宗皇帝亦留神。」唐人多此格。

四十七

舒王云：「子山清愁一萬斛，右軍白髮三千丈。」山谷云：「多情白髮三千丈，何用霜皮四十圍。」可謂名對。

四十八

「宛馬揔肥春苜蓿，將軍兼領漢嫖姚。」若非事實，亦難用。

四十九

「山下歸來聞好語，野花啼鳥亦欣然。」乃用李賀「沙路歸來聞好語，旱火不光天下雨」之句。

五十

昌黎公之「青蛙聖得知」。汪彥章云：「燈花聖得知。」蛙不聖，所以言聖便覺有味。

五十一

「傾銀注瓦驚人眼。」「瓦」當作「玉」，蓋前句已有「老瓦盆」之語。

五十二

「量大嫌甜酒，才高笑小詩。」「卑枝低結子，接葉暗巢鶯。」雙聲對。

五十三

「寒樹邀棲鳥，晴天卷片雲。」「邀、卷」二字有工。唐文館記：四月，近臣學士兩儀殿飲荼䕷酒，琉璃盤，櫻桃和以香酪。故劉潭州云：「先時櫻熟煩羊酪，遠信梅酸損瓠犀。」又《明皇》云：「黎園法部兼胡部[一]，玉輦長亭又短亭。」公名師道，予大外父也。

【校】

[一]「部」字原本闕，據《西崑酬唱集》卷上補。惟此詩作者署名劉筠。

五十四

蘇黄門己卯生，子瞻目爲卯君。「傾杯不能飲，更待卯君來。」惟此詩作者署劉筠。

五十五

子瞻《次韻周開祖》云：「風定軒窗飛豹脚，雨餘欄檻上蝸牛。」魯直云：「暄景半窗行野馬，雨寒竦竹上牽牛。」可謂暗合。「豹脚」，蚊也。

五十六

陳絢云：「中原莫道無麟鳳，自是皇家結網疎。」又云：「磻溪老叟無人用，閑把香黎教六韜。」如此氣量，不相則仙矣。

五十七

宋公序《西湖》云：「摧頹病守時無用，堪與龜魚作主人。」舒王云：「芙蓉堂下疏秋水，且與龜魚作主人。」優劣可見。

五十八

東坡云：「憶嘗捫虱話悲辛。」李漢老云：「虱處褌中人閱世。」詩人苦思，没放過底事爾。

五十九

子瞻云：「凍吟冰柱憶劉叉。」漢老云：「作碑金盡付劉叉。」

六十

李端云：「焚香荀令偏憐小[一]，傅粉何郎不解愁。」山谷云：「露濕何郎試湯餅，日高荀令炷爐香[二]。」風流和氣可掬。

【校】

[一] 此李端《贈郭駙馬》。「荀令」原本作「荀冷」，誤，據《全唐詩》卷二百八十六改。

[二]「荀」原本作「荀」，誤，茲改之。

六十一

陳去非云：「去國衣冠無態度。」希真云：「衰年久客顔色短。」朱、陳達者，未免蒂芥。

六十二

《京口》云：「喜入江南第一州。」《廣陵》云：「醉入淮南第一州。」皆沈存中語。

六十三

責籍及致仕半俸，法中合於酒務榨袋錢内支。故東坡《黄州詩》云：「只慚無補絲毫事，尚費官家壓酒囊。」

六十四

子瞻《西池放魚》云：「濊濊潑潑須臾間，圉圉洋洋尋丈外。」《水車》云：「翻翻聯聯銜尾鴉，犖犖確確脱骨蛇。」魯直《雪》云：「夜聽疎疎還密密，曉看整整復斜斜。」唐子西云：「只今擾擾膠膠事，正坐奇奇怪怪文。」古無此格。

六十五

陳去非《岳陽樓》云：「落日君山元氣中。」人多稱之。乃用方干「山盤元氣水涵空」之句。

六十六

「那知風雨夜，復此對床眠。」今多作「寧知風雪夜」，何也？

六十七

山谷云：「管城子無食肉相，孔方兄有絶交書。」玉父效之云：「此國非燕南趙北，我琴無濮上桑間。」吕居仁云：「望大趙書如渴驥，憶老汪膠無續弦。」潘邠老亦云：「封胡羯末謝，餉鼂玉鴻洪。」

六十八

子美不喜淵明詩，而多用鮑照語。於照則曰「俊逸鮑參軍。」於潛則曰「未必能達道」。太白集中無與少陵詩，而於孟襄陽唱酬。李、杜尚如此，真逆旅主人之二妾也。

六十九

東坡云：「共成一百八十歲，各飲三萬六千場。」陳子高云：「從今四百八十寺，與子三萬六千場。」又云：「安得二頃五十畝，與子三萬六千場。」王云：「可憐三萬六千日，常作東西南北人。」「一百五日寒食雨，二十四番花信風。」師川作。

七十

謝宣城云：「澄江靜如練[一]。」康樂云：「池塘生春草。」吳武陵云：「楓落吳江冷。」薛道衡云[二]：「空梁落燕泥。」此皆名世之語，方知古人不難到，但勉之而已。

【校】

[一]「靜」原本作「淨」，誤，茲改之。

[二]「道」原本作「元」，誤，茲改之。

七十一

彥章自翰苑出知臨汝，贈向伯恭感秋云：「菊花有意浮金盞，桐葉無聲下井欄。」公云：「以此彈壓東南。」師川聞之，不平其語曰：「菊花有意乎，作者可其言。」予以謂彥章乃用子瞻白鶴鸛語云：「浮雲有意藏山頂，流水無聲入稻田。」一時矛楯，皆拱木矣。

七十二

王仲榮拜河中有云：「只向國中安四海，不離鄉里拜三公。」呂申公拜河陽有云：「渭川重得呂，嵩岳再生申。」

七十三

「鳥飛不盡暮天碧，漁歌忽斷蘆花風。」郭功父詩，前七字乃太白全句。

七十四

范諷云：「惟有南山與君眼，相逢不改舊時青。」汪彥章云：「雙鬢恰如衰俗眼，向人能得幾時青。」

七十五

《莫愁歌》云：「頭上金釵十二行。」今人以行列言之，非也。

七十六

李清臣一聯云：「鷗爲水國清閒客，蝶作花王佞倖臣。」集中無出其右者。

七十七

「九死南荒吾不恨，兹遊清絶冠平生。」乃用少陵「告歸遺恨多，將老兹遊最」之句，坡公真得脱胎換骨法。

七十八

温公《明妃曲》云：「宫中銅鐶雙獸面，回首何時復來見。」荆公云：「永矢從子遊合若，扉上鐶古無此意。」其工如此。

七十九

《石鼎聯句序》云：「彌明白鬚黑面，長頸而高結喉，中又作楚語。」「結」音「髻」。而東坡云：「長頸高結喉。」

八十

古人云：「碧油幢下老書生[一]。」坡公云：「堪笑錢塘十萬户，君王分付老書生。」前人急流勇退，偃藩卧護，豈非賢者而後樂此乎？

【校】

[一]「生」原本作「坐」，誤，茲改之。

八十一

温公挽詩，作者甚多，惟陳無己最工[一]：「政雖隨日化，身已要人扶。」荆公惟郭功父云：「文章千古重，富貴一毫輕。」膾炙人口，無出其右，蓋真實爾。

〔校〕

〔一〕「工」下原本有「公」字，疑衍，删之。

八十二

梁庾肩吾《山齋》云：「蜂歸憐蜜熟，燕入重泥乾。欲仰天庭掞，終知學步難。」太白亦云：「高文掞天庭。」予嘗聞子蒼云：「詩語當用前人已道過字方穩。」

八十三

寇平仲知巴東，有「野水無人渡，孤舟盡日横」之句，人以爲若得用必濟大川。然全用韋應物「春潮帶雨晚來急，野渡無人舟自横」意。韋蘇州以大工，故不貴耶。

八十四

投獻之作，出不得已，故少有工者。蔡元長時有云：「化行禹貢山川外，人在周公禮樂中。」秦會之時云：「退朝不入歌姬院，深夜猶」（下闕）

八十五

(上闕)夫尺一中,方覺「不才明主棄」,交淺而言深也。

八十六

唐酒價故不可得而知,子美三百青銅之句,取信久矣。而王維云:「新豐美酒斗十千。」不應懸絶如此。

八十七

楊大年謂:「顔魯公書如叉手並腳村裏漢,杜少陵詩如學究語。」何耶?

八十八

劉禹錫:蘇州太守例能詩,謂韋、白也。蔡天啓云[一]:「忍饑看詩例能詩。」

[校]

[一]「天」原本作「無」,誤,茲改之。

八十九

黄庶，山谷父也。作《怪石詩》：「山鬼水怪着薜荔，天禄辟邪眠莓苔。鈎簾坐對心語口，曾見漢唐池館來。」正與荆公《和王浚龜詩》相合，云：「我聞一尾龜百齡，此龜迨見隋唐興。」非二公，豈能道此等語。

九十

樂天云：「周公恐懼流言日，王莽謙恭未篡時。若使當時身便死，一生真僞有誰知。」楚老亦云：「頌聲交作莽豈賢，四國流言旦猶聖。」二公豈虚言也。

九十一

陳子昂以《感遇詩》得名，有云：「每憤胡兵入，常爲漢國羞。」又云：「林居病時久，水木澹孤清。」張曲江亦云：「幽林歸獨卧，滯悶洗孤清。」古之奇云：「何人事帝庭，拔殺指佞草。」

九十二

古詩云：「雲中辨煙樹，天際識歸舟。」常建得其妙處，至云「天際一帆影，預懸離別心」。

九十三

《明妃曲》作者至多，惟永叔云：「耳目所及尚如此，安能萬里制夷狄。」荆公云：「意態由來畫不成，當時枉殺毛延壽。」渾成意足。至云「君王莫信和戎策，生得胡兒虜更多」，則太鄙俚矣。作詩要識體面。

九十四

孟浩然以「不才明主棄，卧病故人踈」而放斥，人已爲不幸。至謝靈運以「池塘生春草」，薛道衡以「空梁落燕泥」[一]，皆取殺身之禍。至杜甫、李白則天又禍之，余以爲皆不及豁達李老張山人也。

【校】

[一]「薛」原本作「薜」，誤，兹改之。

九十五

邵堯夫曰：「泰到否時須入《蠱》，否當極處必逢《隨》。」退之《南山》云：「或前橫若《剥》，或後斷如《姤》。」

九十六

韓子蒼《與范周士》云：「黄塵詩思盡，乞與四山秋。」永叔有云：「卧讀楊蟠一千首，乞渠秋月與春風。」

九十七

謝無逸可謂「肉譜」，《贈江才孺》云：「江子文通孫，清談可樂饑。」《送李明道》云：「借問爲誰何？吾祖乃太白。」《與吴迪吉》云：「延陵多賢孫，傑然者迪吉[一]。」

【校】

[一]「者」字原本闕，據《全宋詩》補。

羽翰。」

九十八

柳子厚云：「貴爾六尺軀，勿爲名所驅。」崔符《毛女》云：「教食松柏不饑寒，舉身生毛作羽翰。」

九十九

子美云：「安得思如陶、謝手，令渠述作與同遊。」自古文士難會遇，如酒酣登吹臺，可謂勝事。

一百

古詩云：「鬢如蟬翼輕。」似與「鬒髮如雲」異矣，然皆名言也。

一百一

荆公心畫灑落，出於自然。其《題魯公碑》云：「只疑枝巧自天得〔一〕，不必勉强方通神。」山谷則云：「爲人作計終後人，自作一家始逼真。」

[校]

[一]「枝」疑當作「技」。

一百二

劉賓客云：「沈舟側畔千帆過，病樹前頭萬木春。」又云：「芳林新葉催陳葉，流水前波讓後波。」豈非窮者詩乃工耶？東坡云：「龔黄側畔難爲政，羅趙前頭且眩書。」

一百三

吕居仁云：「昔在中朝時，屢從賢俊遊。酒酣握手歎，預懷今日憂。」陳去非云：「久謂事當爾，豈意身及之。」

一百四

劉白墮、杜康皆古善釀者，或云「何以消憂，惟有杜康」。至以白墮爲白醪，殊不可曉。

一百五

郭希真云：「嚴陵不是無知己，也只江頭把釣竿。」

一百六

松詩有二聯，李誠之云：「一事頗爲清節累，秦時曾作大夫官。」一云：「若使當時作梁棟，也應隨例作塵埃。」

一百七

魏野《柳》云：「楚王若使腰相似，餓殺宫人學不成。」楊時可《梅》云：「能禁雪裏寒如許，信有人間不粟肌。」窮理盡性，滑稽之雄也。

一百八

《飲中八仙歌》雖一時之作，亦有鑒戒存焉。如云：「焦遂五斗方卓然，高談雄辯驚四筵。」又云：「蘇晉長齋繡佛前，醉中往往愛逃禪。」酒後費辭，可爲深戒，故子美於斯二者有深意也。

一百九

子美多以實字對虛數。如云：「騎驢三十載，旅食京華春。」又云：「鳳歷軒轅紀，龍飛四十春。」皆不及「酒債尋常行處有，人生七十古來稀」精切。

一百十

唐子西云：「東風又見鶯朋友，北信難憑雁弟兄。」乃本於子瞻「水底笙簧蛙兩部，山中奴僕橘千頭」之意。

一百十一

周紫芝云：「日高未起鳥呼夢，春晚不歸花笑人。」朱新仲云：「天氣未佳宜且住，風波如此欲何之。」二公皆名世久矣[二]，恨未及見。

【校】

[一]「二」原本作「云」，誤，兹改之。

一百十二

蘇黄門云：「兩詩和遍東西府，六律更成十二宫。」山谷云：「六賊追奔十二宫，白頭寒士黑頭公。」

一百十三

東野云：「食薺腸亦苦。」殊失「其甘如薺」之旨。陳文惠云：「滄溟未必全勝我，潮落潮生亦自勞。」參寥子云：「東風雖是無情物，送謝迎繁亦更忙。」

一百十四

東坡云：「但使伯仁長，還興絡秀家。」山谷云：「解著《潛夫論》，不妨無外家。」

一百十五

韓子蒼《題采秀圖》云：「九日東籬採落英，白衣遥見眼能明。向今自有杯中物，一段風流可得成。」謝無逸云：「世豈乏金龜，恐無賀賓客。」

一百十六

韓魏王守維楊，荆公爲司録，嘗云王評事年少，公不平之，故有「幕府青衫最少年」。及挽詩，又云「幕府少年今白髪，傷心無路送靈輀」之句。近世尤推輩行，賈怨者多矣。曾公褒《贈王性之》云：「我已蒼者白，公今青出藍。」可謂警句。性之爲深憾。

一百十七

俞秀老云：「有時俗事不稱意，無限好山都上心。」謝無逸云：「忽逢隔水一山碧，不覺舉頭雙眼青。」

一百十八

山谷云：「病來一月不飲酒，回施春光與後生。」謝邁云：「春來畏病不飲酒，孤負山南山北花。」

一百十九

梁簡文云：「中流見樹影，兩岸聞鐘聲。」張祜全用其言，以此名世，何耶？

一百二十

少陵《示宗武》云：「飽觀《文選》理。」又云：「續兒誦《文選》。」蓋李善主盟其説故爾。

嘉靖乙巳之歲，借同年晁春陵太史宋本録，此中脱第十六一葉，俟後再遇補完也。四月既望文山識。